Das Buch

Eigentlich hatte Doris genau das erreicht, was sie haben wollte. Sie war mit einem freundlichen, reichen, alten Mann verheiratet. Es machte ihr Spaß, sich bieder zu kleiden und zu frisieren. Alles war perfekt.
Dann allerdings wird sie mit ihrer totgeschwiegenen familiären Vergangenheit konfrontiert. Schon am nächsten Tag muss sie sich widerwillig auf neue Lebensumstände einstellen. Ihre neue „Freundin" Resi hat ziemlich unangenehme Vorstellungen bezüglich Doris Zukunft.

Neben den beiden Kommissaren, die mit ihren Ermittlungsarbeiten wieder nur einen kleinen Teil des Buches füllen, gibt es ein kurzes Wiedersehen mit ein paar Hauptfiguren aus bereits veröffentlichten Romanen aus der „Ein Fall für Smidt und Rednich"-Serie.
Falls jemand die dazugehörigen Bücher nicht gelesen hat, ist das kein Problem. Nach wie vor wird für die beiden Kommissare nebst ihrem Computerfreak Hottel kein romanübergreifender Handlungsstrang entwickelt.

Gabriel Erbé
Doris, Modell wider Willen

Bibliografische Information der Deutschen Nationalbibliothek. Die Deutsche Nationalbibliothek verzeichnet diese Publikation in der Deutschen Nationalbibliografie; detaillierte bibliografische Daten sind im Internet über www.dnb.de abrufbar.

Herstellung und Verlag:
BoD – Books on Demand - Norderstedt

Umschlaggestaltung:
Gabriel Erbé

© 2015 Gabriel Erbé

ISBN 978-3-738-633504

Prolog

Er hatte die Unterlagen immer und immer wieder durchgesehen. Einen Teil des Materials kannte er nur zu gut. Nicht im Entferntesten hätte er geglaubt, dass diese Unterlagen jemals in fremde Hände geraten konnten und jetzt war es doch passiert. Fast noch schlimmer wog der andere Teil der Unterlagen. Im wesentlichen Fotos. Unglaubliche Fotos. So unglaublich, dass er sogar das Risiko eingegangen war, die Fotos auf ihre Echtheit prüfen zu lassen. Danach hatte er selber noch ein paar Recherchen angestellt. Der Vertrauensbruch, den er dabei beging, nagte an ihm, bis er gegen seinen Willen das bestätigt sah, was er nicht bestätigt haben wollte.

Jetzt lief die Frist, die ihm gesetzt worden war ab. Er nahm das Telefon und wählte die Nummer.

„Ich nehme Ihr Angebot an."

Buch I

Fremdbestimmt

Frau Schweigerl saß in tadelloser Haltung an dem grünen Tisch. Nur eine von vielen Spielerinnen und Spielern, die sich am Roulettetisch zusammengefunden hatten. Ihr Spiel war so unspektakulär wie verlustreich. Sie setzte ausschließlich auf rouge oder noir und legte zusätzlich bei jedem Spiel einen 100€ Jeton auf die 17.

Ihr gegenüber stand eine schwarzhaarige Frau, die gedankenverloren an ihrem Drink nippte. Kleidung und Haltung drückten große Stilsicherheit und solides Selbstbewusstsein aus. Frau Schweigerl hatte die Frau im Laufe des Abends ab und zu mit einem Blick gestreift, war aber nicht an ihr hängen geblieben. Sonst hätte sie vielleicht bemerkt dass die Schwarzhaarige scheinbar nur Augen für sie hatte.

Die 17 war noch kein einziges Mal gekommen und der Wechsel zwischen rouge und noir schien sich mit wenigen Ausnahmen an die Einsätze von Frau Schweigerl zu halten. Allerdings so, dass sie bei den meisten Spielen leer ausging.

Der beachtliche Stapel an Jetons mit dem sie das Spiel angefangen hatte, schwand zusehends. Trotzdem schien es ihr nicht die geringste Mühe zu machen, ihre aufrechte Körperhaltung und ein angedeutetes Permanentlächeln bei zu behalten. Sie war dezent und höchst akkurat geschminkt. Ihre blonden langen Haare waren zu einem stylischen und zugleich unspektakulären Dutt zusammengefasst, dem nicht ein einziges Haar entkommen konnte. Sie trug ein elegantes Kostüm das, von den Pailletten abgesehen auch gut als hochwertiges Businesskostüm hätte gelten können.

Als nur noch wenige Jetons vor ihr lagen, schob sie diese andeutungsweise zum Croupier, lächelte ihn mit geübter Mimik an und erhob sich von ihrem Platz. Sie ging, wie auch an den Abenden zuvor zur Bar, um sich dort noch einen Cocktail zu genehmigen. Das war der Moment auf den die schwarzhaarige Frau gewartet hatte. Natürlich hatte sich die

Blonde wieder einen Barhocker am Rand der Bar ausgesucht. Zwischen ihr und dem nächsten Gast waren noch vier Plätze frei. Gerade, als sie den Strohhalm zwischen ihre Lippen nahm, ließ sich die Schwarzhaarige direkt neben ihr nieder.

„Verzeihen Sie bitte meine Aufdringlichkeit. Sie sind mir am Roulette aufgefallen."

Aus der Nähe betrachtet, konnte die Blonde ihr junges Alter nicht mehr verbergen. Der Style und das Makeup hatten nur aus größerer Entfernung die Chance, eine Dame jenseits der Vierzig aus ihr zu machen.

Sie nahm sich Zeit, den ersten Schluck ihres Cocktails zu genießen, bevor sie die Schwarzhaarige mit leicht hochgezogener Augenbraue betrachtete.

„Aha?"

„Sie spielen ohne jedes System. Warum bleiben Sie nicht auf rot oder auf schwarz?"

„Ich bin es nicht gewohnt, von Fremden einfach so angesprochen zu werden. Die Etikette verlangt zumindest, dass Sie sich mir vorstellen, wenn Sie mir schon ein Gespräch aufdrängen wollen."

„Entschuldigung", meinte die Schwarzhaarige, während sich ein Hauch von Röte in ihrem Gesicht ausbreitete, „mein Name ist von Berg. Altes Geschlecht aus dem Kanton Appenzell."

„Frau von Berg. Sie lassen den typischen Schweizer Zungenschlag vermissen."

„Das liegt daran, dass ich eingeheiratet bin. Gebürtig stamme ich aus Deutschland. Mein Mann und ich haben uns im Internat kennen gelernt."

„Welches Internat haben Sie besucht?"

„Auf dem Tulpenberg."

Mit der Nennung dieses Namens konnte die Schwarzhaarige das erhoffte Aufleuchten im Gesicht ihrer unfreiwilligen Gesprächspartnerin erkennen.

„Ich habe viel von dieser Schule gehört. Man legt dort Wert auf einwandfreie Umgangsformen."

„Richtig. Mein Aufenthalt entsprach, wie ich gestehen muss nicht immer ganz dem Idealbild."

„Das ist nicht zu übersehen."

„Nicht jedem ist schon in jungen Jahren klar, was das Leben von einem verlangen wird. Ich habe meine Lektionen gelernt. Spät, aber immerhin."

„Nun denn, dann will ich nicht so sein. Mein Name ist Schweigerl. Doris Schweigerl."

„Ich würde immer auf einer Farbe bleiben Frau Schweigerl. Wenn ich lange genug spiele, dann habe ich zumindest eine gute Chance, dass ich am Ende des Abends in etwa so viel habe, wie vorher."

„Sie meinen, weil beide Farben gleich häufig kommen müssen?"

„Genau deshalb", lächelte Frau von Berg.

„Gestatten Sie mir diese direkte Offenheit. Das, was Sie vorschlagen ist aus mathematischer Sicht schlicht falsch."

„Tatsächlich?"

„Tatsächlich. Erlauben Sie mir jetzt, meinen Cocktail in Ruhe zu genießen?"

„Entschuldigung, ich wollte mich nicht als Ratgeberin in Sachen Roulette aufspielen. Ich hatte eigentlich etwas ganz anderes im Sinn."

Sie holte ein kleines Fotoalbum aus ihrer Tasche und zeigte Frau Schweigerl lächelnd die erste Fotografie. Gegen ihren Willen warf diese einen Blick auf darauf und war sichtbar um Fassung bemüht.

„Wo haben Sie das her?"

„Sie kennen die Person?" wollt Frau von Berg, noch immer entspannt lächelnd wissen und schickte hinterher: „Sie sollten Ihre Gesichtszüge und Ihre Haltung besser kontrollieren. Sicherlich wollen Sie kein Aufsehen erregen."

Automatisch ging ein Ruck durch die Angesprochene und sie sah, zumindest aus ein paar Schritt Entfernung wieder so aus, wie zuvor.

„Was wollen Sie?"

„So einiges. Ich bin mir allerdings nicht ganz sicher, ob dies hier die richtige Umgebung ist, um das zu diskutieren."

„Entweder hier oder gar nicht. Der Kontakt zu meinem Bruder ist schon seit einigen Jahren abgebrochen. Was also will er von mir. Ich gehe doch recht in der Annahme, das Sie von ihm kommen?"

„Gewissermaßen ja. Vermutlich allerdings nicht ganz so, wie Sie es sich vielleicht denken."

Frau Schweigerl, die sich jetzt wieder vollkommen gefangen hatte, nahm einen Schluck von ihrem Cocktail.

„Kommen Sie einfach auf den Punkt", forderte sie Frau von Berg auf, ohne das Lächeln aus ihrem Gesicht zu verlieren.

„Nun, er ist in unserer Obhut", gab diese, ebenfalls lächelnd, zur Antwort. „Zugegebenermaßen nicht ganz freiwillig."

„Sie kommen also hier hin, um mir mitzuteilen, dass Sie meinen Bruder entführt haben? Habe ich das richtig verstanden?"

Lächelndes Nicken.

„Sie sind wahnsinnig. Wie meinen Sie, können Sie mich daran hindern, dies den zuständigen Behörden zu melden?"

Frau von Berg blätterte lächelnd weiter. Gerade so, als ob sie die neuesten Fotos der Kinder zeigen wollte. Ihrem Gegenüber gelang es, die Haltung zu bewahren, als sie sich selber an der Seite ihres Mannes sah.

„Ich habe natürlich ein bisschen recherchiert", erklärte Frau von Berg. „Es gibt in Ihrem Leben mehr zu verlieren als nur Ihren verstoßenen Bruder. Liege ich da richtig?"

Statt darauf einzugehen, gab Frau Schweigerl dem Barkeeper einen Wink.

„Der Cocktail war, wie immer hervorragend. Ich fühle mich heute leider nicht so recht."

„Dann wünsche ich Ihnen eine erholsame Nacht Frau Schweigerl", gab der Barkeeper freundlich zur Antwort, während er das Trinkgeld entgegennahm, das sie auf den Tresen gelegt hatte.

Ohne ein weiteres Wort an Frau von Berg zu richten, ging sie ruhigen Schrittes zu den Aufzügen und zog wenige Minuten später die Schlüsselkarte durch den Scanner an der Eingangstüre zu ihrer Suite.

Sie wachte am nächsten Morgen mit einem seltsam benommenen Gefühl auf. Gerade so, als ob sie am Vorabend zu viel getrunken hätte. Aber außer dieser impertinenten Person, die versucht hatte, sie zu bedrohen, hatte sie nicht in Erinnerung irgendetwas Besonderes erlebt oder gemacht zu haben. Es war ihr nicht ansatzweise klar, was sie bezüglich der Drohung unternehmen konnte. Jedenfalls konnte sie von ihrem Urlaubsort aus nicht aktiv werden. Selbst zuhause würde es schon schwierig genug werden, die Erpressung ohne Aufsehen zu beenden. Dafür war der Werdegang ihres Bruders zu heikel. Bislang war noch kein Journalist auf die Idee gekommen, bei ihr genauer zu recherchieren. Wenn doch, dann hatten die Informationen jedenfalls noch nicht den Weg in die Öffentlichkeit gefunden. Vielleicht war die Aufdeckung ihrer Verwandtschaft im Moment auch einfach nur unpassend. Eines war jedenfalls klar. Der Vorteil mit einem einflussreichen Ex-Senator verheiratet zu sein, konnte auch sehr schnell in einen Nachteil umschlagen. Dann nämlich, wenn es für eben diesen Ex-Senator – der sich noch immer mit Senator ansprechen ließ - keine andere Möglichkeit geben sollte, als sich medienwirksam von ihr zu distanzieren.

Als sie auf nackten Füßen zum Bad ging hörte sie bei jedem Schritt ein auffälliges Klacken. Erschocken schaute sie zu ihren Füßen und sah an den beiden Zeigezehen einen breiten goldenen Ring. Schon beim ersten Versuch einen der Ringe abzustreifen merkte sie, dass der Ring viel zu eng saß, um ihn über das Gelenk zu schieben. Wo kamen die Ringe her?

Ihr Blick ging durch den Raum. Nichts schien verändert. Auch im Wohnraum war alles in seiner gewohnten Ordnung. Gerade, als sie zur Türe gehen wollte, um diese auf

Einbruchsspuren zu überprüfen, blieb ihr Blick an einem kleinen Rosenbouquet hängen, das jemand auf den Tisch gelegt hatte. Dabei störte sie weniger die Geschmacklosigkeit des Arrangements, sondern viel mehr die Existenz des Bouquets.

Sie nahm die Karte, die deutlich sichtbar in den Blumen steckte und las mit ausdrucksloser Miene die Mitteilung.

„Liebe Frau Schweigerl,
leider konnten wir unsere anregende kleine Plauderei an der Bar nicht mehr fortsetzen. Deshalb möchte ich Ihnen auf diesem Wege mitteilen, dass ich noch den einen oder anderen Gedanken los werden möchte. Wir werden uns also noch einmal zu einem kleinen Plausch treffen müssen.

Bis dahin ersuche ich Sie, keine unüberlegten Maßnahmen einzuleiten. Als kleine Erinnerung habe ich Ihre beiden Zehen dekoriert. Eine, wie ich finde sehr gut zu verbergende Stelle. Nehmen sie es als eine kleine, wenn auch seltene Aufmerksamkeit von mir. Zu Ihrer Information: Die Ringe bestehen aus zwei Teilen, die erst an Ihrem Zeh ineinandergeschoben wurden. Es dürfte Ihnen unmöglich sein, die Ringe abzuziehen. Zumindest, wenn Ihnen nicht danach ist, die Zehen dafür ein wenig zu kürzen.

Letzteres ist dabei keine reine Fiktion. Wie die beiden Fotos unter dem Bouquet beweisen, hat Ihr Bruder diesen Weg gewählt, als ich ihn davon überzeugen wollte, für mich zu arbeiten. Es hat ihm nicht viel genutzt, außer, dass ich ihm einen gewissen Respekt zollen musste.

Wir sehen uns heute Abend. Aus naheliegenden Gründen kann ich Sie leider nicht im Casino besuchen. Halten Sie sich bitte einfach bereit. Ich werde Sie kurzfristig informieren.

Mit herzlichem Gruß
Ihre liebe Freundin von Berg"

Nachdem sie sich den Brief mehrfach durchgelesen und auch die Beweisfotos angeschaut hatte – sie konnte den Würgereiz nur mit Mühe besiegen – saß sie noch einige Minuten schweigend in dem Sessel. Jetzt rächte sich, dass sie ihrem Mann nicht in allen Bereichen, die ihre Vergangenheit anbetraf, reinen Wein eingeschenkt hatte.

Schließlich straffte sie sich und verrichtete ihre morgendliche Routine. Da sie danach noch immer keinen klaren Gedanken gefasst hatte, beschloss sie einfach das zu machen, was sie sich für den Tag ohnehin vorgenommen hatte und das Problem „von Berg" zu ignorieren. Also stieg sie in ihr hoch geschlossenes Alltagsdirndl, zog ihre Bergstiefel an (wie verrucht sie sich in dieser Kleidung immer vorkam) und fuhr die kurze Strecke bis zur Talstation mit ihrem Cayenne an. Kurz danach hatte sie ihren Rucksack auf dem Rücken und machte sich an den Anstieg zu dem tausend Meter weiter oben liegenden Gipfelkreuz. Die Bergluft würde sicherlich ihren Kopf durchblasen. Am Ende konnte nur die rettende Idee stehen, die sie aus der Bedrohung befreien würde.

Während des Aufstiegs, bei dem sie zu den anderen Wanderern immer ausreichend Abstand hatte, um sich alleine zu fühlen, bekam sie entgegen ihrer Erwartung keine Ruhe in ihre Gedanken. Stattdessen kreisten die immer wieder um ihre vollständige Ratlosigkeit. Es gab niemanden, an den sie sich hätte wenden können, ohne selber Nachteile davon zu haben. Die Polizei, die sicherlich die richtige Adresse wäre, würde natürlich automatisch ihren Mann mit einbeziehen. Das war aber genau das, was sie verhindern wollte und musste. Es war hart genug, an seiner Seite zu bestehen. Alleine wegen des großen Altersunterschiedes. Ein Skandal, wie der, der durch das alles losgetreten werden würde, konnte sicherlich zu keinem guten Ende führen.

Am Gipfelkreuz nahm sie ihre Trinkflasche aus dem Rucksack und führte sie gedankenverloren an den Mund. Den Ausblick auf die herrliche sonnenbeschienene Bergwelt nahm sie gar nicht richtig war. Ihre Gedanken blieben nach wie vor in ihrem Karussell hängen. Sie wusste nicht wie lange sie so da gesessen hatte. Irgendwann raffte sie sich jedenfalls auf und stieg zu der nahegelegenen Almhütte ab, wo sie eine Brotzeit zu sich nehmen wollte.

Nachdem der Wirt ihr das zünftige Holzbrett mit dem Essen gebracht hatte, gelang es ihr endlich sich auf etwas anderes zu konzentrieren. Und wenn es nur das Essen war, das wieder einmal sehr gut zubereitet war. Wenn sie bedachte, wieviel ihr Mann in so manchem Edelschuppen für Speisen hinblätterte, die nur minimal besser waren, als diese Brotzeit, konnte sie nur den Kopf schütteln.

„Warum schüttelst du den Kopf? Schmeckt es nicht, Doris?"

Beim Klang der Stimme, wäre ihr fast das Besteck aus der Hand gefallen. Ohne, dass sie es mitbekommen hatte, hatte sich diese furchtbare von Berg neben sie gesetzt. Und nicht nur das, sie hatte auch noch die Unverschämtheit, sie beim Vornamen zu nennen. Bevor sie Worte gefunden hatte, um sich dagegen zu verwahren, plauderte die von Berg schon munter weiter.

„Ich bin übrigens die Resi. Hier auf dem Berg lässt man ja glücklicherweise die Förmlichkeiten weg, die das Leben im Tal oft so kompliziert machen. Freut mich, dass wir uns hier mal so ganz locker unterhalten können."

„Mich ganz und gar nicht. Was bilden Sie sich ein Frau von Berg? Was soll das mit diesen furchtbaren Ringen? Wie sind Sie überhaupt in meine Suite gekommen?"

„Ach, das musst du nicht wissen Doris. Wichtig ist doch eigentlich nur, dass ich rein gekommen bin und dass du davon nichts mitbekommen hast."

„Hören Sie auf, mich zu duzen Ich verbiete Ihnen mich zu duzen."

Als ob Resi nichts davon mitbekommen hätte, musterte sie ihre Gesprächspartnerin eingehend.

„Weist du eigentlich, dass ich dich noch nie in einer Hose gesehen habe? Ist das irgendwie so ein Tick von dir? Immer nur Röcke tragen?"

„Das gehört sich so für eine Dame", gab Doris zur Antwort, wobei sie automatisch ihre Dirndlschürze glatt strich.

„Immer nur in Röcken? Das ist doch eigentlich nur bescheuert."

„Was wollen Sie von mir? Und was soll das mit den Ringen?"

„Direkt zwei Fragen auf einmal. Nun gut. Die erste Antwort lautet: die eine oder andere Dienstleistung und ein bisschen Spaß haben. Die zweite Antwort: Dich daran erinnern, dass ich da bin und dich nicht mehr von der Angel lassen werde."

„Was hindert mich daran, Sie einfach anzuzeigen?"

Im gleichen Moment, in dem ihr die Frage herausgerutscht war, hatte sie die Frage auch schon bereut.

„Das musst du selber wissen. Ich hindere dich jedenfalls nicht."

„Die Fotos sind doch wohl eine Montage oder? Ich meine, warum sollte sich mein Bruder freiwillig das vordere Glied seines Zehs abschneiden nur um diese albernen Ringe los zu werden?"

„Ach, das ist einfach erklärt. Seine Ringe waren im Gegensatz zu deinen ein bisschen modifiziert. Da war noch so eine lästige Kette dran, die wiederum an einer Wand befestigt war. Ich habe ihm dann klar gemacht, dass er entweder auf meine Forderungen eingehen muss", erklärte Resi im Plauderton, „oder in dem Keller, in dem er steckte verhungern müsste. Als dritten Weg habe ich ihm dann noch so eine Geflügelschere hingelegt. Danach habe ich ihn für ein paar Tage alleine gelassen und siehe da: Er hat die Schere benutzt."

„Du verarschst mich."

„Gratuliere, endlich hast du mich geduzt. Und dann auch noch so eine ordinäre Sprache... Nein, ich führe dich nicht an der Nase herum."

„Mein Bruder hätte garantiert alles unterschrieben, was du ihm hingelegt hättest. Hinterher hätte er es dann wieder irgendwie geschafft da raus zu kommen. Was sollte er den überhaupt unterschreiben?"

„Ich wollte seine Einwilligung, ihn in ein Kunstwerk zu verwandeln."

„Wie? Was meinst du damit?"

„Eigentlich ganz einfach. Ich tätowiere für mein Leben gerne."

„Dann mach einfach ein Geschäft auf, in dem man sich tätowieren lassen kann. Was soll mein Bruder in der Geschichte. Wie ich schon sagte: Das ist alles nur Blödsinn." Sie räusperte sich, um damit eine klare Trennlinie zu setzten und sich die Chance zu geben, wieder zur normalen Anrede zurückzukommen. „Jetzt stehen Sie bitte auf und lassen mich hier raus."

Resi überhörte die Aufforderung lächelnd.

„Das Problem ist, dass ich hundert Prozent seiner Haut für mein Kunstwerk nutzten wollte. Solche Modelle findet man nicht überall."

„Sie sind bescheuert. Lassen Sie mich jetzt sofort raus. Ich schreie sonst die ganze Terrasse hier zusammen."

„Das ist ein schwerer Fehler liebe Doris", meinte Resi, während sie sich demonstrativ zurücklehnte um es sich auf der Bank noch ein Stückchen gemütlicher zu machen. „Ich sag mal so: Dies ist deine letzte Chance in Ruhe mit mir zu reden. Nicht, dass du das missverstehst. Wir werden ohnehin früher oder später miteinander reden. Nur eben nicht mehr in einem so angenehmen Ambiente, wie hier auf der Alm."

„Nichts als leere haltlose Drohungen. Ich glaube kein Wort von dem, was Sie da reden. Und jetzt machen Sie mir endlich Platz."

„Ich habe noch ein paar Bilder mitgebracht. Vielleicht hast du ja Lust darauf?"

Ohne eine Antwort abzuwarten, holte sie wieder ihr kleines Fotobuch hervor, schlug mit freundlichem, aufmerksamem Gesichtsausdruck eine Seite auf und zeigte sie ihrer unfreiwilligen Gesprächspartnerin. Als der, wie erwartet die Farbe aus dem Gesicht wich, wurde aus Resis freundlichem Gesichtsausdruck ein fröhliches Lachen.

„Hab ich mir doch gedacht, dass du dich über das Foto freuen würdest. Möchtest du vielleicht eine Kopie? Wer weiß, ob es überhaupt noch mal so ein lebendiges Foto deines Bruders geben wird."

„Was sind Sie nur für ein Mensch?" wollte Doris mit tonloser Stimme wissen.

„Zunächst mal folgendes. Du wirst mich ab sofort duzen. Ansonsten bin ich es, die das Gespräch beenden wird. Die Konsequenzen für deinen Bruder werde ich dir dann in den nächsten Tagen per Foto zu kommen lassen. Also? Wie heiße ich? Und zwar bitte im ganzen Satz."

Doris musste mehrfach schlucken, während sie zwischen dem Foto und Resi hin und her blickte. Schließlich kam zwischen verkniffenen Lippen, „du bist Resi", hervor.

„Na geht doch. Und weil wir uns so gerne haben, wirst du mir jetzt einen Kuss geben."

„Sie spinnen ja wohl!"

Mit enttäuschter Miene packte Resi das Fotobuch in ihre Tasche und stand von der Bank auf. Doris gelang es nur ein paar Sekunden lang ruhig sitzen zu bleiben, bevor sie Resi dann doch zurückhielt.

„Sorry..., Resi. Das war nicht so gemeint. Komm setzt dich doch bitte wieder zu mir. Ich werde tun, was du verlangst."

Resi hielt lächelnd in ihrer Bewegung inne, setzte sich dann immer noch lächelnd neben Doris und gab ihr einen Kuss auf den Mund, wobei sie eine Hand an Doris Nacken legte und damit deren Kopf sanft, aber bestimmt zu sich zog.

„Na geht doch. Du wirst dich dran gewöhnen. Das ist nämlich die Begrüßung die ich immer von dir erwarte, wenn wir uns irgendwo treffen und das ist natürlich auch die Verabschiedung, wenn sich unsere Wege wieder trennen."

Als spontane Reaktion strich Doris ihre Dirndlschürze glatt und schaute dann wieder zu Resi.

„Sind Sie... bist du", sie senkte die Stimme zu einem kaum noch hörbaren Flüstern, „lesbisch?"

„Ob ich lesbisch bin?" wollte Resi in normaler Lautstärke wissen. „Nein bin ich meines Wissens nicht. Aber, wenn du schon davon sprichst. Wäre vielleicht mal eine sehr unterhaltsame Variante, dafür zu sorgen, dass dein persönliches

Umfeld den Eindruck gewinnt, dass du lesbisch bist. Wäre doch lustig oder?"

„Was sollte daran lustig sein. Außerdem bin ich verheiratet. Das sollten… das solltest du wissen. Also kann ich ja wohl nur normal sein."

„Naja. So richtig logisch ist das natürlich nicht. Erstens gibt es unheimlich viele Homos, die einfach nur deshalb eine Heteroehe anfangen, weil sie sich nicht trauen, zu dem zu stehen was sie empfinden. Zweitens gibt es generell sehr viele Ehegründe, die nicht nur mit Liebe zu tun haben. Geld, Ansehen, versehentliche Zeugung von Nachwuchs. Und noch einiges mehr. Bei dir zum Beispiel haben Geld, Ansehen und Flucht vor der eigenen Familie eine ziemlich große Rolle gespielt."

„Das ist eine Lüge. Ich liebe meinen Mann. Und er liebt mich."

„Dann kannst du ihm doch ruhig von deinem Bruder erzählen und kannst ihm auch ruhig erzählen, dass du bei deinem Jahresurlaub in den Alpen nicht nur in einem bescheuerten Dirndl die Berge hoch und runter läufst, sondern auch jeden Abend im Spielcasino hockst."

Resi schaute herausfordernd in Doris Gesicht.

„Nein? Kannst du nicht? Dann scheint es mit der tollen großen Liebe aber auch nix zu sein."

„Sag mir einfach was du willst. Ich werde dann sehen, was ich tun kann."

„Das ist mal ein Angebot, liebe Doris. Ist eigentlich ganz einfach. Ich will, dass du mich hier in deinem Urlaub kennen lernst und mich dann zu dir nach Hause einlädst, weil wir uns hier so gut verstanden haben. Ich werde ein paar Wochen in eurem großen Haus wohnen und irgendwann wieder verschwinden. Dein Mann wird natürlich wissen wollen was ich so lange in eurer Stadt mache. Also wirst du ihm erzählten, dass ich Künstlerin bin und für ein längeres Projekt in deiner Stadt bleiben werde. Natürlich werde ich mich überglücklich darüber zeigen, dass du mir so großzügig ein Dach über dem Kopf anbietest."

Doris hatte mit zunehmendem Entsetzen zugehört.
„Du spinnst. Wie soll das gehen?"
„Naja, hier und da wird man ein bisschen improvisieren müssen. Aber ich habe schon ganz andere Aufgaben gelöst. Einfach mal anfangen und dann geht das schon. Außerdem haben wir beide ja noch drei wunderbare Tage vor uns, an denen wir uns gegenseitig ein bisschen besser kennenlernen können. Schließlich musst du ja auch etwas über mich wissen. Sonst würden wir natürlich sofort auffliegen. Das wäre dann sehr ärgerlich für deinen Bruder, weil ich dann auf einmal wieder richtig viel Zeit hätte, mich um die Verschönerung seines Körpers zu kümmern."

Doris musste sich zu ihrem Leidwesen eingestehen, dass Resi in der Einschätzung ihrer Ehe mit dem Senator in Schwarze getroffen hatte. Weder von ihrer Seite noch von der Seite ihres Mannes war viel Liebe im Spiel. Vielmehr bot die Ehe ihr selber finanzielle Sicherheit und ihrem Mann eine Frau, die sich in der Gesellschaft sicher bewegen konnte und wegen ihres Alters ein kleines Stückchen Extravaganz in sein Leben brachte. Er schmückte sich gerne damit, ein bisschen aus der Reihe zu tanzen. Alles, was er von ihr verlangte, war der Kleidungsstil und natürlich die Präsenz an seiner Seite, wann immer er sie einforderte. Insgesamt kein wirkliches Opfer, da er ein sehr aufmerksamer und charmanter Begleiter war. In der Bekleidungsfrage hatte sie sich ziemlich schnell an das gewöhnt, was er sehen wollte. Nicht altersgemäß aber auch nicht zu schlimm. Natürlich liebäugelte sie manchmal damit, sich mal so richtig gehen zu lassen und irgendwas ganz aufregendes, Sex versprühendes zu tragen, aber die Anwandlungen waren so selten, dass sie ganz gut auszuhalten waren. Mehr als diese beiden Dinge verlangte er definitiv nicht von ihr. Sie bewohnten sogar unterschiedliche Flügel in ihrem Domizil. Das alles wollte sie mit Sicherheit nicht aufgeben, nur weil ihr Bruder mal wieder in Schwierigkeiten geraten war, die er selber nicht mehr steuern konnte. Und erst recht nicht weil ihr Bruder sie jetzt auch noch mit in seine Probleme riss.

„Okay. Ich lasse mich darauf ein. Aber ich erwarte, dass es nach deinem Besuch bei mir dann endgültig vorbei ist."

„Fein", meinte Resi mit einem Gesichtsausdruck, der Doris die reine Freude signalisiert hätte, wenn sie es nicht besser gewusst hätte, „dann erwarte ich aber auch etwas von dir Doris."

„Dass ich dich zu mir einlade reicht doch wohl."

„Nein, das reicht nicht. Ich erwarte von dir, dass ich dich nicht immer wieder mit dem bedauerlichen Schicksal deines Bruders konfrontieren muss."

„Schon gut, schon gut. Ich werde tun, was du von mir verlangst. Zumindest, wenn es in meiner Macht liegt."

„Na, dann ist ja alles wunderbar. Du wirst dich noch wundern, was alles in deiner Macht liegt. Ich werde übrigens heute in deine süße kleine Suite einziehen. Freust du dich schon?"

„Was willst du?"

„Doris", meinte Resi mit einem gespielt übertriebenem Seufzer, „du willst doch wohl nicht schon meinen ersten Wunsch, der nun wirklich extrem einfach zu erfüllen ist, abschlagen."

„Nein. Natürlich nicht. Trotzdem kommt das ein bisschen überraschend. Ich meine, du hast schließlich hier irgendwo eine eigene Unterkunft. Du kannst genauso gut weiter da wohnen, wo du jetzt wohnst und wir treffen uns dann vielleicht zum Abendessen. So in der Art hatte ich mir das vorgestellt."

„So in der Art hast du dir das vorgestellt? Nun, da muss ich dich leider auf den Boden der Tatsachen zurückholen. Also zum letzten Mal. Und das meine ich wirklich so. Du tust einfach, was ich sage. Die Entscheidung, was für dich im Bereich des Machbaren ist, überlässt du dabei einfach mir. Alles klar?"

Endlich konnte Resi in Doris Gesicht erkennen, dass der Groschen gefallen war. Endlich hatte sie verstanden.

„Nun gut", gab Doris mit belegter Stimme klein bei. „Du wirst also heute bei mir einziehen. Gerne."

„Dann hätten wir das endlich. Ich schlage vor, du begleichst eben die Rechnung und dann machen wir uns gemeinsam auf den Weg zurück zu deinem Luxusauto. Roulette fällt heute übrigens aus. Wir machen etwas Besseres."

Als Resis Koffer endlich in der Suite standen, schaute sie sich in Ruhe in den Räumen um und nippte ab und zu von ihrem Prosecco. Schließlich wendete sie sich wieder zu Doris die in aufrechter Haltung – die Beine eng aneinander, nur auf der Vorderkante des Sessels sitzend – darauf gewartet hatte, was jetzt kommen würde.

„Dann wollen wir mal mit den Vorbereitungen für den Abend beginnen liebste Doris. Zieh dich erstmal komplett aus."

Als sie das überraschte Gesicht sah, verdrehte sie die Augen.

„Doris. Das ist im Bereich des Machbaren. Also leg gefälligst los."

Nachdem sie sich einen Ruck gegeben hatte, stand Doris mit angestrengtem Lächeln auf und wendete sich Richtung Schlafzimmer.

„Nein, nein. Mach es direkt hier. Warum diese Scheu? Ich sehe dich hinterher ohnehin ohne Kleidung."

Als sich Doris beim Ausziehen mit dem Rücken zu Resi drehte, verdrehte Resi die Augen, sagte aber nichts, sondern schaute lieber in aller Ruhe zu, wie sich Doris widerstrebende aus ihrer Kleidung schälte. Nachdem sie die unausweichliche Frage „Die Unterwäsche auch?" mit Ja beantwortet hatte, stand Doris schließlich nackt vor ihrem Sessel.

„Wenn du dich jetzt mal noch umdrehen würdest? Nur keine falsche Scham. Ich bin selber eine Frau. Du musst also nicht damit rechnen, dass ich dir irgendwas abschaue."

Mit einem Arm vor der Brust und einer Hand vor ihrer Scham drehte sich Doris zögerlich um. Dabei gab sie ihre sonst so sicher eingeübte Haltung mit dem stets durchgedrückten Rücken auf.

„So gibt das nichts Doris. Ich habe eigentlich auch keine Lust, dich hier ewig zu motivieren. Bleib einfach einen Moment stehen. Ich hole eben ein kleines Hilfsmittelchen."

Kurz danach kam sie mit einem Paar Handschellen zurück.

„Schon mal gesehen?"

Mit erstauntem, leicht panischem Blick nickte Doris und hielt reflexartig ihre Hände hinter den Rücken. Dabei hatte sie die wenig realistische Idee, dass Resi dann die Handschellen nicht anlegen könne.

„Wenn du dich sofort so hingestellt hättest, wären dir die Handschellen erspart geblieben. Aber du hast dich nicht so hingestellt. Einmal umdrehen und die Hände schön auf dem Rücken lassen."

Kurz danach hörte und spürte Doris zweimal ein ratschendes Geräusch. Automatisch versuchte sie ihre Hände auseinander zu ziehen, was durch den soliden Stahl natürlich verhindert wurde.

„Sei froh, dass mir irrwitzigerweise noch nach Nachsicht zu mute ist. Das ist eines der angenehmsten Modelle. So. Und jetzt drehst du dich wieder zu mir. Ich möchte mir jetzt mal in Ruhe anschauen, was ich aus dir machen kann."

Sie setzte sich mit ihrem Prosecco auf einen Sessel und schaute sich ihr Opfer in Ruhe von oben bis unten an.

„Du trägst keine Haare an deiner Muschi?"

Doris nickte errötend, sagte aber nichts.

„Das wäre schon ganz praktisch, wenn du in ganzen Sätzen antworten würdest. Schließlich bist du nicht geknebelt. Ist doch klar, dass ich wissen will, wieso du das machst. Also kannst du auch selber auf die Idee kommen und es mir direkt erzählen."

„Mein früherer Freund wollte das so. Und ich wollte es auch so."

„Aber jetzt gibt es deinen alten Mann und dein früherer Freund ist abgehakt. Warum machst du es also immer noch?"

„Ich habe mir die Haare komplett entfernen lassen."

„Ach?" kommentierte Resi mit hochgezogener Augenbraue. „Komplett bedeutet, dass der Haarwuchs für immer beendet ist? Wenn ich mir den Rest von dir so anschaue, hast du dich scheinbar vom Hals abwärts behandeln lasse?"

„Ja", nickte Doris, deren Gesichtsfarbe immer roter wurde.

„Erzähl doch mal. Das ist doch eine richtig schöne Überraschung. Ich hätte dir das gar nicht zugetraut. Nur weil dein Freund das wollte, hast du das gemacht?"

„Selbstverständlich. Er kam aus einem Kulturkreis in dem sich die Frauen schon immer rasiert haben. Zumindest an den Beinen. Er hat es aber nicht geliebt, wenn die ersten Stoppeln nachkamen. Und dann haben wir uns darauf verständigt, dass ich direkt den gesamten Körper enthaaren lasse. Für mich ist das auch angenehmer. Die Hygiene ist wesentlich besser zu wahren, wenn man haarlos ist."

„Das dauert aber doch eine ganze Zeit. Also mit dem Enthaaren."

„Richtig. Insgesamt zwei Jahre. Dann war es fertig."

„Respekt. Das hätte ich dir wirklich nicht zugetraut. Und sonst so? Wie war das Liebesleben mit deinem ehemaligen Freund."

„Was soll besonderes sein. Wenn wir körperliche Nähe brauchten haben wir uns ins Bett gelegt und es gemacht."

Resi verdrehte die Augen.

„Du hast jetzt nicht wirklich ‚wir haben es gemacht' gesagt. Das kann doch wohl nicht war sein. Da hat der Mann eine komplett enthaarte Frau mitsamt ihrem perfekten Körper neben sich liegen und ihr habt es dann nur ‚gemacht'? Ist das dein Ernst?"

„Doch. Warum? Andere machen es doch auch."

„Die Frage ist das ‚wie'. Bei euch war dann wohl eher Blümchensex angesagt? Mann legt sich auf die Frau. Mann hat Orgasmus. Mann rollt von der Frau runter und fällt schnarchend in Tiefschlaf. Frau kann schauen, wo sie mit ihren Gefühlen bleibt."

Doris stimmte ihr nickend zu. „Er hat nicht geschnarcht. Aber ansonsten war es natürlich genau so wie du das beschreibst. Ist doch normal."

„Tja, liebe Doris. Ich halte das jetzt wirklich nicht für normal. Ist aber im Wesentlichen dein Problem, was dir dabei alles entgeht."

Als Doris darauf nichts sagte, forderte Resi sie mit einer kreisenden Bewegung ihrer Finger dazu auf, sich einmal langsam um ihre eigene Achse zu drehen.

„Schon mal über eine Tätowierung nachgedacht?"

Resi konnte das Lachen nur schwer zurückhalten, als sie das erschrockene Zucken von Resis Körper sah.

„Nein?"

„Natürlich nicht. Ich bin nicht so weltfremd, dass ich nicht wüsste, dass viele Menschen - sogar Frauen - so etwas machen. Aber für mich kommt das nun wirklich nicht in Frage."

„Willst du wirklich nicht oder hast du Angst vor der Reaktion des Opas, mit dem du verheiratet bist."

„Ich will es nicht. Mein Mann würde es ohnehin nicht sehen. Unsere Beziehung ist nicht auf Sex angelegt. Demzufolge sieht er von meiner Haut nicht mehr, als das, was man bei jedem sehen kann."

In der danach eintretenden Pause, in der Resis Lächeln immer breiter wurde, dämmerte es Doris, dass sie eine geschicktere Antwort hätte geben können.

„Natürlich würde es der Frauenarzt sehen. Das wäre sehr peinlich."

„Netter Rettungsversuch liebe Doris. Aber der kennt ja auch schon deinen komplett enthaarten Körper. Das scheint dir auch nichts auszumachen. Außerdem ist es überhaupt nicht die Aufgabe der Ärzte, sich über solche Sachen aufzuregen. Ganz im Gegenteil. Die freuen sich auch, wenn sie mal so eine richtig gute Tätowierung sehen."

„Schmuck tragen ist auch nicht deine Sache?" wollte Resi dann wissen, als Doris nichts antwortete.

„Selbstverständlich trage ich Schmuck. Sogar sehr gerne. Nur jetzt im Moment nicht."

„Na dann ist das ja schon mal geklärt", grinste Resi. „Aber genug geredet. So, wie du jetzt bist, kannst du nicht auf die Straße. Das will ich dann mal schnell ändern. Bleib einfach hier stehen. Mehr verlange ich nicht von dir."

Resi rollte danach einen ihrer Koffer in den Raum und zog, wie Doris sofort erkennen konnte, ein Korsett heraus.

„Das sollte dir eigentlich passen. Wenn es dir recht ist, dann mache ich die Handschellen jetzt wieder auf. Nur zur Sicherheit: Wo gehören deine Hände nicht hin?"

Wieder schoss Doris das Blut in den Kopf. Sie deutete mit den Augen auf ihre Brüste und ihre Schamlippen. „Hierhin? Also hierhin nicht, meine ich."

„Braves Mädchen. Du lernst schnell", lobte Resi mit übertriebener Euphorie.

Eine halbe Stunde später hatte sie das Korsett trotz Doris Stöhnen komplett geschlossen.

„Du siehst hervorragend aus. Dann will ich mal sehen was wir von deiner Garderobe nutzen können. Bring mir erstmal deine gesamte Unterwäsche. Bring am besten direkt noch einen Beutel mit. Dann können wir direkt aussortieren."

Ohne weiteren Kommentar ging Doris zu ihrem Wäschefach und legte alles in fein säuberlichen Stapeln auf den Tisch. Dabei ging sie in die Hocke, da sie von dem sehr eng geschnürten Korsett gehindert wurde, sich normal zu beugen.

„Das machst du schon sehr gut. Ist das alles an Wäsche?"

„Ich habe die Schmutzwäsche selbstverständlich nicht geholt."

„Na dann", grinste Resi, „hast du das ja schon mal richtig gemacht. Jetzt hebst du ein Stück nach dem anderen hoch und hältst es dir vor den Körper."

Ohne weiter zu fragen, leistete Doris Folge.

Beim ersten Höschen, das aus sehr angenehmem Satin gefertigt war, befahl ihr Resi, das Wäschestück in den Beutel zu packen, was Doris mit Erleichterung machte. Sie hatte schon

Angst, dass sie das gute Stück aussortieren müsste. Als sich dann aber am Ende ausnahmslos alle Wäschestücke in dem Beutel befanden, wurde sie skeptisch.

„Den Beutel machst du jetzt schön brav zu und legst ihn da zur Seite. Wir kümmern uns später drum."

Resi griff wieder in ihren Koffer und zog einen Stringtanga heraus. Mit Blick auf den Beutel meinte sie: „Du wirst in Zukunft keinen dieser Liebestöter mehr an deine Haut lassen. Haben wir uns da verstanden?"

Doris nahm das sehr übersichtliche Wäschestück zögerlich in die Hand.

„Nur zu", spornte Resi sie an, als sie das Zögern sah.

Wie von Doris befürchtet, vermittelte ihr der auch vorne sehr schmal geschnittene Tanga das Gefühl, dass er jeden Moment in den Schlitz zwischen ihren Schamlippen rutschen würde.

„Hast du ein legeres Oberteil mit Ausschnitt?"

„Selbstverständlich nicht. Wann sollte ich so etwas tragen?"

„Jetzt zum Beispiel. Aber okay. Wenn du das nicht hast, dann wirst du sicherlich im Besitz von Blusen sein. Such dir etwas Schlichtes heraus. Am besten schwarz."

Kurz danach stand Doris in einer schlichten schwarzen Bluse im Raum. Resi schaute ihr in Ruhe zu, wie sie alle Knöpfe inklusive des Kragenknopfes schloss. Besonders interessant fand sie es dabei, zu beobachten, wie sich in Doris Gesicht die Freude darüber widerspiegelte, dass sie sich so vollständig bekleiden konnte, ohne dabei von Resi unterbrochen zu werden.

„Da hast du dir aber viel Mühe mit dem Zuknöpfen gegeben. Mit dem gleichen Engagement kannst du jetzt die oberen Knöpfe wieder öffnen. Oberhalb der Linie deiner Brustwarzen will ich keinen geschlossenen Knopf sehen. Das ist meiner Meinung nach noch extrem zugeknöpft. Du kannst mir also mal wieder dankbar sein."

Doris ließ die Arme hängen und schaute verzweifelt in Resis Gesicht.

„Was soll das? Wo soll das alles hinführen? Kannst du mir nicht einfach sagen, wieviel Geld ich dir geben soll und mich dafür einfach in Ruhe lassen? Ich laufe hier doch nicht wie eine Nutte herum."

„Mach die Knöpfe auf", zischte Resi zwischen den Zähnen hervor, „und hör endgültig mit deinem Gezicke auf. Ich bleibe so lange in deiner Nähe, wie es mir Spaß macht. Und so wirst du mir den Spaß garantiert nicht verderben."

Erschrocken über den plötzlichen Wandel fing Doris mit hektischen Bewegungen an, die Knöpfe zu öffnen. Sie kontrollierte mehrfach mit ihren Blicken, ob ihre Brüstwarzen, die von dem Korsett nur sehr knapp bedeckt waren, auch sicher vor fremden Blicken geschützt waren.

„Stell dich nicht so an. Es wird dir schon nichts raus fallen. Zieh dir jetzt noch einen von deinen Röcken und die Bergschuhe von eben an. Dann geht es los."

„Was ist mit meinen Haaren?"

„Die bleiben so, wie sie jetzt sind."

Kurz danach fuhren die beiden mit dem Aufzug direkt bis in die Tiefgarage durch. Mit Doris Wagen fuhren sie bis in die Innenstadt. Der Einkaufsbummel fing nach wenigen Minuten vor einem Trachtenmodengeschäft an.

„So Doris. Eine kleine Bewährungsprobe. Wir werden jetzt eine Lederhose für dich kaufen. Du bestimmt mit deinem Verhalten darüber, ob dein Bruder ein bisschen mehr Strafe für dich abbüßen muss oder nicht. Alles klar?"

Doris musste zwar ihren Atem erst wieder beruhigen, aber dann nickte sie ihr Einverständnis, gab allerdings zu bedenken: „Man kennt mich hier. Möglicherweise steht das deinen Plänen im Weg."

„Man kennt dich hier nicht, liebe Doris. Trotzdem ein netter Versuch. Du hast diesen Laden noch nie betreten. Deine seltsame Alpenmode hast du ausnahmslos in Münchens Edelschuppen gekauft."

Damit hielt Resi die Türe auf und betrat hinter Doris das Geschäft. Der Verkäuferin, die mit einem strahlenden Lächeln auf sie zu kam, erklärte Resi ohne Umschweife, dass sie auf der Suche nach einer kurzen Lederhose für ihre Freundin wären.

„Wir wollen es heute Abend mal so richtig krachen lassen. Ich hoffe, sie können uns weiterhelfen?"

Die Verkäuferin taxiere Doris, die erstaunlich professionell lächelte.

„Es darf ein bisschen sexy sein?"

Nicken von Resi und leicht verzögertes Nicken von Doris.

„Das Korsett behalten Sie an?"

Doris stieg während des unsicheren Nickens das Blut in den Kopf.

„Ich kann Ihnen gerne etwas zeigen. Wir werden mit Sicherheit das Richtige finden."

Kurz danach kam sie mit einer Hose zurück und drapierte sie zusammen mit einer rot-weiß karierten Bluse mit geübten Griffen auf dem Verkaufstisch.

„Was meinst du Doris?" wollte Resi lächelnd wissen.

„Das kann ich so nicht sagen. Ich habe noch nie verstanden, wie jemand sich ein sicheres Urteil bilden kann, ohne die Sachen angezogen zu sehen."

„Dann darf ich Sie hier rüber bitten?"

Die Verkäuferin trug die beiden Kleidungsstücke zur Kabine und hielt die Türe für Doris geöffnet.

Als Doris dann mit Umziehen beschäftigt war, wendete sie sich mit gesenkter Stimme direkt an Resi.

„Ihre Freundin trägt so etwas heute zum ersten Mal?"

„Ja", nickte Resi verschwörerisch, „Sie glauben gar nicht, wie viel Arbeit das war, sie von ihrem furchtbaren Mann loszueisen. Er lässt ihr kaum Luft zum Atmen. Deshalb sollen die Tage hier umso schöner werden. Aber", fügte sie mit noch stärker abgesenkter Stimme hinzu, „ich habe nichts gesagt."

Die Verkäuferin schüttelte wissend ihren Kopf und murmelte dabei so etwas wie „diese armen unschuldigen jungen Dinger heiraten aber auch heute viel zu früh."

Danach trat Doris unsicher aus der Kabine. Die Beine der Lederhose waren an den Enden umgeschlagen, so wie es sich für eine ordentliche Lederhose gehörte. Der unsichere Blick bezog sich wohl eher darauf, dass die Hose absolut eng anlag und bereits aufhörte, als Doris Beine gerade angefangen hatten.

Die Bluse hatte sie stramm in den Hosenbund gesteckt. Zu Resis heimlicher Freude waren die oberen Knöpfe nicht geschlossen.

„Das sieht ganz hervorragend aus, meine Dame", lobte die Verkäuferin. „Ich würde Ihnen allerdings empfehlen, die Bluse nicht in den Bund zu stecken. Dann kommt auch ihr traumhaftes Korsett wesentlich besser zur Geltung. Ich darf mal?" wollte sie der Form halber noch wissen, als sie der völlig überraschten Doris bereits die Bluse aus der Hose zog, die unteren Knöpfe öffnete und die beiden losen Enden verknotete. Danach trat sie freudestrahlend einen Schritt zurück und wollte von Doris wissen: „Besser oder?"

„Traumhaft", urteilte Resi sofort. „Weist du was, Doris? Das nehmen wir. Am besten du lässt es gleich an."

Doris schaute - mehr weil sie glaubte, dass die Rolle es von ihr verlangte - in den Spiegel und sah ihren persönlichen Alptraum vor sich. Das schwarze Korsett war mehr als deutlich zu sehen, die Bluse hatte mal gerade noch zwei geschlossene Knöpfe. Ihre langen weißen Beine standen komplett ungeschützt in den klobigen Schuhen. Es gab nichts, was ihr auch nur ansatzweise gefiel. Trotzdem brachte sie es über sich zu lächeln und Resi zuzustimmen.

Nachdem Doris bezahlt hatte, nahm Resi die Tasche mit den abgelegten Sachen und trug sie für Doris zum Auto.

„Jetzt noch schnell ein bisschen Schmuck und dann bist du fertig."

Diesmal ging es allerdings nicht in eines der edleren Geschäfte. Stattdessen musste Doris sich Unmengen an billigen Armbändern und zu guter letzt noch eine dieser viel zu großen Wollmützen kaufen. Als sich Doris so ausstaffiert in einem Schaufenster betrachtete, erkannte sie für einen kleinen Moment eine hübsche junge Frau. So, wie sie es in ihren heimlichen Gedanken manchmal sein wollte. Dann allerdings überwog wieder das Gefühl, genau die Kleidung zu tragen, die sie in ihrer gesellschaftlichen Stellung noch nicht einmal auf einem Faschingsfest getragen hätte.

Die letzte Aktion vor dem Beginn ihrer Tour durch die Partymeile der Stadt war ein kleiner Stopp an einem Müllcontainer in den Doris ihre gesammelte Unterwäsche – auch die bereits getragene – entsorgen musste.

„Ist doch eine Befreiung oder?"

Resi warf noch einen langen Blick in Doris Gesicht.

„Du siehst sogar ohne Schminke richtig gut aus, Das wird eine unvergessliche Nacht. Du überlässt übrigens dein Scheckkartenetui, deine Schlüsselkarte, deinen Autoschlüssel und deinen Ausweis besser mir. Du scheinst mir für die Schuppen, in die wir gehen ein bisschen zu unerfahren zu sein."

Einkaufsbummel

Als die Mittagssonne bereits in die Suite schien, standen die beiden endlich auf und ließen sich das Frühstück aufs Zimmer bringen. Doris verbrachte einige Zeit vor ihrem Schrank und überlegte, wie sie den Mangel an Unterwäsche ausgleichen sollte. Schließlich wendete sie sich an Resi.

„Wenn ich den Abend richtig in Erinnerung habe, dann hattest du keinen Grund, dich über mich aufzuregen. Oder? Ich meine, ich habe doch immer brav alles gemacht, was du von mir verlangt hast."

„Hast du", bestätigte Resi grinsend.

„Wie du weißt, habe ich ein Problem mit meiner Unterwäsche. Du hättest die alte Wäsche echt nicht wegschmeißen sollen. Was soll ich denn jetzt anziehen?"

„Ist doch ganz einfach. Lass einfach den von gestern so lange an, bis du Ersatz hast."

„Hm."

„Du hast doch wohl nicht geglaubt, dass ich dir meine ganzen Höschen zur Verfügung stelle", wollte Resi mit deutlich gereiztem Unterton in der Stimme wissen.

„Nein, nein", beeilte sich Doris zu versichern, woraufhin sich Resi ein triumphierendes Grinsen verkneifen musste.

„Dann werde ich gleich mal einkaufen gehen müssen", stellte Doris fest, während sie sich eine ihrer biederen Kombinationen aus hoch geschlossener Bluse und knielangem Rock heraussuchte. „Das wird ja wohl genehmigt sein?"

„Natürlich. Ich kann dich auch gerne begleiten."

„Ne, lass mal. Das mach ich lieber alleine."

„Doris. Eben hast du noch stolz festgestellt, dass du gestern brav warst und jetzt leistest du dir schon die zweite Regelabweichung innerhalb kürzester Zeit. So geht das nicht."

Bevor sie weiter reden konnte, machte sich der Roomservice bemerkbar. Zu Doris Erleichterung schien Resi das Thema mit ihrer sogenannten Regelabweichung über das Eindecken des Frühstücks wieder vergessen zu haben. Da sie es selber auch nicht ansprechen wollte, widmete sie sich lieber der Morgenzeitung. Nachdem sie auf den Politikseiten nichts Überraschendes gefunden hatte, lehnte sie sich mit einer Tasse Kaffee in der Hand und dem Lokalteil entspannt zurück und las der Reihe nach den ganzen Klatsch und Tratsch – etwas anderes konnte ihrer Meinung nach im Lokalteil nie zu finden sein – der sich in der Stadt angesammelt hatte.

Bei einem Artikel blieb sie etwas länger hängen.

„Schau mal hier. Im ‚Sundowner' hat es gestern Nacht eine Messerstecherei gegeben. Dem Typen wurden dabei die Hoden... Widerlich. Waren wir da nicht auch?"

„Natürlich waren wir da, Doris. Du hast spontan auf dem Tisch getanzt. Erinnerst du dich nicht daran?" wollte Resi wissen, ohne von ihrem Teil der Zeitung aufzublicken. Damit entging ihr die Schamesröte, die sich im Gesicht ihres Opfers breit machte.

„Was so spontan heißt", murmelte sie vor sich hin, „ich würde eher sagen, dass du mich dazu gezwungen hast."

„Natürlich habe ich das. Schließlich habe ich die Mittel dazu. Und wenn mir danach ist, mit dir zu spielen, dann spiele ich mit dir. So einfach ist das", erklärte Resi grinsend.

„Das hast du dann ja auch reichlich ausgenutzt. In dem komischen dusteren Laden danach hatte ich schon Angst, dich verloren zu haben, nachdem du mich auf die Tanzfläche geschickt hast. Was sollte das eigentlich? Tanzen, bis du mich wieder abholst..."

„Du brauchst Übung, mein Schatz. Hab ich dir doch gesagt. Und der Laden war nun wirklich harmlos. Ideal, um zu sehen, wie sich andere Frauen bewegen."

Doris wollte gar nicht mehr daran zurückdenken. Die Tanzbühne war zwar so gut gefüllt gewesen, dass sie zumindest nicht befürchten musste, von allen angestiert zu werden. Trotzdem war sie in dem „harmlosen" Laden andauernd angebaggert worden. Die Frauen, von denen sie sich die Tanzbewegungen abschauen sollte, hingen über der Tanzfläche in Käfigen herunter und bewegten sich in höchst abstoßender Weise.

„Wo wir übrigens gerade dabei sind", riss Resi sie aus ihren Gedanken. „Zieh dich mal bis auf den Tanga aus und zeig mir, was du gestern gelernt hast."

Vor lauter Schreck kippte sich Doris den Rest ihres Kaffees über die frische Bluse. Sie griff dann zwar schnell zu einer Serviette, konnte die Bluse aber natürlich nicht mehr retten.

„Du bist ein bisschen schreckhaft. Kann das sein, Doris? Aber macht nichts. Du wolltest dieses furchtbare Kleidungsstück ja ohnehin ausziehen."

Kurz danach stand Doris neben dem Frühstückstisch und ließ sich von der sehr fröhlichen Resi dabei zusehen, wie sie ihren Körper langsam und lasziv bewegte. Sie fühlte sich dabei mehr als unwohl und überlegte, ob ihr Bruder dies alles überhaupt wert war. Die meiste Sorge bereitete ihr dabei das sichere Wissen, dass Resi gerade erst angefangen hatte, sie zu demütigen. Das Problem war nur, dass Resi sie mit Sicherheit nicht in Ruhe gelassen werden würde. Selbst wenn es ihr gelingen würde klar zu machen, dass Resi mit ihrem Bruder anstellen konnte, was sie wollte. Dafür hatte Resi zu viel Wissen in ihrer Hand, das nicht bis zu ihrem Mann vordringen durfte.

„Hallo Doris! Jemand zuhause? Habe ich dir erlaubt einfach aufzuhören?"

Doris, die gar nicht mitbekommen hatte, dass sie über ihre Gedanken stehen geblieben war, setzte ihren Körper wieder in Bewegung, merkte aber an Resis Gesichtsausdruck, dass das nicht ohne Folgen für sie bleiben würde.

Tatsächlich ging Resi wieder zu ihren Sachen und kam mit etwas kleinem goldenen wieder zurück.

„Gib mir mal deinen Daumen. Links oder rechts ist mir egal."

Zögerlich streckte Doris ihr die linke Hand entgegen.

„Jetzt kannst du dabei zuschauen, wie die Ringe funktionieren, die du bereits an deinen Zehen trägst."

Sie zeigte auf die Innenseite.

„Siehst du diesen kleinen Wulst, der wie ein kleiner Ring im Ring aussieht?"

Ohne die Antwort abzuwarten fuhr sie mit ihrer Erklärung fort.

„Wegen dieser kleinen Gemeinheit sieht der Ring von außen ganz normal und nicht zu eng aus. Trotzdem bekommst du ihn nicht mehr über den Finger abgestreift."

„Und woher weißt du, dass das die richtige Größe ist? Hast du so ein gutes Augenmaß?"

„Nein", kam die lachende Antwort. „Als ich dich neulich nachts besucht habe, habe ich ein paar der wichtigsten Maße genommen."

Ohne großen Aufwand zu treiben, ließ sie die beiden Teile an Doris Daumen einrasten. Diese musste feststellen, dass der Ring tatsächlich einen deutlich spürbaren Druck aufbaute, obwohl er von außen betrachtet, überhaupt nicht zu eng aussah.

„Gefällt er dir?"

Nein, lag Doris die Antwort auf der Zunge. Natürlich gefiel er ihr nicht. Der war nicht nur zu eng, der war zudem auch noch viel zu breit.

„Ja, er gefällt mir", war dann aber die Antwort, die sie aussprach, während sie das Daumengelenk bewegte und mit Horror feststellte, dass der Ring so breit war, dass er diese Bewegung schon leicht eingeschränkte.

„Na dann ist ja alles wunderbar. Du darfst dir jetzt wieder etwas anziehen. Sei aber bitte so nett, die neue Bluse nur so weit zuzuknöpfen, wie du es gestern geübt hast."

Während Doris sich die nächste Bluse heraussuchte, machte sich Resi so weit fertig, dass sie mit ihrer neuen „Freundin" shoppen gehen konnte. Dafür reichten ihr ein paar bequeme Leinenschuhe, eine 7/8 Jeans, ein eng anliegendes Shirt und ein kurzer Griff in den Kosmetikkoffer.

Als sie damit fertig war, stand Doris unschlüssig im Raum. Sie hatte sich ebenfalls flache Schuhe angezogen, wusste aber scheinbar nicht so richtig, wie sie den Umstand, keinen BH zu tragen am besten verbergen konnte.

„Das ist schon okay, Doris. Deine Bluse ist schließlich blickdicht. Ich finde allerdings, du solltest dir ein paar Pumps raussuchen. So ein mittelprächtiger Absatz sieht zu deinem biederen Kleidungsstil deutlich besser aus."

Aus Erfahrung klug geworden, schluckte Doris wieder einmal ihre Antwort herunter und zog sich die gewünschten Schuhe an. Dabei schwankte sie einen Moment zwischen fünf und sieben Zentimetern und entschied sich schließlich für die letzteren, da sie Angst hatte, dass sie wieder eine Strafe bekommen würde, wenn die flacheren nicht dem Bild von „mittelprächtiger Absatz" entsprechen würden.

„Na geht doch."

Der erste Weg führte sie in einen Dessousladen. Doris hatte natürlich nicht erwartet, hier vernünftige Schlüpfer kaufen zu können und sammelte demzufolge ziemlich schnell ein Dutzend Strings in ihrem Körbchen, von denen sie unter normalen Umständen keinen einzigen auch nur eines Blickes gewürdigt hätte. Als sie sich danach zu den BHs wendete, hielt Resi sie allerdings zurück.

„So üppig ist deine Oberweite nun auch wieder nicht. Du wirst den Rest deines Urlaubes darauf verzichten, welche zu tragen. Du kannst jetzt zahlen."

Zurück auf der Straße hakte sich Resi fröhlich bei Doris unter und führte sie weiter durch die Fußgängerzone. Den nächsten Laden, den sie betraten, hatte Doris schon aus der Entfernung mit Horror wahrgenommen. Der Name „Lack & Beauty" verhieß überhaupt nichts Gutes.

„Hi, ich bin Resi, das ist meine Freundin Doris", begrüßte Resi die Verkäuferin, die erwartungsvoll zu den einzigen Kundinnen blickte, die sich in der letzten Stunde in ihr Reich verirrt hatten.

„Hallo, schön, euch kennen zu lernen. Ich bin Beatrice. Was kann ich für euch tun?"

„Eigentlich ganz einfach. Meine Freundin hat gestern eine kleine Wette verloren. Als Wetteinsatz steht jetzt eine Komplettausstattung in deinem Laden an. So alltagstauglich, wie möglich", fügte sie lachend an. „Doris wird das nämlich direkt anbehalten."

„Wow. Das ist ja mal endlich eine Aufgabe nach meinem Geschmack. Und hast du auch noch was dazu zu sagen?" wollte sie von Doris wissen. „Oder entscheidet das alles deine Freundin?"

„Jedenfalls ist Resi die von uns beiden, die da wesentlich stilsicherer ist."

„Okay, dann hätten wir das schon mal geklärt. Du bist das Anziehpüppchen und Resi ist die Chefin im Ring. Wie sieht es mit eurer finanziellen Obergrenze aus?"

„Mach dir darüber keine Sorgen", beruhigte Resi.

„Na dann", freute sich Beatrice mit leuchtenden Augen, „wollen wir mal los legen. Am besten", schlug sie mit Blick auf Doris vor, „ziehst du dich erstmal komplett aus."

Doris schaute sich suchend um.

„Wo ist denn die Kabine?"

„Eigentlich da hinten, aber ich schlage vor, wir machen das anders. Gleich ist ohnehin Mittagspause. Schon verrückt, dass es so etwas noch gibt. Ich schließe jetzt direkt zu und dann können wir das alles hier im Verkaufsraum machen. Wir sind schließlich unter uns. Was meint ihr?"

„Grandios, so machen wir das", stimmte Resi begeistert zu. Alles andere hätte Doris auch ziemlich verwunderlich gefunden.

Also pellte sie sich langsam aus ihrer Bluse und ihrem Rock. Auf Resis Räuspern hin ließ sie die Andeutung von Unterhose ebenfalls fallen. Damit hatte sie jetzt nur noch ihre Pumps an und blickte erwartungsvoll in Beatrice Richtung. Dabei achtete sie sorgsam darauf, ihre Hände schön an der Seite zu lassen und bloß nichts zu verdecken.

„Wahnsinn. Was hast du denn für eine Traumfigur und dann auch noch so ganz ohne störende Haare."

Beatrice reichte ihr einen kleinen Gummihaufen, der sich schnell als ihren neuen Tanga entpuppte.

„Fang mal einfach damit an. Der ist vorne zwar breiter geschnitten, als das Teil mit dem du gekommen bist aber dafür hat er auch einen schönen Reißverschluss. Das vereinfacht den Einstieg wirklich enorm."

Da Doris nicht in der Lage war, irgendeinen positiven Kommentar abzugeben, nahm sie das kleine Stückchen Wäsche lächelnd entgegen und stieg mit ihren Beinen durch. Beim Schließen des stabilen Reißverschlusses hielt Beatrice die beiden Seiten kräftig zusammen. Als es dann geschafft war, saß die Hose wie angegossen und übte einen deutlich wahrnehmbaren Druck aus.

„Ist die nicht ein bisschen eng?" wollte Doris vorsichtig wissen.

„Nein, nein, wo denkst du hin? Diese Material muss knalle eng sitzen. Das ist genau richtig."

Beatrice trat ein bisschen zurück und wendete sich dann an Resi.

„Was meinst du? Mieder oder direkt was Ordentliches?"

„Wenn du etwas passendes Ordentliches hast, dann ist es den Versuch allemal wert."

„Just a moment."

Damit verschwand Beatrice irgendwo hinter ihren Regalen und kam über beide Backen grinsend mit einem dunkelblauen, glänzendes Korsett zurück. Da Doris schon mit so etwas gerechnet hatte, schaute sie direkt auf den oberen Rand des Korsetts und war erleichtert, als sie deutlich ausgearbeitete Schalen für ihre Brüste sah.

„Dir scheint es zu gefallen, Doris", war Beatrice prompte Fehlinterpretation ihres Lächelns.

„Warum nicht? Sieht doch gut aus", brachte Doris so gerade eben hervor, ohne ihre Fassade zu verlieren.

„Schau mal, das ist innen so gearbeitet, dass es beim Schließen gut mit macht. Du brauchst nichts drunter zu ziehen."

„Na dann", meinte Doris, während sie die Arme hob, „Fang mal an, mich einzupacken." Dabei kreisten ihre Gedanken im Wesentlichen darum, dass bald endlich ihre nackten Brüste verdeckt sein würden. Die ersten Durchgänge waren ziemlich schnell gemacht. Doris hatte dabei, wie sie sich selber zugestehen musste, das Vergnügen in einem Spiegel zu sehen, wie das glatte Material ihren Körper immer stärker formte.

Als es dann wirklich eng war, bat Beatrice sie, mal eben an eine Stange zu greifen, die sie ein Stück von der Decke herabgelassen hatte.

„Dadurch streckt sich dein Körper noch ein bisschen in dem Korsett und ich kann schnell noch den letzten Durchgang machen."

Nach diesem letzten Durchgang verknotete sie die Bänder und Doris konnte die Stange wieder los lassen. In dem Moment bestätigte sich ihre Befürchtung, dass der Druck noch mal zunahm und schon im Bereich des Unangenehmen lag.

„Trägst du das zum ersten Mal, Doris?"

„Fast. Gestern hat mir Resi eines von ihren gegeben. Aber ansonsten ist es das erste Mal."

Doris fuhr mit ihren Händen über ihren Körper und musste erneut mit einigem Unbehagen feststellen, dass ihr diese sehr glatte Oberfläche wirklich gut gefiel. Sie stellte sich die Frage, ob sie durch ihre Ehe mit dem Senator doch viel mehr Sehnsüchte in sich selber unterdrückt hatte, als sie sich bisher zugestand. Bevor sie dem Gedanken aber noch mehr nachgehen konnte, wurde sie durch die Frage, die Beatrice stellte, abgelenkt.

„Du trägst auch Korsett, Resi?"

„Ab und an, ja"

„Beatrice, such doch für Resi auch eins raus. Wäre super" meinte Doris an Resi gewandt, „wenn du auch so eins aus diesem tollen Material tragen würdest, oder?"

„Eigentlich war das als dein großer Tag geplant, aber ich will mal nicht so sein. Ich wäre ja blöd, wenn ich so ein Angebot ausschlagen würde."

Damit hatte Doris erst einmal eine Pause, um sich an das Korsett zu gewöhnen. Bei ihren Versuchen die Hüfte zu beugen, stellte sie schnell fest, dass dieses Modell überhaupt nichts zuließ. Scheinbar hatte Resi das Korsett vom Vortag nicht so straff geschlossen oder es waren nicht so viele Versteifungen eingearbeitet.

„Das Korsett von gestern war ja nichts dagegen", teilte sie den beiden dann auch direkt mit und bekam von Beatrice die Info, auf die sie gewartete hatte.

„Ich fertige die von Hand an. Und ich sage dir, dass ich immer sehr auf die Qualität der Versteifung achte. Bei mir geht kein Korsett über den Ladentisch in dem leicht biegsame Versteifungen verarbeitet sind. Warte erst mal ab, wie gut das sitzt, wenn ich es bei dir auf Maß fertige. Dann ist es hinten auch sauber und gleichmäßig geschlossen."

Inzwischen hing Resi schon an der Querstange und Doris konnte zusehen, wie sich die beiden Verschlussleisten noch ein bisschen mehr näherten.

„Aber bei Resi bekommst du es ganz zu, so wie es aussieht."

„Besser nicht", lächelte Beatrice, „Resi soll ja auch noch atmen können. Wenn ihr beide täglich übt und am besten auch noch damit schlaft, dann wird das in ein paar Tagen oder Wochen kein Thema sein. Aber für heute ist bei euch beiden das Limit erreicht."

Resi zog sich freudestrahlend ihr T-Shirt über das dunkelrot, mit schwarzen Nähten abgesetzte Korsett und gab Doris, ohne Vorwarnung einen Kuss auf den Mund „Danke dir."

Eigentlich hatte Doris ein bisschen erwartet, Resi mit ihrer Initiative geärgert zu haben. Jetzt, spätestens nach dem Kuss, verstand sie, dass sich Resi entweder super verstellen konnte oder dass sie ihr wirklich eine Freude gemachte hatte.

„Wollt ihr einen Kaffee, bevor wir weiter machen?"

Ein paar Minuten saßen Resi und Doris mit aufrechter Körperhaltung auf der Vorderkante ihrer Stühle, während Beatrice sich gemütlich auf ihrem Stuhl zurechtgesetzt hatte.

„Ich habe heute mal keins an. Ich könnte meinen, man sieht den Unterschied" flachste Beatrice. „Aber jetzt erzählt mal. Was habt ihr denn da für eine interessante Wette gemacht?"

Ohne eine Sekunde zu zögern – hier zahlte sich die Erfahrung an der Seite ihres Mannes aus – wendete sich Doris lächelnd zu Resi und signalisiert entspannte Erwartungshaltung auf die Geschichte, die jetzt kommen würde.

„Eigentlich ganz einfach. Du kennst doch den Laden, wo die Modells in den Käfigen tanzen?"

„Natürlich kenne ich den. Das sind mit meine besten Kundinnen."

„Also, ich habe gewettet, dass Doris nur durch tanzen und ihr Aussehen in der Lage ist, einen Job in einem der Käfige angeboten zu bekommen. Und ich habe gewonnen. Heute Abend hat Doris ihren großen Auftritt."

Doris, die eigentlich gehofft hatte, dass Resi bei der Geschichte schwer ins Straucheln kommen würde, war froh, dass sie keine Kaffeetasse in der Hand hatte. Die wäre ihr vermutlich vor lauter Überraschung aus der Hand gefallen.

„Echt?" wollte Beatrice mit Begeisterung in der Stimme wissen und wendete sich zu Doris. „Das ist ja der Wahnsinn. Dabei machst du mit den Klamotten, die du an hattest, als du hier reingekommen bist, gar nicht den Eindruck auf mich. So kann man sich täuschen."

„Tja", meinte Doris, „ich bin auch immer wieder von mir überrascht."

„Sag mal, was hast du da eigentlich für einen interessanten Ring an deinem Daumen? Der sieht mir ein bisschen verdächtig anhänglich aus."

„Oh", Doris schaute auf ihren eigenen Daumen, „ich war eigentlich davon ausgegangen, dass man das Geheimnis von dem Teil nicht erkennen kann."

„Kann man auch nicht. Damit hast du die zweite und letzte intensive Leidenschaft von mir kennengelernt. Das ist nämlich die Liebe zu solchen speziellen Schmuckstücken."

„Den hat mir Resi geschenkt."

„Klasse. So als eine Art Beweis der ewigen Liebe?"

„Genau", stimmte Doris zu. „Wir kennen uns zwar eigentlich noch nicht so lange, aber für uns ist irgendwie klar, dass wir lange zusammen bleiben werden. Ist manchmal einfach nur verrückt oder?"

„Ja, wo die Liebe so hinfällt. Und du Resi? Was hast du von Doris bekommen?"

„Noch so einen Ring wollten wir nicht", gab Doris einer plötzlichen Eingebung folgend die Antwort. „Ich habe vorgeschlagen so einen abschließbaren Armreif zu besorgen. Den Schlüssel bekomme dann natürlich ich. Hast du eine Ahnung, wo man hier so etwas bekommen kann? Am Besten wäre es natürlich, wenn der Armreif sein Geheimnis nicht sofort verrät. So in etwa, wie bei meinem Ring."

„Natürlich habe ich eine Ahnung, wo ihr so etwas bekommt. Bei mir natürlich. Schmal oder eher breit?"

„Breit natürlich."

Beatrice sprang förmlich auf, um ein paar Exemplare zu holen.

„Kann es sein, dass ich dich unterschätzt habe mein Liebchen?" raunte Resi Doris zu.

„Möglich", gab Doris triumphierend zurück, „steht dir übrigens gut, das Korsett. Mit dem kurzen Shirt da drüber macht das wirklich was her."

Bevor Resi antworten konnte, kam bereits Beatrice zurück und zeigte eine Auswahl von Bändern, die tatsächlich jedes für sich eher schlicht aussahen. Die besondere Ausstrahlung erhielten sie nur über ihre große Breite.

„Die sind vom Design eigentlich ziemlich gleich. Nur die Form ist leicht unterschiedlich. Wenn es euch gefällt, suchen wir schnell das heraus, das am besten passt und schon hast du ein wunderbares abschließbares Armband."

Resi hielt ihr ihren linken Arm hin und ließ Beatrice der Reihe nach alle Bänder ausprobieren. Es zeigte sich ziemlich schnell, welches am besten passte. Das Band hatte ein Gelenk und auf der anderen Seite das Schloss, das nach dem Schließen von der Seite aus geöffnet werden konnte. Dadurch fiel der Schlüsselschlitz, der zudem noch an der Innenseite des Handgelenks saß, fast nicht auf.

„Willst du es ihr anlegen?" wollte Beatrice wissen und hielt es Doris hin.

„Gerne".

Lächelnd ließ Doris das Schloss einrasten und nahm dann die Schlüssel von Beatrice entgegen.

„Sieht super aus, Resi."

„Na, das will ich doch wohl hoffen, Doris", verkündete Resi lächelnd und schaute sich das Band noch ein kleines Weilchen an.

Bald danach standen die drei wieder im Verkaufsraum.

„Du hast noch ziemlich weiße Beine Doris", stellte Beatrice fest. „Ich würde vorschlagen, du ziehst dir eben eine dunkle Stumpfhose an. Ausnahmsweise Nylon. Ein paar davon habe ich immer hier rumliegen. Dazu passt dann ganz hervorragend eine Latexshorts. Auf diese Weise kannst du heute Abend deine Beine wunderbar präsentieren."

Doris, die sich immer mehr Gedanken darüber machte, wie Resi sich für den Armschmuck und das Korsett rächen würde, nahm die Sachen entgegen und zog alles über. Dabei fielen Beatrice natürlich sofort die beiden Zehnringe auf.

„Lass mich raten. Die bekommst du ohne Gewaltanwendung auch nicht mehr ab?"

„Richtig. War eine Überraschung von Resi."

„Eine Überraschung? Wow. Da müsst ihr eurer Sache aber echt sicher sein. Also, wenn ich die abnehmen müsste, würde ich vermutlich ziemlich lange und ziemlich vorsichtig mit einer Flex hantieren."

„Ach? Und wenn du mal versehentlich abrutschst?" wollte Resi wissen.

„Der Ring mit dem Zeh und die Flex müssen natürlich eingespannt werden. Deshalb dauert das ja auch so lange."

Bei der Vorstellung, dass jemand mit einer Flex an ihrem Zeh herumarbeiten würde, musste Doris automatisch den Mund verziehen.

„Dann bleiben die doch besser dran, bis das der Tod uns scheidet", stellte sie mit leicht theatralischer Stimme fest.

Resi schaute nach einem kurzen Blick auf Doris wieder an den Regalen entlang.

„Hast du eine weiße Latexbluse, die sie überziehen kann? Nicht zum Knöpfen. Ich dachte einfach an einen Knoten unten vor dem Bauchnabel. Ich glaube, dann wäre sie schon ziemlich gut ausstaffiert."

Natürlich hatte Beatrice das gewünschte Kleidungsstück.

„Schau dich mal im Spiegel an Doris. Was meinst du? Sieht doch schon fast normal aus."

Natürlich war das, was Doris im Spiegel sah alles andere als ‚fast normal', aber es hätte ihr nichts genutzt, jetzt aussteigen zu wollen.

„Ich werde mich noch ein bisschen dran gewöhnen müssen, aber im Großen und Ganzen ist das wunderbar."

Als sie wieder in ihre Pumps schlüpfen wollte, wurde sie von Beatrice zurückgehalten.

„Sorry Doris, aber das geht jetzt echt gar nicht. Die passen zu deinem neuen Outfit ungefähr so gut wie ein paar Filzpantoffeln. Ich habe da etwas wesentlich besseres für dich."

Kurz danach stellte sie knielange Stiefel mit ziemlich hohem Absatz vor Doris.

„Die sollten es eigentlich tun. Durch den Blockabsatz und das Plateau kannst du sogar sehr sicher darin gehen. Im Vergleich zu Stilettos die reine Wonne."

Danach behängte Resi die Handgelenke und den Hals ihre neuen ‚Freundin' noch mit Unmengen an grobgliedrigen Ketten – zu Doris Erleichterung nicht abschließbare Modelle – und war dann endlich zufrieden.

Doris alte Sachen wurden in eine große Tüte mit Werbeaufschrift für Beatrice Laden gepackt und nachdem Doris die nicht unerhebliche Rechnung beglichen hatte und reichlich Küsschen ausgetauscht worden waren, verließen die beiden den Laden.

Doris reichten ein paar Schritte in der Sonne, um zu wissen, dass sie in kürzester Zeit ziemlich viel Schwitzen würde.

„Und du bist der Meinung, dass wir für den Rest den kleinen Einkaufbummels richtig angezogen sind?"

„Ich schon. Bei dir bin ich mir nicht so sicher. Ist mir aber nach deinem unverschämten Gegenangriff bei Beatrice auch ziemlich egal. Habe ich dir eigentlich schon erzählt, dass ich nicht alleine arbeite?"

Auf Doris erstaunten Blick breitete sich hämische Freude auf Resis Gesicht aus.

„Ich habe eben mal eine kurze Korrespondenz mit meinem Partner gehabt. Er war, genau wie ich der Meinung, dass dein Verhalten bestraft werden muss. Schau mal hier."

Sie zeigte Doris im Schatten eines Hauses das Bild auf ihrem Handy. Erst als diese mehrfach hingesehen hatte, erkannte sie, dass Resi tatsächlich ein Bild ihres Bruders zeigte. Egal, wie Doris zu ihm stand und was er sich schon alles an wirklich schlimmen Dingen erlaubt hatte. Das war eindeutig zu viel.

„Sah schon mal besser aus, dein Bruder. Oder? Nicht, dass du mich falsch verstehst. Mir gefiel er vorher auch besser. Aber nun gut. Jetzt ist es eben passiert. Er war übrigens überhaupt nicht begeistert, als ihm erklärt wurde, für wen und warum er die Strafe bekommen hat."

Sie weidete sich noch ein bisschen an dem Schock, den sie bei Doris ausgelöst hatte, bevor sie ihr erklärte, was als Nächstes gemacht werden würde.

„Ich habe hier eine sehr ambitionierte Frisöse gefunden. Die kann wahre kleine Kunstwerke erschaffen. Und was soll ich sagen? Ich habe es geschafft einen Termin bei ihr zu bekommen. Natürlich für dich."

Doris, die immer noch dabei war, das Foto zu verarbeiten, schaute Resi nur mit großen Augen an.

„So, Doris. Jetzt reiß dich mal wieder zusammen. Du hast jetzt so in etwa eine Idee davon, was passiert, wenn du so einen süßen kleinen Alleingang machst, wie eben bei Beatrice. Benimm dich also in Zukunft…", sie suchte nach dem geeigneten Wort, „gefügiger. Dann wird das ganze Abenteuer hier noch einen einigermaßen günstigen Ausgang haben. Es liegt nur an dir."

Erst, als sie kurz vor dem Friseurladen waren, hatte sich Doris wieder so weit gefasst, dass sie zumindest die aufmerksamen Blicke der Passanten wahrnahm. Ihr Outfit war nun einmal nicht wirklich alltagstauglich.

„So, jetzt mach mal kurz den Mund auf Doris. Ich habe da nämlich etwas für dich."

Sie schob einen Tischtennisball, der oben und unten etwas eingedrückt war, in Doris Mund.

„Und jetzt den Mund schön zu lassen und erst wieder öffnen, wenn ich es dir erlaube. Das wird übrigens frühestens nach dem Verlassen des Friseurs sein. In der Zwischenzeit darfst du dafür dankbar sein, dass ich den Ball etwas eingedrückt habe. Dadurch ist er wesentlich angenehmer zu tragen."

Damit ging sie Doris voran in den Laden.

„Hi, Ich bin Resi. Das ist meine Freundin Doris, die heute die große Schweigerin gibt. Ihr ist ein Zahn abgebrochen und deshalb wird sie den Mund nicht mehr freiwillig aufmachen, bis eine Krone drauf sitzt. Aber, das habe ich dir ja schon am Telefon erzählt."

„Hallo erstmal. Ich bin die Eva. Freut mich, dass du zu mir kommst Doris. Ich bin mir sicher, du wirst begeistert sein. Deine Freundin hat mir ja schon sehr genau erklärt, was du möchtest. Dann würde ich sagen, legen wir gleich los."

Nach der sehr angenehmen Haarwäsche fing Eva an, erstmal die groben Konturen zu schneiden, wie sie er ausdrückte. Doris gab sich, noch immer unter dem Eindruck der Drohung die Resi eben gemacht hatte, größte Mühe, möglichst entspannt auf dem Stuhl zu sitzen. Wobei es ihr durch das, was Eva machte, nicht unbedingt einfacher wurde. Sie hatte zunächst die Haare in verschiedene Zonen aufgeteilt. Das war nichts Besonderes, schließlich passierte das bei nahezu allen Frisuren. Danach allerdings hatte sie den Langhaarschneider in die Maschine eingesetzt und die Haare auf beiden Seiten bis auf eine Länge von vielleicht einem halben Zentimeter gekürzt. Übrig geblieben war danach nur noch ein ziemlich breiter Irokese. Aber auch diese Haare mussten dran glauben. Wenn auch nicht so krass wie an den Seiten. Immerhin waren die dann noch um die sieben oder acht Zentimeter lang. Die schönen langen Haare, auf die Doris immer so stolz gewesen war und mit denen sie sich so gerne kunstvolle Frisuren gesteckt hatte, waren Vergangenheit.

Als die erste Etappe fertig war, suchte Eva mit leuchtenden Augen im Spiegel den Blick von Doris, die schwer mit sich kämpfen musste, ihre Mimik im Griff zu halten.

„Gefällt es dir etwa nicht?"

Fast hätte Doris so etwas wie ‚doch, ist super', gesagt. Sie beließ es dann aber dabei den Daumen nach oben zu strecken.

„Klasse Ring da an deinem Daumen. Aber ein bisschen breit für meinen Geschmack, wenn ich ehrlich bin."

„Habe ich ihr auch gesagt", meinte Resi, „aber sie wollte den unbedingt haben. Ich denke in erster Linie muss der Ring immer der gefallen, die ihn trägt. Oder, was meinst du?"

„Klar, natürlich."

Inzwischen beschäftigte sich Eva damit das Mittel anzurühren, das sie dann großzügig in Doris verbliebenen Haaren und sogar auf den Augenbrauen verteilte. Dabei unterhielt sie sich immer weiter mit Resi über alle möglichen Dinge. Irgendwann kamen sie auf das ziemlich gewagte Outfit, in dem Doris herumlief und Resi hatte wieder die Gelegenheit, die Geschichte von dem Tanz im Käfig zu platzieren. Diesmal breitete sie alles noch etwas genüsslicher aus. Doris erfuhr bei der Gelegenheit, dass Resi sie eigentlich hatte zurückhalten wollen, weil ihr das dann doch ein bisschen zu öffentlich wäre. Aber, so wie bei dem Daumenring hätte Doris nichts davon hören wollen. Und jetzt wäre es eben so.

„Aber jetzt, wo die Entscheidung gefallen ist, unterstütze ich Doris natürlich, wo ich nur kann. Das finde ich nur korrekt."

„Finde ich auch. Außerdem verdient man dabei ganz gut. Ich habe das auch mal eine Zeitlang gemacht. Irgendwann wurde es mir dann aber zu langweilig den Typen dabei zuzusehen, wie sie Stielaugen bekamen. Dann lief der Laden hier auch immer besser und ich habe damit aufgehört. Trotzdem. War eine schöne Zeit. Dir wird es bestimmt auch Spaß machen Doris."

Das Klingeln der Zeitschaltuhr, das nach Doris Geschmack viel zu lange auf sich hatte warten lassen, beendete die Diskussion über das Für und Wider von Tänzerinnen in Käfigen. Eva entfernte die Folie von Doris Kopf und wusch die Reste des Mittels aus. Wie Doris bei der Farbe des Mittels schon befürchtet hatte, waren ihre Haare jetzt so derartig blond, dass sie schon fast weiß aussahen. Ihren Augenbrauen ging es dabei natürlich nicht besser.

Danach brachte Eva die Gesamtfrisur in Form, was bedeutete, dass die Länge der einzelnen Frisurteile im Wesentlichen beibehalten wurde. Dachte Doris zumindest. Am Ende packte Eva dann doch noch mal den Rasierer aus und rasierte auf jede Seite noch die Umrisse eines großen fünfstrahligen Sterns, den sie dann nochmals mit etwas Farbe bedachte, die wieder eine Zeitlang einwirken durfte.

Nachdem Doris die dunkelblauen Sterne ‚bestaunt' hatte, rollte Eva die restlichen langen Haare auf große Wickler, spritzte ordentlich Chemie drauf und steckte Doris unter eine Haube. Gleichzeitig trug sie noch irgendetwas auf die gebleichten Augenbrauen auf.

Als Doris eine halbe Stunde später wieder in der Einkaufstraße stand, wäre sie am liebsten sofort im Boden versunken. Ihre Augenbrauen waren jetzt ebenfalls dunkelblau einfärbt und ihre Haupthaare standen dank der fixierten Locken nach ein bisschen Hilfe durch Spray senkrecht hoch. Wenn irgendjemand trotz der Kleidung an ihr vorbeigeschaut hätte, dann wäre spätestens die Frisur der Hingucker gewesen.

Resi schaute demonstrativ auf die Uhr und ging mit Doris im Schlepptau dann zu dem Club, in dem Doris an diesem Abend tanzen ‚wollte'.

„Die wollen ein bisschen was mit dir durchgehen. Getränke, also Wasser, ist für dich übrigens frei. Nach dem Üben bleibst du direkt da und wirst dann im Laufe des Abends mehrfach im Käfig eingesetzt. Falls denen irgendwas an deinem Outfit nicht gefällt, haben die natürlich freie Hand das zu ändern. Falls die auf die Idee kommen sollten, dich nach deiner Meinung zu fragen bist du natürlich mit einfach allem komplett einverstanden. Und noch eins. Ich bin zwar den Rest des Tages nicht mehr dabei aber glaube mir, dass ich es garantiert mitbekomme, wenn du dich nicht benimmst. Versuche es also gar nicht erst."

Doris, die noch immer mit dem Tischtennisball kämpfte konnte nur grunzend nicken.

„Dann ist ja alles klar. Den Ball kannst du da vorne in den Abfalleimer spucken."

Als Doris der Aufforderung folgte, wusste sie zwar, dass sie so etwas in ihrem normalen Leben niemals machen würde, aber so wie sie jetzt aussah war das eines der kleineren Probleme.

„Wie soll ich das eigentlich alles meinem Mann erklären? Also die Ringe geht ja noch, aber die Frisur ist nun wirklich nicht das, was in mein normales Leben passt."

„Da stimme ich dir zu, liebe Doris. Das ist aber auch genau mein Ziel. Es macht mir nämlich wahnsinnigen Spaß, dich zu solchen Dingen zu zwingen. Du kannst mir jetzt übrigens auch die Schlüssel für mein Armband geben."

Mit einem kaum vernehmlichen Seufzer kramte Doris in ihrer Handtasche und zog schließlich die beiden Schlüssel heraus.

„Du hast doch nicht ernsthaft daran gedacht, dass du die behalten könntest oder?"

„Hätte ja sein können."

„Träumerin."

Inzwischen waren die beiden am Hintereingang des Clubs angekommen. Kurz nach dem Klingeln öffnete eine attraktive Frau in den Mittdreizigern, die von Resi als Madeleine begrüßt wurde.

„Hallo zusammen. Du hättest aber nicht in deinem Bühnenoutfit kommen müssen. Wir haben auch Umkleidekabinen."

„Mir war danach", versicherte Doris, nachdem sie sich kurz geräuspert hatte. „Ist das ein Problem?"

„Nein. Zumindest nicht für mich. Komm rein", forderte sie Doris auf, während sie zu Seite trat.

Nachdem sie auf Resis Initiative hin noch Küsschen links und rechts mit Resi ausgetauscht hatte, verschwand Doris mit Madeleine im Club. Wieder einmal hatte sie in ihrer Handtasche nur Kosmetik und Hygieneartikel. Geld, Karten und Smartphone wurden von Resi verwahrt.

Stahl

Vom Club bis zu dem kleinen Appartement, das sie gemietet hatte, waren es nur ein paar Schritte. Resi knallte die Türe hinter sich zu und sprang juchzend in die Arme ihres Liebhabers und Partners. Der hielt sein Gleichgewicht gerade lange genug um sich mit seiner süßen, durchtriebenen Last in das Bett fallen zu lassen und ihr die Kleidung vom Leib zu zerren.

„Du trägst Korsett? Bei dem Wetter?"

„Das hat mir die liebe Doris geschenkt", erklärte Resi, in den kleinen Pausen zwischen den Küssen. „Die war so dämlich zu glauben, sie könnte mir damit ein Problem machen."

„Willst du das anbehalten?"

„Geile Idee. Aber wehe du kommst zu früh. Ich werde nämlich ab und zu mal zu Atem kommen müssen."

Er gab sich alle Mühe, ihrem Wunsch zu entsprechen und sie hatten dann tatsächlich einen gemeinsamen Höhepunkt. Nach der ausgiebigen gemeinsamen Dusche loggte sich Resi im Internet auf die Seite des Clubs ein und öffnete einen verborgenen Link auf die Kameras im Showroom.

„Hey komm mal her. Sie übt schon."

Danach schauten sich die beiden in aller Ruhe Doris Tanzeinlagen in dem Käfig an.

„Die ist gar nicht mal so schlecht. Wenn ich bedenke, dass du sie zu all dem zwingen musstest, ist sie sogar richtig gut."

„Das will ich doch wohl hoffen. Schließlich will sie weiteren Schaden von ihrem armen gefallenen Bruder abwenden. Ich muss zugeben, dass ich einen Moment lang Zweifel hatte, ob das Druckmittel reichen würde, aber das letzte Foto war dann echt der Bringer. Du hättest mal ihr Gesicht sehen sollen", fügte sie lachend an.

„Und ich hatte schon Bedenken übertrieben zu haben."

„Nein, hast du nicht. Genau so muss es sein. Anders behalten wir sie nicht in Griff. Vergiss nicht, dass wir gerade erst angefangen haben."

Sie saßen eine zeitlang einfach nur nebeneinander und genossen den Moment.

„Hast du das Messer entsorgt?" wollte Resi dann wissen.

„Klar habe ich das. Erst fünf Mal in die Spülmaschine und dann in ein tiefes Loch, das inzwischen mit Beton verfüllt ist. Ein angenehmer Zufall, der sich da aufgetan hat."

„Wunderbar. Dann haben wir ja einen wirklich erholsamen Resttag vor uns", schnurrte Resi, während sie sich über ihren Lover rollte.

Am späten Abend schalteten sie sich wieder in ihre private kleine Peep-Show mit der Hauptdarstellerin namens Doris ein. Die gab sich, das mussten sie fairerweise zugestehen, wirklich alle Mühe, das zu leisten, was von ihr verlangt wurde.

„Verstehst du eigentlich, warum die sich die ganze Zeit an den Gitterstäben festhält?" wollte Resi wissen. „Ob die Angst hat umzufallen?"

„Schau mal genauer hin", war die gutgelaunte Antwort.

„Ah", meinte sie nach einiger Zeit, „sie ist angekettet. Ob sie sich nicht benommen hat?"

„Keine Ahnung. Sie wird es dir bestimmt erzählen. Jedenfalls bietet sie im Moment keinen Anlass für weitere Maßnahmen. Schade eigentlich, aber trotzdem glaube ich ein gutes Zeichen."

„Ja", stimmte Resi zu, „sehe ich auch so. Wir sollten uns aber hüten, davon auszugehen, dass sie jetzt schon gebrochen ist. Das wäre für meine Begriffe ein bisschen zu früh."

„Komm lass uns die Zeit, bis du sie abholst noch auskosten. Wer weiß, wann wir das nächste Mal Gelegenheit dazu haben."

Mitten in der Nacht, gegen drei ging Resi in den Club, um die bereits wartende Doris abzuholen. Da es in der Nacht schon ziemlich kühl war, hatte sie ihr einen langen Lackmantel mitgebracht, den Doris dankbar entgegennahm.

„Und wie war es?" wollte Resi wissen, als sie mit Doris Edelkarosse die kurze Strecke bis zum Hotel fuhr.

„Schrecklich. Wenn ich alleine an die ganzen Typen denke, denen ich mich halb nackt präsentieren musste, wird mir jetzt noch schlecht."

„Dafür hast du dich aber gut gehalten. Madeleine war jedenfalls zufrieden mit dir. Sie hat dich für morgen gleich noch mal gebucht. Sie hätte sogar eine Zusage für die ganze Woche gemacht, aber übermorgen fährst du ja wieder nach hause zu deinem Tattergreis."

„Ist das dein Ernst? Ich soll mich morgen schon wieder so einer demütigenden Zurschaustellung aussetzen?"

„Was heißt hier ‚soll'? Ich war eigentlich davon ausgegangen, dass du deine Lektion gelernt hast. Du willst das machen und du bist rattenscharf darauf. Ist das klar?"

„Ja, ja. Ist klar", versicherte Doris mit resignierter Stimme. Eigentlich wollte sie nur noch ins Bett, sehr tief schlafen und am nächsten Morgen mit ihren alten langen Haaren und dem Wissen um einen schrecklichen Alptraum aufwachen.

Diesen Gefallen tat ihr der wunderschöne sonnige Morgen allerdings nicht. Sie warf zwar vorsichtshalber einen Blick auf ihren Daumen, aber der Ring saß noch immer unverrückbar fest an seinem Platz. Und nicht nur der Ring war da, sondern auch das abschließbare Armband, das sie Resi gestern in einem Anfall von Selbstüberschätzung aufgeschwätzt hatte. Damit war ihre Sammlung von dauerhaften Schmuckstücken jetzt also auf vier angewachsen. Und tief in ihrem Inneren wusste sie, dass es dabei nicht bleiben würde.

Beim Blick in den Spiegel wurde sie auch wieder an ihre schreckliche Frisur erinnert, wobei die ‚langen' Haare auf ihrer Kopfmitte jetzt nicht mehr brav in Reih und Glied nebeneinander standen, sonder eher chaotisch in alle Richtungen fielen.

„Du findest auf der Ablage reichlich Spray, um deine Frisur wieder in Form zu bringen, Doris. Denk nicht, dass ich dich so mit raus nehme."

Doris wollte gar nicht wissen, was ihr heute bevor stand. Sie würde es schon noch früh genug erfahren. Also nahm sie eine ausgiebige Dusche und widmete sich dann mit dem Fön und Spray ihren Haaren. Da sie bei solch einer Frisur keinerlei Übung hatte, war sie erst nach einer guten Stunde fertig. Resi wartete zu ihrer Überraschung ohne Meckerei und spitze Bemerkungen geduldig ab.

„Zieh dir etwas aus deinem biederen Reich an. Die Sachen von gestern brauchst du frühestens heute Abend wieder. Wir gehen noch mal ein bisschen Shoppen. Keine Angst. Diesmal ist es kein Lack und kein Latex."

Bevor sie sich dann aber in die Läden begeben konnten, wurde Doris von Resi in die Hotellobby geschickt. „Ich komme in einer halben Stunde nach und hole dich dann ab. Du kannst ja Zeitung lesen, wenn du willst", hatte Resi gesagt. Natürlich war Doris klar, dass es um nichts anderes ging, als ihr verändertes Äußeres dem Hotelpersonal vorzuführen. Im Prinzip, das wusste Doris natürlich aus langer Erfahrung, war das kein Problem, da keiner der Angestellten in einem Hotel dieser Klasse auch nur mit der Wimper zucken würde, wenn er sie sehen würde. Viel schlimmer war das, was die Angestellten denken würden. Denn auch das war Doris klar. Die Wertschätzung, die man ihr bisher entgegengebracht hatte, würde garantiert sinken. Trotzdem nutzte es nichts, wenn sie jetzt Widerstand üben würde. Für den Moment – und schmerzhaft musste sie sich eingestehen auch für längere Zeit – hatte Resi die deutlich besseren Karten.

Genau so, wie sie es erwartet hatte, kam es dann auch. Sie ließ sich einen Kaffee bringen, den sie völlig ungestört zusammen mit der Zeitungslektüre genießen konnte. Aus purer Sensationsgier, wie sie sich zugestand, schlug sie nach einiger Zeit den Lokalteil auf. Tatsächlich gab es einen weiteren Bericht zu der Messerstecherei im ‚Sundowner'. Inzwischen ging es um eine Mordermittlung, da das Opfer, das zunächst noch ins Leben zurückgeholt werden konnte, dann doch noch gestorben war. Das größte Problem stellte der hohe

Blutverlust dar, der beim Verlust des Geschlechtsorganes eingetreten war. Das Opfer war dann wohl doch zu spät gefunden worden. Die Polizei, so erfuhr Doris, fahndete nach einer blonden Frau, die immer wieder in der Nähe des Opfers gesehen worden war. Scheinbar, so berichteten Zeugen war es zu einem Streit gekommen, weil das spätere Opfer zudringlich geworden war.

Geschieht ihm ganz recht, dachte Doris, was macht der sich auch an fremde Frauen ran. Wenn es solche Männer nicht geben würde, wäre die Welt für uns Frauen um einiges angenehmer und sicherer.

Kaum hatte sie diesen Gedanken zu Ende gedacht, da überkam sie auch schon die Schamesröte. Natürlich konnte sie diese aufdringlichen, möglicherweise auch noch besoffenen Typen – nicht zu vergessen der deutliche Abdruck des gerade abgenommenen Eherings am Ringfinger – überhaupt nicht ab. Nur der Tod war nicht unbedingt das, was sie solchen Typen wünschte. Selbstverständlich wäre zu hoffen, dass die blonde Frau gefunden und ihrer Strafe zugeführt würde. Obwohl andererseits... Nach den Erfahrungen der letzten Tage wusste Doris, wie lästig diese Typen seien konnten. Vielleicht konnte sie der Frau ja doch irgendwie gönnen, nicht gefunden zu werden.

Bevor sie diese irritierenden Gedanken zu Ende denken konnte, kam Resi in die Lobby.

„Dann wollen wir mal shoppen gehen. Es wird Zeit, dass du deine Bekleidung um einige alltagstaugliche Stücke ergänzt."

Diesmal wurde Doris tatsächlich in die normalen Läden geführt. Gleich im ersten Geschäft suchte Resi eine löchrige Jeans und eine bauchfreie – da schien sie wohl echt drauf zu stehen – Bluse heraus. Da es in dem Laden auch noch Schuhe gab, musste Doris ein paar rosa Chucks anziehen und war damit bereits komplett ausgestattet. Natürlich wollte sie auf Resis Befehl hin, die neuen Sachen direkt anbehalten. Bevor die edle Garderobe, auf die Doris jetzt wieder verzichten musste, in die große Tüte gepackt wurde, leerte Doris noch die Taschen und steckte alles in ihre Handtasche. Die Hosentaschen waren auf die Anweisung von Resi tabu.

„Guck mal dahinten Doris. Siehst du den Altkleidercontainer?"

„Ja? Warum?"

Resi schaute demonstrativ auf die Tüte mit Doris alten Sachen.

„Du willst diesen Schrott doch wohl nicht den ganzen Tag mit dir rumschleppen, oder? Das ist das ideal Geschenk für Leute, die sich so etwas nicht leisten können. Also: Hopp, hopp, weg mit dem Zeug."

„Ich hätte es wissen müssen."

„Natürlich hättest du es wissen müssen, mein Schatz."

Bevor Doris zum Container gehen konnte, wurde sie von Resi umarmt und mit einem Kuss auf die Lippen bedacht.

„Du schmeckst gut, Doris. Das werde ich noch öfters machen."

Nach dem nächsten Geschäft, in dem Doris noch mehr locker, sexy Garderobe kaufte, blieben sie vor einem Tattoo und Piercing Shop stehen.

„Du musst dich noch ein bisschen aufpeppen. Weißt du, was ein Tragus Piercing ist?"

„So hinterwäldlerisch bin ich nun auch wieder nicht", meinte Doris, während sie sich automatisch an den Knorpel an ihrem Ohr griff.

„Na dann ist ja alles klar. Du wirst dir jetzt einen doppelten Tragus stechen lassen. Im gleichen Ohr. Einer knapp über der Mitte und einer drunter. Lass dir keinen Barbell einsetzten. Du nimmst direkt Ringe. Du weißt schon, die mit dem kleinen Kügelchen."

„Du spinnst. Ich lasse mich doch jetzt nicht auch noch piercen."

„Du solltest besser aufpassen, was du sagst. Zur Belohnung lässt du dir direkt noch einen Industrial stechen. Und bevor du dagegen auch noch meckerst. Das nächste Piercing hinterlässt mehr als ein kleines Loch, das kaum jemand sehen kann, wenn ich keine Lust mehr auf dich habe und dich wieder in dein normales Leben lasse."

Doris zwang sich mit aller Kraft zur Ruhe. Der Nachmittag war mit der Shoppingtour eigentlich relativ harmlos verlaufen. Dadurch hatte sie sich vermutlich ein Stückchen zu sicher gefühlt. Dafür wurde sie jetzt bestraft. Sie musste einfach immer darauf gefasst sein, dass Resi sie niemals vorwarnte, sondern immer direkt zur Tat schritt.

„Also zwei Tragus im gleichen Ohr und ein Industrial im anderen Ohr? Oder auch im gleichen?"

„Das überlasse ich dir. Wenn du fertig bist, dann treffen wir uns da drüben in dem Cafe."

Resi griff in ihre Handtasche und reichte Doris ein paar Geldscheine. Alle anderen wichtigen Dinge, wie z.B. die Karten blieben, wie immer in den letzten Tagen bei Resi.

Hinter der Theke stand eine ziemlich intensiv tätowierte, fröhliche junge Frau, die Doris erwartungsvoll anschaute.

„Hi, was kann ich für dich tun?"

„Ähm, ein paar Piercings hätte ich gerne. Wenn du so spontan kannst."

„Ich kann. Gar kein Problem. Was möchtest du denn haben?"

„Ich habe letzthin so ein doppeltes Piercing im Tragus gesehen. Das will ich auf jeden Fall haben. Und dann noch ein Industrial."

„Cool. Kann ich machen. Ich bin übrigens die Lisa. Willst du Barbells oder Ringe im Tragus?"

„Ringe bitte. Also die mit den Verschlusskügelchen. Sorry, ich hatte mich gar nicht vorgestellt. Ich bin Doris."

„Kein Problem. Ich brauche einen kleinen Moment, um den Schmuck zu desinfizieren. Willst du einen Kaffee oder so?"

„Ein Wasser, wenn du hast wäre mir lieber."

„Muse?!"

Nach dem Ruf öffnete sich im hinteren Bereich des Ladens eine Türe und heraus kam eine glatzköpfige Frau, die ebenfalls über ziemlich viele Tattoos verfügte. Das Auffälligste war ein tätowiertes Stahlhalsband, an dessen schwerem Ring eine ebenfalls tätowierte Kette herunterhing. Was dann wiederum an der Kette hing, konnte Doris nicht sehen, da Muse ein T-Shirt mit rundem Halsausschnitt trug.

Der Anblick des Tattoos war allerdings nicht der wirkliche Grund, weshalb Doris so überrascht war, Muse zu sehen.

„Hi Doris. Ich wusste gar nicht, dass du heute einen Termin hast."

„Wusste ich genau genommen auch nicht. Aber nachdem ich euch gestern alle kennengelernt habe, dachte ich mir, ich fange jetzt auch mal an, ein paar Piercings stechen zu lassen. Ich möchte mich übrigens noch mal bedanken. Ihr wart wirklich sehr hilfsbereit."

„Ist doch selbstverständlich." Mit Blick auf Lisa erklärte Muse. „Doris hat gestern das erste Mal im Käfig getanzt. Die Neue. Du weißt schon."

„Ah, alles klar", meinte Lisa freudestrahlend.

„Ich hoffe, ich habe mich gestern nicht blamiert?" wollte Doris wissen.

„Nein", winkte Muse ab. „Überhaupt nicht. Du warst gut. Und wenn ich bedenke, dass es gestern das erste Mal war, dann warst du sogar sehr gut."

„Ich hätte eigentlich bei den coolen Augenbrauen schon schalten müssen", ergänzte Lisa die Erklärung von Muse. „Also. Dann trinkt ihr mal euer Wasser. Ich bereite eben die Piercings vor."

„Sag mal", wollte Doris nach ein paar Sätzen Smalltalk wissen. „Deine Glatze und deine fehlenden Augenbrauen sehen so derartig glatt aus. Wie oft am Tag rasierst du dich eigentlich?"

„Gar nicht", lachte Muse. „Mir ist das mit dem Rasieren irgendwann auf den Keks gegangen. Dann habe ich noch ein bisschen überlegt und schließlich habe ich mir die Haare komplett entfernen lassen. Die vorläufig letzte Behandlung ist jetzt zwei Monate her. Damit bin ich bis auf die Stellen, an denen ich tätowiert bin, am ganzen Körper haarlos. Absolut geil. Hätte ich mir nie so vorgestellt."

„Dann sind wir ja fast identisch, was den haarlosen Punkt angeht. Wie nicht zu übersehen ist, habe ich am Kopf noch alle Haare, aber ansonsten bin ich auch haarlos."

„Cool. Und? Ist doch einfach nur geil und praktisch oder?"

„Stimmt. Ich fühle mich gut damit."

„Du kannst kommen", rief Lisa dazwischen.

Als Doris schon auf dem Stuhl saß und Lisa den ersten Tragus gestochen hatte, wollte Muse wissen, ob Doris am Abend wieder in den Club kommen würde.

„Ja. Allerdings das letzte Mal. Danach reise ich wieder ab. Eigentlich habe ich hier nur Urlaub. Das mit dem Tanzen ist eher zufällig gekommen."

Danach erzählte Doris die gleiche Geschichte, die Resi am Vortag erzählt hatte. Das schien ihr das Sicherste zu sein. Denn, auch wenn ihr Lisa und Muse trotz ihrer Tätowierungen spontan ziemlich sympathisch waren, wollte sie kein unnötiges Risiko eingehen. Sie traute Resi durchaus zu, dass sie alles, was hier gesprochen wurde früher oder später heraus bekommen würde.

„Ja", bestätigte Muse dann auch, „das war schon ziemlich überraschend, dass Madeleine endlich mal wieder einer aus dem Publikum den Käfigjob angeboten hat. Aber, wie bereits gesagt. Du hast es gut gemacht."

Danach entstand eine kleine Gesprächspause, als Lisa den zweiten Tragus stach.

„Hast du für heute Abend eigentlich schon dein Outfit?" wollte Muse lachend wissen.

„Nein?" Doris wusste nicht so richtig, wie sie Muses Lachen einordnen sollte. Als bei ihrer unsicheren Antwort auch noch Lisa anfing, still in sich hinein zu lachen, war sie komplett verunsichert.

„Ich habe den sicheren Eindruck, dass ich irgendetwas nicht mitbekommen habe."

„Sehe ich auch so", bestätigte Lisa. „Wo soll der Industrial hin? Anderes Ohr oder das gleiche?"

„Das gleiche." „Und was ist das mit heute Abend?"

„Naja. Gestern durfte jede von uns tragen, was sie wollte. Heute ist allerdings Dresscode angesagt."

„Mach es nicht so spannend Muse. Du merkst doch, dass ich keine Ahnung habe."

„Naja. Wir kleben unsere Brustwarzen heute mit breitem Klebeband ab. Also quasi ein ‚X'. Und ansonsten tragen wir nur so ein knappes Latexhöschen. Das musst du dir auch nicht selber besorgen. Die sind ausreichend vorrätig. Sehr praktische Wäsche. Einmal abspritzen und trocknen und schon sind sie wieder einsatzfähig."

Zu ihrer eigenen Verwunderung war Doris überhaupt nicht so geschockt, wie sie es noch vor zwei Tagen gewesen wäre.

„Dann weiß ich ja jetzt auch, weshalb mich Resi heute nicht wieder zu dem Laden von Beatrice geschickt hat. Ich dachte schon, ich würde das gleiche tragen, wie gestern."

„Wer ist Resi?"

„Die regelt die ganzen Sachen hier für mich. Ist ganz praktisch", log Doris spontan. „Ich muss mich eigentlich um nichts kümmern."

„Ah. Du bist also so eine Art Sub? Hätte ich gar nicht gedacht."

„Ich auch nicht, aber es ist schon sehr, sehr interessant."

„Du meinst das Fremdbestimmt sein?" wollte Muse wissen.

„Ja. Ist so eine ganz neue Erfahrung für mich." In Gedanken ergänzte Doris, dass sie auf diese Erfahrung sehr gerne verzichten würde. Gleichzeitig war sie froh, mal wieder eine Formulierung gefunden zu haben, die keine Lüge war, aber trotzdem komplett anders verstanden werden musste, als sie in Wirklichkeit gemeint war.

„Solange ihr beiden alles im Griff habt ist das wirklich wunderbar."

Danach kehrte wieder Ruhe ein, da Lisa jetzt die Nadel für das Industrial ansetzte. Sie hatte inzwischen schon so oft Industrials gestochen, dass auch diese beiden Stiche ziemlich schnell erledigt waren und ein paar Minuten später der lange Barbell an Ort und Stelle saß.

„So! Das war es dann auch schon. Sieht hervorragend aus."

Lisa griff hinter sich und gab Doris einen Spiegel in die Hand, damit sie die drei Fremdköper in ihrem Ohr gebührend bewundern konnte, was sie dann auch brav machte. Dabei musste sie sich eingestehen, dass ihr Ohr mit dem neuen Schmuck eigentlich gar nicht so schlecht aussah. Jedenfalls passte das sehr gut zu ihrer Frisur. Trotzdem war der Typ Frau, den sie jetzt darstellte echt nicht der Stil, den ihr Mann gewohnt war. Sie hoffte, dass sie zu hause, wenn sie zumindest für eine gewisse Zeit aus den Fängen von Resi entkommen sein würde, wieder ihr schönes biederes Leben an der Seite ihres alten, aber weisen und höflichen Mannes würde führen können. Für den Moment brachten sie diese Gedanken allerdings nicht weiter. Sie schaute zu Lisa.

„Genau so hatte ich mir das vorgestellt. Vielen Dank dafür."

Als sie danach schon über eine Stunde in dem Straßencafe saß und von Resi weit und breit nichts zu sehen war, fing sie an ernsthaft darüber nachzudenken, ob Resi vielleicht irgendetwas zu gestoßen war oder ob Resi sie einfach nur aus purer Absicht gerne in der Öffentlichkeit sitzen ließ. Schließlich war sich Resi sehr sicher, dass sich Doris in der Kleidung die sie tragen musste alles andere als Wohl fühlte. Selbstverständlich trug sie noch immer keinen BH. Zwar war die Bluse, die sie nur so weit geschlossen hatte, wie Resi es ihr erlaubt hatte, blickdicht. Sie musste also nicht befürchten, dass ihre Brüste durch den Stoff zu sehen waren. Andererseits rieben sich die Brustwarzen an dem Stoff, was unvermeidlich immer wieder zu Phasen führte, in den sie sich unangenehm stark aufrichteten und sich damit deutlich abzeichneten.

Das, was Doris am meisten zu schaffen machte, war die Tatsache, dass sie in dem Cafe keine andere Ablenkung hatte, als über genau dieses Problem nachzudenken. Als sie vor dem Piercingshop noch einkaufen waren, hatte sie wenigstens andere Sachen im Kopf gehabt. Jetzt aber... Am liebsten hätte sie ihre Arme irgendwie so vor dem Körper gefaltet dass ihre Brüste verdeckt gewesen wären. Sie hatte aber schlicht und ergreifend Angst, dass Resi sie aus dem Verborgenen beobachtete und genau darauf wartete um ihr dann wieder eine ihrer unangemessenen Strafen angedeihen zu lassen.

Mit der Idee, dass Resi sie beobachten könnte, lag Doris tatsächlich ziemlich gut. Direkt gegenüber im zweiten Stockwerk stand Resi ein Stückchen vom Fenster zurückgetreten mit ihrem Freund, der sie von hinten umarmt hielt und beobachtete Doris.

„Die hält sich wirklich erstaunlich gut. Ich dachte erst, sie würde sich standhaft gegen die Piercings wehren. Das wäre richtig toll geworden."

„Ja", bestätigte ihr Freund, während er ihre Brustwarzen zwischen Daumen und Zeigefinger drehte, „aber warte einfach noch ein bisschen ab. Damit wird die Vorfreude umso größer. Weist du was ich an der ganzen Aktion am besten finde?"

„Erzähl."

„Dass ihr Weg vorherbestimmt ist und sie garantiert noch immer glaubt, irgendwie aus der Nummer raus zu kommen. Wie ein Fisch, der gar nicht merkt, dass er schon lange in einem riesigen Netz schwimmt, dessen Ausgänge von den Fischern bereits fest verschlossen sind. Und unser Job ist es, ihr zu zeigen, dass in jeder Richtung das gleiche unnachgiebige Netz auf sie wartet."

„An dir ist ja ein richtiger Poet verloren gegangen. Komm lass uns noch eine kleine Nummer schieben und dann werde ich mich weiter um unseren Fisch kümmern."

„Hallo Liebste", Resi kam freudestrahlend auf Doris zu und begrüßte sie mit einem Kuss auf die Lippen. Alleine die Tatsache, dass sie sich in aller Öffentlichkeit von einer Frau küssen lassen musste – der Anstand hätte selbst einen Kuss von ihrem Mann verboten – war schon schlimm genug. Zudem musste Resi den Kuss auch noch so weit ausdehnen, dass Doris schon Angst hatte, sie würde einen Zungenkuss daraus machen.

„Wo hast du gesteckt Resi. Ich hatte schon angefangen, mir Sorgen zu machen."

„Ist nicht so wichtig. Ich hatte eben noch einiges zu erledigen." Im vollen Bewusstsein, der Öffentlichkeit, in der sie saßen schaute Resi danach auf Doris frisch gepierctes Ohr. „Hast du dir die Piercings doch machen lassen? Sieht super aus."

Doris hatte nicht die geringste Lust, sich von Resi schon wieder in der Öffentlichkeit vorführen zu lassen. Resi schien echten Spaß daran zu haben, all die Dinge, die Doris machen musste als freie Entscheidungen von Doris darzustellen.

„Klar habe ich die machen lassen. Das wusstest du doch. Dir würden übrigens auch ein paar mehr davon gut zu Gesicht stehen."

„Upps. Hat dich jetzt das Piercingfieber gepackt? Ich kann dir nur raten die ganze Sache langsam anzugehen. Sonst bist du schneller, als du denkst komplett zugetackert. Genieße erst mal die neuen, die du dir heute hast machen lassen."

Resi schaute auf ihre Uhr. Damit war für Doris klar, dass die Zeit im Cafe vorbei war und Resi sie jetzt zum nächsten Event schleppen würde.

„Ich sehe, du kannst schon in den Club rüber gehen. Ich habe mit Madeleine vereinbart, dass sie dich noch ein bisschen vorbereitet, bevor du wieder in den Käfig kommst. Ich hole dich dann wieder ab. Bis dahin mein Engel."

Wieder ein langer Kuss und schon war Resi weg und Doris sah keine andere Möglichkeit, als zu bezahlen und zum Club rüber zu gehen. Vor zwei Tagen noch wäre es jetzt an der Zeit gewesen, sich für den Besuch des Spielcasinos vorzubereiten. Aber Vergangenheit ist Vergangenheit, gestand sich Doris mit einem Seufzer ein, während sie darauf wartete, dass Madeleine ihr die Türe öffnete.

„Hi Doris. Da bist du ja endlich. Hat Resi dir nicht gesagt, dass du schon vor einer halben Stunde hier sein solltest?"

„Offenbar nicht. Ich hasse Unpünktlichkeit", gab Doris automatisch eine der Antworten, die noch aus ihrem alten Leben stammten.

„Okay, dann war es eben Resi. Zieh dich schnell hinten aus, du bekommst eine Bräunungsdusche. Beeil dich aber, sonst wird es zu knapp."

Doris war, als sie endlich von Resi abgeholt wurde so kaputt, dass sie selbst bei der kurzen Autofahrt nicht in der Lage war, die Augen offen zu halten. Sie hatte zwar noch gerade rechtzeitig die Bräune bekommen, die zugegebenermaßen gut zu ihrem Nichts an Kostüm passte, aber dafür musste sie auch eine Schicht mehr im Käfig abtanzen, als eigentlich vorgesehen war. Eines der anderen Mädchen – so wurden die Tänzerinnen in dem Club seltsamerweise alle genannt – war ausgefallen und da leere Käfige schlecht für das Geschäft waren, mussten die anderen öfter ran. Trotzdem hatte sie zumindest ein bisschen Zeit gefunden, sich etwas mit Muse zu unterhalten. Sie wusste jetzt einiges über deren Lebenslauf und auch, wie es zu den extrem mutigen Tattoos gekommen war. Muse hatte ihr mit strahlenden Augen erzählt, dass jetzt, wo die Haarentfernung endlich abgeschlossen war, auch der Rest ihres Körpers endlich versorgt werden konnte.

Als sie in der Tiefgarage angekommen waren, schleppte sie sich noch in die Suite und fiel dann endgültig in einen tiefen Schlaf, der erst beendet war, als die Sonne schon lange wieder aufgegangen war.

Doris wollte sich wohlig in ihrem Bett räkeln. Schließlich war heute endlich der Abreisetag da. Sie würde zumindest für ein paar Tage den Fängen von Resi entfliehen können und vielleicht von irgendwoher einen Plan bekommen, wie sie ihr für immer entfliehen konnte.

Aber schon bei der ersten Bewegung die sie beim Räkeln machte, merkte sie, dass etwas nicht stimmte. Sie griff sich mit beiden Händen an den Unterleib und stieß sofort auf ein im wahrsten Sinne des Wortes stahlhartes Hindernis. Mit einer panischen Bewegung riss sie die Decke weg und sah ungläubig auf die Stahlbänder, die an ihr befestigt waren. Eines lag oberhalb ihrer Beckenknochen unangenehm eng um ihren Bauch und ein weiteres ging von diesem Band aus nach unten durch ihren Schritt und hinten durch ihre Pospalte wieder an den Gürtel.

„Das ist ein Keuschheitsgürtel mein Schatz." Resi saß lächelnd mit übereinander geschlagenen Beinen am Bett. „Nur für den Fall, dass du es nicht wissen solltest. Und, ebenfalls nur für den Fall, dass du es nicht wissen solltest: Dieses Modell ist so gebaut, dass es bei der Bewertung des Tragekomforts in der Kategorie ‚unangenehm' einzustufen ist. Das liegt daran, dass das gesamte Schrittband eben ein Band ist und damit gegen die Bewegungen der Trägerin sehr intensiv ankämpft. Modelle, die im hinteren Bereich eine oder zwei Ketten aufweisen werden von Dauerträgerinnen wesentlich lieber ausgewählt. Gefällt er dir? Ich dachte, du würdest die härtere Variante bevorzugen. Hoffentlich liege ich damit nicht falsch."

Doris suchte verzweifelt nach dem Schließmechanismus. Als sie sich dabei ruckartig aufsetzen wollte, merkte sie was Resi mit unangenehmem Tragekomfort meinte. Beim Beugen des Beckens drückte der Gürtel unnachgiebig gegen alles, was ihm in den Weg kam.

„Das kann doch nicht dein ernst sein. Wie soll ich denn damit meinen Alltag bewältigen?"

„Das ist ja gerade das Interessante für mich. Ich dachte, das hättest du endlich verstanden."

„Du bist ein echtes Ungeheuer. Ich habe dir doch überhaupt nichts getan. Warum denn nur quälst du mich so?"

„Nun nimm mal ein paar tiefe Atemzüge. Ich habe keine Lust solche Tränendrüsengeschichten von dir zu hören. Meinetwegen erkenne ich ausnahmsweise mal an, dass du wegen der Überraschung über dieses tolle Geschenk einen Moment lang die Fassung verloren hast. Aber jetzt ist Schluss damit. Sonst mache ich mit den Bestrafungen weiter. Ist das verstanden?"

Doris schaute nur mit großen, panischen Augen zu Resi und nickte schließlich stockend.

„Na, dann ist ja alles wunderbar. Wie du weißt trennen sich heute unsere Wege. Der Gürtel wird dir eine Erinnerung daran sein, dass du mich zu dir einladen wolltest. Ich verabschiede mich von dir und freue mich schon wahnsinnig, deinen alten Knacker von Mann kennen zu lernen."

Wieder gab sie Doris einen langen Kuss auf die Lippen. Diesmal spielte sie sogar einen kleinen Moment mit ihrer Zunge an den geschlossenen Lippen von Doris.

„Meine Karte liegt auf dem Nachttisch. Ich hatte erst überlegt, dir meine Handynummer einfach auf den Fuß zu tätowieren, aber dann habe ich es doch bleiben lassen. Die ändern sich ja manchmal."

Noch eine gute Viertelstunde, nachdem Resi die Türe hinter sich zugezogen hatte, saß Doris auf dem Bett und rang um ihre Fassung. Danach versuchte sie herauszubekommen, wie sie ihre Körperhygiene aufrecht erhalten konnte. An den passenden Stellen waren glücklicherweise Öffnungen. Ihr schien jedoch, dass sie sehr gut aufpassen musste, um die Gummierung, die ihre Haut vor dem Edelstahl schützte, nicht zu verdrecken. Das war das eine. Das andere war die Bewegungseinschränkung, die von dem Gürtel ausging. Von ihrem Bauchnabel abwärts war sie so gut wie unbeweglich. Auf einem Stuhl sitzen zog damit automatisch eine sehr aufrechte Körperhaltung nach sich. Das war zwar in der Gesellschaft ihres Mannes oder seiner Geschäftspartner ohnehin eine Selbstverständlichkeit für sie. Aber die Momente in ihren Räumen, in denen sie sich ganz gerne auch mal gehen ließ, waren zunächst einmal verloren.

Der Sitz des Gürtels war so eng, dass sie eine gewaltsame Öffnung von vorneherein ausschloss. So, wie es im Moment aussah, musste sie tatsächlich auf Resi hoffen.

Als sie die Visitenkarte mit zu ihren Papieren nahm, viel ihr Blick auf ein weiteres kleines Kärtchen, auf dem Resi noch einige letzte Anweisungen notiert hatte. Doris las, dass Resi wünschte in genau einer Woche angerufen zu werden. Keinen Tag vorher und keinen Tag später. Außerdem wies darauf hin, dass der Gürtel, so wie auch die anderen Schmuckstücke, die Doris erhalten hatte, unter keinen Umständen abgenommen werden durften.

Jetzt lief dieser Horrorfilm schon seit drei Tagen. Doris schaute sich im Spiegel an. Ihre Haut war durchgehend gebräunt. Wenn auch irgendwie mit einem Touch Unnatürlichkeit, sah es trotzdem gar nicht so schlecht aus. Sie trug Ringe an den Zehen und dem Daumen. Dazu kamen noch das Armband, die Piercings und natürlich der Keuschheitsgürtel. Das Einzige, was sie mit einer vernünftigen Perücke würde verstecken können war die Unmöglichkeit der Frisur, die ihr verpasst worden war.

Sie öffnete ihren Kleiderschrank um sich endlich wieder vernünftige Kleidung anziehen zu können. Scheinbar hatte Resi vergessen ihr auch in diesem Belang noch einen Befehl zu erteilen. Kaum hatte sie diesen Gedanken zu Ende gedacht, als sie sich auch schon korrigieren musste. Der Kleiderschrank strahlte im Wesentlichen gähnende Leere aus. Nur die Outfits, die sie am Vortag gekauft hatten, waren noch übrig. Und wie Doris kurz danach, als sie die gesamte Suite durchsucht hatte, feststellen musste, war das tatsächlich alles, was sie anziehen konnte, wenn sie das Hotel nicht im Frottébademantel verlassen wollte. Ebenfalls im Kleiderschrank, neben den paar neuen Kleidungsstücken lag ein weiterer Zettel von Resi. Diesmal war die Botschaft kurz und prägnant: „Alles klar?"

Die formvollendete Verabschiedung aus dem Hotel „Ich hoffe, Sie beehren uns bald wieder, Frau Schweigerl" und das ganze andere Zeug, das man in solchen Momenten so redet und hört, kam ihr so ganz und gar verlogen vor. Nachdem sie eine gefühlte Ewigkeit gebraucht hatte, um in ihrem Wagen eine geeignete Sitzposition zu finden, fuhr sie endlich los und war felsenfest entschlossen nie wieder an den Ort ihrer bisher größten Schmach zurückzukehren. Die gesamte Fahrt kreisten ihre Gedanken ganz automatisch um nichts anderes, als Resis ‚Geschenke'. Sie hatte keine Idee, wie ihr Mann reagieren würde. Oder genauer gesagt, sie wusste es sehr genau. Was sie nicht wusste, war das, was er denken würde und das, was er machen würde, wenn es ihr nicht gelang, möglichst schnell auf Normalmodus zurückzuschalten.

Entführung aus dem Serail

Als sie mit der Fernbedienung das Tor öffnete, wurde automatisch eine SMS auf das Handy des Butlers ausgelöst. Damit lief endgültig ihr Countdown. Sie ließ den Wagen vor der Garage stehen und ging in ihrer üblichen geraden Haltung zum Haupteingang. Die Türe schwang auf und James – erst in diesem Moment merkte sie, wie albern es war diesen Mann James zu nennen – erwartete sie in gewohnt tadelloser Haltung. Trotz seiner Professionalität konnte er nicht verhindern, dass seine Augen Doris Körper einmal von oben bis unten scannten. Seine Begrüßung kam den einen kleinen Moment zu spät, der Doris verriet, dass er nicht sofort in seine lange geübte Rolle zurückgefunden hatte.

„Ich heiße Sie herzlich willkommen, Frau Schweigerl. In der Bibliothek steht eine kleine Erfrischung für Sie bereit."

„Danke James."

‚Und sonst James?', fügte sie in ihren Gedanken an. ‚Sonst haben Sie nichts zu sagen?' Nein, natürlich hatte er nichts zu sagen.

Auf halbem Weg durch die Halle hörte sie ein deutlich vernehmbares Räuspern hinter sich. Also doch. Um ihm die Möglichkeit zu geben, sie anzusprechen blieb sie stehen und drehte sich mit der Andeutung eines Lächelns zu ihm um.

„Wenn Sie mir diese Bemerkung gestatten, Frau Schweigerl. Ihr neuer… ‚Style' bringt einen angenehm frischen Wind in diese ehrwürdigen Gemäuer."

„Danke, James."

Upps, was war das? Doris hatte mit allem gerechnet. Aber garantiert nicht damit. Der gute alte James freute sich offenbar, dass sie wie eine junge flippige Frau gekleidet war, die ihren Platz im Leben noch nicht gefunden hatte.

„Dann wird es Sie vermutlich freuen, dass ich die Garderobe, die ich mit in den Urlaub genommen habe, dort zurückgelassen und wohltätigen Zwecken zugeführt habe."

Hatte sie das jetzt wirklich gesagt? Der Gesichtsausdruck von James schien es zu bestätigen.

„Mein Schmuck ist selbstverständlich noch im Wagen."

Warum Resi den nicht auch direkt entwendet hatte, wusste sie nicht.

Damit ließ sie es bewenden und setzte sich an den kleinen Tisch in der Bibliothek. James hatte Tee und eine Winzigkeit an Gebäck serviert. Gerade so, wie sie es liebte. In Erwartung ihres Mannes und durch den Gürtel behindert, setzte sie sich auf die Vorderkante des Stuhles und nippte an ihrem Tee.

„Dorothea, meine Liebste. Lass dich anschauen."

Während sie sich zur Begrüßung erhob, suchte sie in seinem Gesicht nach seinen wahren Gefühlen, die irgendwo hinter den lächelnden Falten verborgen gehalten wurden.

„Ich freue mich, wieder hier zu sein, Egbert."

Sie empfing seinen formvollendeten Handkuss, den sie früher immer so genossen hatte. Seine Hand verweilte ein kleines Weilchen an ihrem Daumenring.

„Liebe Dorothea, nimm doch bitte wieder Platz und erzähl mir von deinem Urlaub."

Niemals hätte er sie direkt auf ihr neues Aussehen angesprochen. Dafür war er zu perfekt und zu kontrolliert. Nur Doris hätte es gerne etwas schneller hinter sich gebracht.

„Ich bin dir dankbar, dass du mich so freundlich empfängst, obwohl ich nun wirklich nicht mehr das Aussehen habe, das du so sehr an mir geliebt hast."

„Nun, dazu kommen wir dann später. Vielleicht möchtest du mir erst erzählen, was du erlebt hast."

„Gerne, wenn du es so möchtest. Ich bin mehr als sonst in der Bergwelt gewesen und habe die herrliche Aussicht genossen. Ich hatte, wie du in den Nachrichten sicher verfolgt hast, traumhaftes Wetter."

Danach erzählte sie ihrem Mann all die Dinge, die sie erlebt und gemacht hatte, bevor Resi in ihr Leben getreten war. Ohne, dass sie das vorher so geplant hatte, zog sie die Erzählung ausgiebig in die Länge. Sie war sich sicher, dass dies einer der letzten schönen Momente mit ihrem Mann war. Danach konnte eigentlich nicht mehr so viel Gutes kommen.

Als sie dann endlich fertig war, nahm ihr Mann wieder ihre Hand in seine Hand und schaute ihr lange Zeit tief in die Augen.

„Liebe Dorothea. Ich danke dir für diese schönen Schilderungen. Fast denke ich, ich wäre selber dabei gewesen. Aber eine Sache fehlt noch. Was hat dich dazu bewogen, deinen reifen Stil in der Bekleidungsfrage aufzugeben und dich so zu kleiden, wie ich dich jetzt vor mir sehe?"

„Ob ich dir und mir das jemals wirklich klar und logisch erklären kann, lieber Egbert, kann ich nicht beantworten. Vielleicht hat das immer schon in der Luft gelegen. Ich weiß es nicht. Jedenfalls ist es in den letzten Urlaubstagen wie ein Zwang über mich gekommen. Es gab kein Halten mehr. Ich musste es einfach tun. Und jetzt ist es passiert. Um ehrlich zu sein, fühle ich mich in diesem Stil ähnlich wohl, wie in dem den ich trug, seit du um meine Hand angehalten hast."

Die Entscheidung, ihrem Mann die wahren Gründe nicht zu nennen, war unwiderruflich gefallen. Ihr blieb damit nichts anderes übrig, als ihm von nun an vorzugaukeln, dass sie ihre Kleidung wirklich gut fand. Lange Zeit sagte ihr Mann nichts dazu. In seiner Mimik erkannte sie Gefühle, die er ausnahmsweise nicht vor ihr verbarg. Der Kampf, den er mit sich austrug war unverkennbar.

„Es war uns beiden immer klar, dass wir einen erheblichen und natürlich überhaupt nicht zu verbergenden Altersunterschied haben. Du weißt, dass ich mich gerne mit dir schmücke und dadurch bei Geschäftspartnern und Freunden einen gewissen Touch Exzentrizität pflege."

Er schaute sie auf seine liebevolle Art und Weise an.

„Ebenso weißt du, dass ich, wann immer es möglich ist, an deiner Seite zu Empfängen gehe und selbstverständlich mit dir unsere regelmäßigen Empfänge gebe. Dies war Teil unserer Abmachung. Dafür hast du deine ohnehin sehr stilvolle Kleidung noch weiter verfeinert. Du warst immer, wirklich immer, meine perfekte Begleitung."

Nach einer weiteren Pause wollte er von Doris wissen, ob sie in den nächsten Tagen zu ihrem alten Aussehen und Stil zurückkehren wolle.

„Ich sehe erst seit drei Tagen so aus, wie du mich jetzt siehst. Es wäre eine unendliche freundliche Geste von dir, wenn du mir gestatten würdest, dies zunächst beizubehalten."

Sie hoffte, die Worte einigermaßen überzeugend herausgebracht zu haben, denn eigentlich hätte sie nichts lieber gemacht, als zu ihrem alten Aussehen zurückzukehren. Resis Drohungen und vor allem Resis ‚Geschenke' hielten sie aber sehr wirkungsvoll zurück.

„Ich habe nichts anderes erwartet", konstatierte ihr Mann mit einem Seufzer. „Alles andere wäre zutiefst unlogisch gewesen. Gut. Selbstverständlich werde ich dir deinen Freiraum lassen. Allerdings habe ich eine Bedingung. Besser gesagt einen Wunsch."

„Ja?" Doris war die Erleichterung anzusehen. Die Zusage zur Erfüllung des Wunsches hätte sie ihm schon fast gegeben, bevor er ihn überhaupt äußern konnte.

„Du wirst weiterhin deine gesellschaftlichen Verpflichtungen wahrnehmen. Und du wirst es selbstverständlich von Kopf bis Fuß in dem Stil machen, den du jetzt für dich ausgesucht hast. Deine gesamte alte Garderobe wirst du, sofern sie nicht überzeugend in deinen neuen Stil gewandelt werden kann, gleich morgen entsorgen."

Als Doris ihren Mann nur sprachlos anstarrte, schaute dieser irritiert zurück.

„Liebe Dorothea, du kennst mich doch inzwischen ganz gut. Grundsatz Nummer Eins: Entweder man macht Sachen voll und ganz oder man lässt sie bleiben. Grundsatz Nummer Zwei: Erst, wenn man die Dinge lange genug gemacht hat, darf man im Rückblick entscheiden, ob man dabei bleibt oder nicht. Alles andere ist Flatterhaftigkeit."

„Danke. Natürlich werde ich deinem Wunsch nachkommen."

„Gut, dann wird es dich freuen, dass du mich morgen Abend in die Oper begleiten wirst. Wir werden mit meinem Teilhaber und seiner Gattin die ‚Entführung aus dem Serail' genießen. Ich würde dich morgen gerne beim Kauf deiner Garderobe begleiten. Allerdings kann ich die anstehenden Termine leider nicht verschieben."

Doris musste einmal kräftig schlucken, bevor sie sich nochmals lächelnd bedankte und sich dann, so wie ihr Mann es von ihr erwartete, in ihre Gemächer zurückzog. Sie hatte nicht die geringste Ahnung, was ihr momentaner Style zu Operngarderobe sagte. Immerhin war es ‚nur' ein Singspiel. Insofern…

Gefühlte tausend Klicks im Internet und einen Tag später schritt Doris die Treppe zu ihrem, in der Halle bereits wartenden Mann hinunter. Sie trug hohe dunkelrote Lackstiefeletten, aus ihrem lange gesammelten großen Schuhvorrat, den sie im Gegensatz zu ihrer sonstigen Kleidung nur um sehr wenige Stücke reduziert hatte. Die Beine steckten in einer schwarzen Strumpfhose. Der Blick auf ihre Beine wurde erst ziemlich spät durch den Saum des dunkelroten, auf

Taille geschnittenen und in einem hohen Kragen endenden Samtkleides begrenzt. Da sie sich in ein Monstrum von eng anliegender stabiler Miederhose gezwängt hatte, konnte man keine Spur des Keuschheitsgürtels sehen.

Als besonderes Highlight hatte sie sich eine dunkelblaue Dragonerjacke mit prächtigen, goldenen Verschlusslitzen zugelegt. Das Blau passte perfekt zu ihren Augenbrauen und den beiden Sternen. Natürlich fehlten die ebenfalls goldenen Schulterstücke genauso wenig wie die geschmückten Ärmelaufschläge. Sie würde die Jacke den ganzen Abend offen tragen. Ob sie überhaupt so gearbeitet war, dass man sie hätte verschließen können, war für sie uninteressant.

Ihr Mann trat überrascht einen Schritt zurück, fing sich dann aber schnell wieder und bot ihr den Arm, um sie hinaus zu dem Rolls Royce zu begleiten mit dem James sie zum Opernhaus chauffieren würde. Wie immer setzte ihr Mann sie über die Handlung des zu erwartenden Kunstgenusses in Kenntnis, was bei Opern, Operetten oder, wie in diesem Fall, Singspielen, in der Regel ziemlich schnell ging, da die Handlung übersichtlich und mit den üblichen kleinen Wirrungen durchsetzt war.

Beim Gang durch das Foyer spürte sie, wie die Blicke der anderen Gäste auf ihr ruhten. Nicht, dass sie das nicht gewohnt war. Schließlich war sie gemeinsam mit ihrem Mann immer ein Blickfang. Zwar glaubten die meisten, dass es sich eher um Opa und Enkelin oder vielleicht noch so gerade Vater und Tochter handelte. Aber, alleine wegen ihrer ‚nicht altergerechten' Kleidung, die sie bis vor wenigen Tagen immer getragen hatte, kamen manche der Beobachter scheinbar doch immer wieder ins Grübeln.

Diesmal also wurde sie nicht so sehr wegen ihrer alten Begleitung, sondern wegen ihres auffälligen Outfits beachtet und beobachtet. Ihre Gedanken gingen zurück zu ihrem Urlaub in dem Resi sie komplett gegen ihren Willen und nur durch Anwendung von Zwang in das verwandelt hatte, was sie jetzt war. Inzwischen hatte sie sich schon so sehr an diese Art der Kleidung gewöhnt, dass es ihr schon fast unheimlich war. Es konnte doch nicht sein, dass sie sich in den Jahren der Ehe mit Egbert so derartig belogen hatte. Die biedere Kleidung hatte ihr doch gefallen. Sie konnte sich nicht erinnern jemals ernsthaft mit dem Gedanken gespielt zu haben, etwas anderes tragen zu wollen, als genau das.

Und jetzt trug sie etwas komplett anderes – zudem noch einen im Verborgenen liegenden Keuschheitsgürtel – und sie fühlte sich unglaublich wohl damit. Nicht mit dem Keuschheitsgürtel, korrigierte sie ihren Gedankengang. Aber mit dem Rest. Das Einkaufen für den Opernabend hatte ihr einen riesigen Spaß gemacht. Wenn Resi erfahren würde, wie viel Spaß ihr das gemacht hatte, würde sie sich vermutlich schwarz ärgern.

Mit diesem Gefühl der Befreiung ließ sie sich in die Loge führen, die sie sich mit dem Teilhaber an der Kanzlei ihres Mannes und seiner Frau teilen würden. Der normale Ablauf sah vor, dass die Damen vorne am Balkon saßen und ab und an zu ihren Operngläsern griffen, während die Männer in der zweiten Reihe aufmerksam der Darstellung auf der Bühne folgen würden. In der Pause würde irgendein edler Schampus gereicht, die Männer würden sich über die Kanzlei oder Politik unterhalten und die Frauen über Wohltätigkeitsbälle und den Klatsch der oberen Zehntausend. Wobei Doris schnell festgestellt hatte, dass die Gespräche über letzteres in ihrer Anwesenheit nie so richtig in Gang kamen. Früher – also vor ein paar Tagen – hatte sie sich regelmäßig darüber geärgert. Nichts wäre ihr lieber gewesen, als durch solche kleinen diskreten Gespräche das Signal zu erhalten, endlich dazu zu gehören.

Jetzt, wo dieser rasante Wandel in ihr stattfand, konnte sie es kaum erwarten, neben der stocksteifen von Wandelhausen zu sitzen und sich darüber zu amüsieren, wie sie um Kontenance ringen würde, sobald sie in der weißblonden Frau die werte, aber viel zu junge Gattin des Herrn Senator erkannt haben würde.

Die von Wandelhausens erhoben sich routiniert von ihren Sesseln, als die Türe zu ihrer Loge geöffnet wurde. Doris die natürlich vor ihrem Gatten in die Loge trat sah, wie der Blick des Herrn von Wandelhausen hektisch zwischen ihr und dem ihr folgenden Senator hin und her ging. Die ohnehin lachfaltenfreien Züge von Frau von Wandelhausen blieben, von einer leicht erhobenen Augenbraue abgesehen, wie in Stein gemeißelt.

Als Doris den beiden die Hand zur Begrüßung reichte, wurde diese mehr automatisch entgegengenommen. Die Blicke, die sie bei der Begrüßungsformel erhielt, gaben ihr das deutliche Zeichen, an diesem Abend nicht viel Unterhaltung geboten zu bekommen. Zumindest nicht mit dem ‚ehrwürdigen' Ehepaar von Wandelhausen.

Mehr als die kurze Begrüßung konnte dann auch nicht mehr ausgetauscht werden. Wie immer hatte James für perfektes Timing besorgt. Der letzte Gong war bereits ertönt und die Vorstellung begann.

In der Pause baten die Männer ihre Frauen, sie für einen kurzen Moment zu entschuldigen. Sie gingen langsamen Schrittes zu der kleinen Bar, die im Gegensatz zu dem Ausschank für das normale Volk, wie Herr Schweigerl es nannte, mit ausreichendem Personal ausgestattet war, um jeden Gast sofort oder zumindest nach sehr kurzer Wartezeit zu bedienen. Nachdem sich die beiden jeweils ein Glas Champagner für ihre Frauen und für sich hatten geben lassen, ergriff Herr von Wandelhausen das Wort.

„Mein lieber Egbert. Es bleibt nicht viel Zeit, um lange drum herum zu reden. Entschuldige deshalb bitte meine direkte Offenheit."

Ohne wirklich auf eine Antwort seines Partners zu warten fuhr er fort. „Es gab schon genügend Andeutungen unserer Klienten, als du dich entschieden hast eine so junge Frau zu ehelichen. Ihre äußere Erscheinung war jedoch immer tadellos. Dadurch war es mir immer möglich die Wogen zu glätten, bevor sie sich erst richtig aufbauen konnten. Das, was sie sich jetzt allerdings erlaubt hat, steht jenseits der Grenzen des guten Geschmacks. Es ist eine Ungeheuerlichkeit, dass sie sich hier in der Öffentlichkeit in dieser Weise präsentiert.

Mein dringender Rat an dich lautet: Löse die Verbindung zu dieser Frau oder sorge dafür, dass sie wieder zu ihrem bisher gepflegten Stil zurückkehrt."

Egbert Schweigerl hatte den Ausführungen seines Partners aufmerksam gelauscht. Um die beiden Frauen nicht in das Gespräch zu ziehen, waren die Männer auf halbem Weg stehen geblieben. Egbert Schweigerl ging jetzt jedoch langsam weiter, was sein Partner natürlich nicht ignorieren konnte. Insofern blieb nur noch Zeit für eine kurze Antwort.

„Glaube mir, Franziskus. Ich weiß sehr genau, was ich tue und ich weiß sehr genau, was ich dir zumute. Die Gründe sind allerdings so vielschichtig, dass dies hier definitiv nicht der richtige Ort ist, um sie zu diskutieren."

Anders als sonst an diesen Abenden üblich, verabschiedeten sie sich nach der gelungenen Aufführung.

„Hat es einen bestimmten Grund, dass wir heute nicht zum Sternekoch unseres Vertrauens gehen und uns noch einen kleinen, aber exquisiten Happen zubereiten lassen?" wollte Doris von ihrem Mann wissen, als sie im Font des Rolls saßen.

„Ich fürchte, die von Wandelhausens möchten sich in der Öffentlichkeit nicht mit dir sehen lassen, meine Liebste."

„Da es nicht an der Qualität meiner Kleidung liegen kann, kann es eigentlich nur mein Gesamtaussehen sein", stellte Doris fest. „Als ihr den Champagner geholt habt, hat sich Frau von Wandelhausen auch bereits in diese Richtung geäußert."

„Ach?", meinte Egbert mit einem guten Stück amüsierter Überraschung in der Stimme. „Spontane Äußerungen sind eigentlich nicht gerade ihre Stärke. Was hat sie denn gesagt?"

„Nun, vom Sinn her hat sie mir erklärt, dass ich mich jetzt endgültig für den Posten ,Gattin an der Seite des Senators Schweigerl' disqualifiziert hätte."

„Das ist allerdings ein starkes Stück. Hätte ich ihr gar nicht zugetraut."

Doris, die sich zum wiederholten Mal fragte, wie es möglich sein konnte, dass sie sich in ihrer Kleidung so dermaßen wohl fühlte, musste einige Atemzüge mit sich ringen, bevor sie ihrem Mann die Frage stellte, von der für sie so viel abhing.

„Möglicherweise war meine Entscheidung zu egoistisch. Hätte ich stärker an deine Belange denken sollen?"

„Und sie hat tatsächlich gesagt, dass du nicht die geeignete Frau an meiner Seite bist?"

„Ihre Haltung war eindeutig."

„Du wirst auf keinem Fall zu deinem alten Stil zurückkehren. Wenn ich mir erlauben darf, dir dies zu diktieren. Wer sind wir denn, dass wir auf die Einschätzung einer derart humorfreien Person hören würden?"

Doris war erleichtert diese Antwort zu hören. Trotzdem war klar, dass es sich nur um einen Aufschub des eigentlichen Problems handelte. Schon bald musste sie erneut Resi in ihr Leben lassen. Sie wollte gar nicht wissen, was das nach sich ziehen würde.

Privatdetektei

„Wie darf ich das verstehen? Sie haben die Zielperson nur lückenhaft überwachen können?"

Der angesprochene Mann widerstand der Versuchung sich an seinem roten Bart zu kratzen. Die Geste wäre als ein Ausdruck seiner Verlegenheit gedeutet worden. Nicht, dass das falsch gewesen wäre, aber er musste es ja nicht direkt auf dem Silbertablett servieren.

„Mein Mann hat Ihren Auftrag nicht bis zum Ende ausführen können."

„Was soll das denn heißen? Klären Sie mich auf, wie es dazu kommen konnte."

„Mein Mann fiel einem Verbrechen zum Opfer."

„Das ist natürlich sehr bedauerlich. Trotzdem hätte ich von ihm erwartet, dass er Sie in Kenntnis setzt und Sie unverzüglich für Ersatz sorgen. Wenn Sie meinen Auftrag schon nur mit einem Mann erledigen."

„Ich darf Sie daran erinnern, dass es sich um einen absoluten Routineauftrag gehandelt hat. Und gerade deswegen haben Sie mir das Budget für genau einen Mann zugebilligt."

„Ja, ja, schon gut. Trotzdem hätte er Sie informieren müssen. Was ist ihm den überhaupt zugestoßen?"

„Er wurde ermordet."

Die Ergänzung, dass dies auch der Grund für den ausgebliebenen Anruf war, verkniff sich der Chef der Agentur.

„Das ist schockierend. Wie konnte das passieren?"

„Die Polizei ermittelt noch. Ich persönlich halte einen Zusammenhang zu der Observation für ausgeschlossen. Deshalb habe ich keine dahingehenden Informationen an die Polizei weitergegeben."

„Ich verlasse mich auf Sie. Nicht auszudenken, wenn mein Name im Zusammenhang mit einem Mord auftaucht."

„Selbstverständlich. Dann sollten Sie eine Kerze dafür aufstellen, dass es der Polizei sehr schnell gelingen wird, den Grund für seinen Tod zu ermitteln."

„Natürlich will ich das hoffen. Jeder Mord sollte möglichst schnell aufgeklärt werden."

„Sie verstehen das falsch. Wenn ich die Information, an was er gearbeitet hat zu lange zurückhalte, mache ich mich strafbar. Auch dann, wenn ich selber der festen Überzeugung bin, dass kein Zusammenhang besteht. Die Konsequenzen können bis hin zur Schließung dieser Detektei gehen."

Zu mir oder zu Dir?

Die restlichen Tage bis zu dem erzwungenen Anruf bei Resi waren für Doris ziemlich ereignislos verlaufen. Das lag sicherlich nicht an ihrem Mann, der sein Maß an Aufmerksamkeit, das er ihr schenkte, konstant beibehielt. Das lag mehr daran, dass in der Zeit keine Events oder Empfänge in der High Society stattfanden. Damit gab es keine Ablenkungen von außen und Doris hatte nichts anderes zu tun, als sich im Garten von der Sonne verwöhnen zu lassen, zu lesen und sich den Kopf zu zermartern, wie es ihr gelingen konnte, diese Resi los zu werden.

Als der entscheidende Tag dann ‚endlich' anbrach, ließ sie sich bis Mittag Zeit und wählte dann die Nummer.

„Gut, dass du anrufst Doris. Ich bin schon auf dem Weg zu dir. Hast du deinen Butler instruiert, dass ich für ein paar Tage bei euch einziehe."

„Jetzt schon? Ich dachte, du bringst mir den Schlüssel, damit ich aus diesem elenden Gürtel raus komme und kommst dann irgendwann später mal hier hin."

„Doris! Ich habe dir doch gesagt, dass ich kommen werde. Fang doch jetzt nicht schon wieder an, mit mir zu diskutieren. Hast du etwa noch gar keinem gesagt, dass ich kommen werde?"

„Natürlich nicht. Deshalb sind wir jetzt auch nicht vorbereitet. Schluss aus." Doris wusste selber nicht, woher sie auf einmal den Mut nahm, Resi so zu widersprechen. Wahrscheinlich - das war zumindest ihr Gedankenblitz - wollte sie nur das Unvermeidliche herauszögern. Egal wie hoffnungslos dieser Versuch war. Jetzt hatte sie einmal damit angefangen und war damit auch dazu verpflichtet, es durchzuziehen.

„Oh, oh. Mein lieber Doris-Schatz wird ja richtig aufmüpfig." Resis Stimme tropfte nur so von Ironie. „Du willst mich also nicht zu dir einladen?"

„Das habe ich nicht gesagt. Ich will nur nicht, dass du jetzt kommst. Jetzt will ich nur, dass du mir diesen furchtbaren Gürtel öffnest, damit ich mich endlich wieder ordentlich waschen kann und endlich wieder ordentlich sitzen kann."

Zu Doris Überraschung dachte Resi einen Moment lang nach, bevor sie antwortete.

„Nun gut. Wenn du es unbedingt vermeiden willst, dass ich bei dir auftauche, dann tauchst du eben bei mir auf. Wir treffen uns in der Stadt im ‚Lokschuppen'. Kennst du die Kneipe?"

„Selbstverständlich. Ich bin nicht neu in dieser Stadt."

„In einer halben Stunde."

Froh, Resi zumindest zum Teil ihren Willen aufgedrückt zu haben, unterbrach Doris mit einem verhalten entspannten Lächeln die Verbindung. Erst dann fiel ihr auf, dass eine halbe Stunde fast nicht zu schaffen war. Ohne James zu informieren lief sie um das Haus herum und fuhr mit ihrem Smart in die Stadt.

Natürlich schaffte sie es nicht mehr rechtzeitig. Der kleine Stau auf der Ortseinfallsstraße der sich zu ihrer Überraschung trotz fehlenden Berufsverkehrs aufgebaut hatte, kostete sie wertvolle fünf Minuten. Die konnte sie durch das Glück eine ‚Smartparklücke' gefunden zu haben auch nicht mehr rein holen. Auf dem kurzen Fußweg zu der Kneipe wunderte sie sich zwar, dass sie sich wegen der paar Minuten Verspätung so einen Kopf machte – schließlich hatte Resi den engen Termin gesteckt - verlangsamte ihren Schritt aber trotzdem nicht.

Die Kneipe, sie musste sich korrigieren: Das Bistro war gut gefüllt. Scheinbar hatten es einige der im Viertel arbeitenden Menschen für sich und die Mittagspause entdeckt. Nach einigem Herumschauen, sah sie Resi schließlich fröhlich winkend an einem Zweiertisch sitzen.

Nachdem Doris sich gesetzt hatte, schaute Resi sie eine Zeitlang fragend an.

„Und? Das ist alles nach so langer Zeit?"

„Was sollte sonst sein? Ich hoffe du hast den Schlüssel dabei."

Lächelnd griff Resi in ihren Ausschnitt und zeigte einen kleinen Schlüssel, den sie wie einen Schmuckanhänger an ihrer Kette trug.

„Natürlich liebste Doris. Tag und Nacht."

„Gut", meinte Doris, die sich schon in mächtigem Aufwind wähnte, „dann würde ich vorschlagen, du gibst mir den Schlüssel oder gleich die ganze Kette."

„Alles zu seiner Zeit", entgegnete Resi, während sie den Schlüssel wieder an seinen alten Platz fallen ließ. „Wenn ich bedenke, dass du mir den lange abgesprochenen Aufenthalt bei dir und deinem werten Herrn Gatten versagen willst und wenn ich bedenke, dass ich eben noch nicht einmal einen Begrüßungskuss von dir bekommen habe, dann weiß ich eigentlich nicht so richtig, weshalb ich dir den Schlüssel geben sollte."

„Vielleicht ja einfach nur, weil du mir das Leben ohnehin schon schwer genug gemacht hast? All die Schmuckstücke und die Frisur."

„Steht dir doch ausgezeichnet. Ich weiß gar nicht, was du willst?"

„Du weißt ganz genau, was ich will. Das alles soll einfach aufhören."

Resi lehnte sich entspannt zurück und schaute Doris lächelnd an.

„Meinst du denn, dein Mann findet das so toll, wenn ich ihm erkläre, was du im Urlaub so alles gemacht hast und dass du einen Bruder hast der so gar nicht in eure schöne Welt passt, den du dann auch noch aus Selbstsucht im Stich lässt? So weit ich weiß, hat dein Mann ziemlich weit oben aufgehängte Moralvorstellungen."

„Was willst du?"

„Ach Doris. An dem Punkt drehen wir uns immer im Kreis. Du weißt, was ich von dir will. Ich will mit dir spielen."

„Aber warum?"

„Weil ich es kann und weil es um so mehr Spaß macht, um so mehr ich merke, dass du damit Probleme hast."

Doris musste Resi zustimmen. In dem Punkt drehten sie sich immer wieder im Kreis. Genau so, wie sie sich selber im Kreis drehte, so oft sie darüber nachdachte, wie sie endlich aus der Situation herauskommen konnte.

„Ich brauche irgendeine Zusage von dir Resi. Irgendeinen Tag, ein Datum. Eine Information die mir sagt: dann ist das alles vorbei."

„Das bekommst du nicht. Auch das habe ich dir schon vorher gesagt. Wir machen das so lange, wie ich Spaß daran habe. Das kann durchaus noch einige Zeit dauern."

Damit hatte sie Doris endgültig wieder auf den Boden der Tatsachen heruntergeholt. Jegliche Hochstimmung, die Doris noch kurz vorher empfunden hatte fiel in sich zusammen und machte der Frage Platz, wie sie überhaupt hatte entstehen können.

„Also. Was soll ich tun?"

„Das hört sich ja schon viel besser an. Ich schlage vor, wir beide gehen jetzt mit lächelndem Gesicht raus. Den Rest erzähle ich dir dann draußen."

Vor der Türe umfasste Resi Doris Hüften, wobei sie ihre Hand genau auf das unnachgiebige Band des Keuschheitsgürtels legte.

„Ich empfehle dir dringend, deinen Arm auch um mich zu legen. Wie sieht das denn sonst aus?"

Doris gehorchte ihr wortlos.

Als sie neben einem alten Volvo standen, zog Resi einen Schlüssel aus der Hosentasche und schloss die Beifahrertüre auf.

„Setz dich rein. Wir machen eine kleine Spritztour. Dauert nicht lange."

Tatsächlich stellte Resi den Wagen schon wenige Straßenzüge weiter auf einem kleinen Parkplatz ab und wendete sich lächelnd an Doris.

„So. Hier um die Ecke ist ein Piercer und Tätowierer mit fundierter medizinischer Ausbildung. Er wird deine Zunge spalten."

„Bist du jetzt völlig bekloppt geworden. Damit gehst du zu weit."

„Nein gehe ich nicht. Ganz im Gegenteil. Das kleine Gespräch im Lokschuppen hat mir gezeigt, dass ich viel zu nachsichtig mit dir war."

Resi startete auf ihrem Handy eine Stoppuhr.

„Ich will trotzdem mal nicht so sein. Jede angefangene Minute bedeutet ein weiteres Piercing für dich. Das wird alles gleich hier um die Ecke erledigt. Du bist also jetzt bei der Zungenspaltung und einem weiteren Piercing angekommen."

Danach hielt Resi einfach nur die Stoppuhr gut sichtbar in der Hand und schaute Doris erwartungsvoll an.

„Wie soll das denn gehen? Wie soll ich das denn meinem Mann erklären?"

„Ist mir egal, Doris. Lass dir was einfallen."

Als das Handy einen kurzen Ton von sich gab, hielt Resi zwei Finger hoch. Doris hatte gerade ihr zweites zusätzliches Piercing verdient.

„Kann ich mir denn wenigstens die Stellen aussuchen, an denen ich mich piercen lassen soll?"

„Wenn du dann aufstehst und brav bist, kann ich dir zumindest eine Auswahl anbieten."

Nach kurzer Pause stimmte Doris zu. Sie war in Resis Hand und musste versuchen das Beste draus zu machen. Und da sie diesen Vorsatz seit dem Telefonat am Mittag sträflich vernachlässigt hatte, musste sie jetzt wenigstens dafür sorgen, dass es nicht noch schlimmer wurde.

„Okay."

Resi drückte kurz, bevor die zweite Minute abgelaufen war auf die Stoppuhr.

„Weise Entscheidung. Du kannst selber aussuchen ob du dir deine Nippel oder den Nasenflügel piercen lässt."

„Nasenflügel ist aber nur einer."

„Nein, in dem Fall nicht. Du hättest selbstverständlich gerne zwei im gleichen Nasenflügel. Du findest diese doppelten Piercings einfach nur zu geil. Hast du am Ohr schließlich auch machen lassen."

Da die Brustwarzen zwar mit Sicherheit unangenehmer waren aber genauso mit Sicherheit besser zu verbergen waren, entschied sich Doris für die Brustwarzen.

Auf dem Weg zu dem Piercingshop wollte Resi im Plauderton wissen.

„Warum willst du dir eigentlich die Zunge spalten lassen?"

Auf Doris verdutzten Blick erklärte sie, dass der Piercer das ja fragen könnte.

„Keine Ahnung. Sag du mir, warum ich das will."

„Erstens findest du das cool. Und dann ist da noch die Nummer mit dem Sex. Du hast gehört, dass du deinem Freund damit noch besser einen blasen kannst."

„Das soll ich sagen?"

„Ich kann auch die Stoppuhr weiter laufen lassen."

Statt einer Antwort stürmte Doris los. Einfach nur weg von dieser wahnsinnigen, kranken Frau. Sie musste ihrem Mann nur alles erzählen, womit Resi sie bedrohte. Selbst, wenn er sie rauswerfen würde, wäre das nicht so schlimm, wie das, was Resi noch alles mit ihr anstellen würde.

Weiter kam sie mit ihren Gedanken nicht. Sie hörte, dass Resi ihr laut lachend hinterher lief und sie spürte vor allem den Keuschheitsgürtel. Er behinderte sie in jeder Beziehung. Sie konnte die Beine nicht so schwungvoll nach vorne bringen, wie sie es unbedingt gebraucht hätte, sie konnte nicht atmen, wie sie es brauchte und sie hatte bei jedem Schritt Schmerzen an nahezu jeder Stelle, an der der Gürtel an ihrem Körper anlag.

Sie schaffte es noch gerade um eine Häuserecke und dann war ihre kurzentschlossene Flucht auch schon vorbei. Resi legte den Arm um ihre Schulter und rief fröhlich:

„Hab dich!"

Ohne zu warten führte sie die nach Luft japsende Doris zurück zu ihrem Auto. Dabei hatte sie ihren Arm weiter runter rutschen lassen und sich mit den Fingern unter dem Bauchband des Gürtels eingeklemmt. Für Doris bedeutete das die Option auf zusätzliche Schmerzen, falls sie versuchen sollte, sich loszureißen.

Am Auto öffnete Resi die Beifahrertür und befahl Doris einzusteigen und sich ordentlich anzuschnallen. Gleichzeitig nahm sie ihr mit festem Griff die Handtasche ab, die Doris die ganze Zeit fest umklammert gehalten hatte.

„Ich kann dir nur raten, brav sitzen zu bleiben mein Schatz", warnte sie Doris bevor sie ihr einen leidenschaftlichen Kuss auf die Lippen drückte und die Beifahrertüre zuschlug. Ohne Umwege fuhr Resi zur Stadtautobahn. Als sie dort Fahrt aufgenommen hatte, reichte sie Doris ein Paar Handschellen.

„Anlegen! Und zwar ohne Zicken!"

Doris, die noch immer damit beschäftigt war, die plötzliche Wendung ihres Schicksals zu verarbeiten, folgte der Anweisung mechanisch.

Am nächsten Parkplatz fuhr Resi ab und schmiss Doris Handtasche, ohne sich weiter um den Inhalt zu kümmern in einen der Müllcontainer. Vielleicht würde die Tasche entdeckt werden, vielleicht auch nicht. Ihr war es vollkommen egal.

Für den Fall, dass sie entdeckt würde, hätte sie zumindest eine Spur gelegt, die die Polizei eventuell auf eine falsche Spur führen konnte, freute sich Resi, als sie an der nächsten Ausfahrt abfuhr und in entgegengesetzter Richtung wieder auffuhr um dann endgültig ihr etwa zweihundert Kilometer entferntes Ziel anzusteuern.

Als sie das Stadtgebiet verlassen hatten, hatte sich Doris zumindest so weit wieder gefangen, dass sie anfangen konnte, nach Lösungen zu suchen. Also genau der Beschäftigung, dachte sie sich entmutigt, bei der sie in den letzten Tagen so elendig gescheitert war.

„Du wirst damit nicht durchkommen Resi. Mein Verschwinden wird auffallen und mein Mann wird nach mir suchen lassen."

„Ach, wie nett. Ich dachte schon ich müsste mich die ganze Fahrt von dir anschweigen lassen. Aber zu deiner Hypothese: Nein, ich wäre an deiner Stelle nicht so sicher, dass man so schnell nach dir suchen wird. Und nein ich wäre mir an deiner Stelle ebenfalls nicht so sicher, dass ich mit dieser Nummer nicht durchkommen werde."

„Du hast mein Handy im Müll entsorgt. Das werden sie als Erstes finden. Wie willst du meinem Mann denn dann klar machen, dass mein Verschwinden vollkommen in Ordnung ist? Du kannst mich noch nicht einmal einen Brief oder einen SMS schreiben lassen."

„Kluges Kind."

„Du bist also der Meinung, dass es keine Spur zu dir geben wird?"

„Ganz so vermessen bin ich natürlich auch nicht. Aber ich glaube, dass es schwer wird uns beiden Hübschen zu finden. Und selbst wenn… Wer weiß, ob du überhaupt zurück willst."

Natürlich würde sie zurück wollen. Was sonst?

„Na, meine Liebste? Hat es dir die Sprache verschlagen?" wollte Resi ein paar Dutzend Kilometer später wissen.

„Ich wüsste nicht, was ich sagen soll."

„Na, irgendwas wird dir schon noch einfallen. Du willst mich doch nicht langweilen."

„Warum sollte ich noch selber für deine Unterhaltung sorgen. Schließlich hast du mich entführt. Ich habe noch nie gehört, dass Entführungsopfer dazu verpflichtet sind, die Entführer auch noch zu unterhalten. Mach das, was du vor hast. Erpresse meinen Mann oder sonst irgendwas. Aber erwarte nicht von mir, dass ich auch noch so tue, als ob ich das irgendwie gut fände."

„Das ist sehr unhöflich von dir. Du solltest dankbar sein, dass ich so viel frischen Wind in dein angestaubtes Leben bringe. Du solltest dich schämen die beste Zeit an so einen alten, impotenten Greis wegzugeben. Tief in dir hat es dir doch bisher Spaß gemacht. Sonst hättest du dich doch viel mehr gewehrt."

„Du entführst mich gerade! Das ist eine Straftat! Das hat nichts mit Spaß zu tun."

„Ach! Straftat! Ich scheiß auf deine Straftat! Letztlich mache ich nichts anderes, als dich deiner inneren Bestimmung zuführen. Das in dir wecken, was heraus will. Und zwar mit aller Kraft. Zumindest, wenn es endlich mal wach ist."

Doris schaute konsterniert aus dem Fenster. Resi war nicht irgendwie ein bisschen durchgeknallt. Sie war irre. Sie gehörte in eine Anstalt zu Ärzten die ihr Fach verstanden.

Nachdem sie die Autobahn verlassen hatten, steuerte Resi den Wagen in eine ländliche Gegend, wobei sie dank der modernen Umgehungsstraßen durch kein einziges Dorf fahren musste. Schließlich bog sie in einen Feldweg ein, der zu einem Einsiedlerhof führte. Für Doris war sofort klar, dass sie hier eine halbe Ewigkeit festgehalten werden konnte. Keine Nachbarn, kein Durchgangsverkehr. Nichts, außer Wiesen, Wäldern und Feldern.

„Ich merke, du hast die Vorzüge dieses schönen alten Hofes bereits erfasst. Es stehen wunderbare ungestörte Tage vor uns. Ich hoffe, du freust dich darauf?"

„Natürlich nicht. Was denkst du dir denn überhaupt? Warum soll ich mich darüber freuen, dass du mich hier einsperren willst?" Einer plötzlichen Eingebung folgend fügte sie hinzu: „Noch ist nichts passiert. Wenn du mich jetzt frei lässt, dann verspreche ich dir, irgendeine Ausrede zu finden und dich nicht anzuzeigen."

Resi steckte sich andeutungsweise den Zeigefinger in den Mund.

„Gleich muss ich kotzen. Bisher war ich der Meinung, dass so was Primitives unter deinem Niveau ist. Dir muss doch klar sein, dass so eine Behauptung nur bis zu dem Moment gilt, in dem du dich vor mir sicher fühlst."

In Gedanken musste Doris ihr zustimmen. Der Versuch war wirklich ziemlich durchsichtig.

„Warte kurz im Auto, ich hole dich gleich", befahl Resi ihr lächelnd. „Schön brav sein."

Ohne sich noch mal umzudrehen, verschwand Resi im Haus. Für Doris war klar, dass das die Chance war, um abzuhauen. Den Gurt lösen und mit den aneinander geketteten Händen die Autotüre öffnen war einen einzige fließende Bewegung. Danach stieß sie die Türe mit dem Fuß vollends auf. Trotz der schmerzhaften Erinnerung an den Gürtel, die sie bei dem Tritt erhielt, stieg sie schnell aus dem Auto aus und war bereit, sich in Richtung Wald zu verabschieden.

Gleichzeitig stellte sie allerdings fest, dass sie sich irgendwie an dem Gurt verfangen haben musste. Zuerst versuchte sie den Gurt durch eine schnelle Armbewegung los zu werden. Dann erkannte sie, dass sie durch die Handschellen so gefesselt war, dass sich ihre Hände innerhalb des Gurtes trafen. Der Gurt und ihre Arme bildeten eine Figur, wie zwei für immer miteinander verbundene Ringe.

Vom Haus her war glucksendes Lachen zu hören. Resi lehnte lässig im Türrahmen und schaute Doris bei ihrem vergeblichen Fluchtversuch zu.

„Das wäre dann doch ein bisschen einfach. Meinst du nicht?"

Ohne auf eine Antwort zu warten, ging Resi zu Doris. Dabei hielt sie einen Edelstahlreif in die Luft.

„Schau mal, was ich hier habe. Sieht der nicht fantastisch aus? Ich dachte mir, dass du zum Eingewöhnen mit einem schmaleren Model anfängst. Der hier ist nur fünf Zentimeter hoch. Da hast du dich im Nu dran gewöhnt."

Kurz danach trug Doris den Edelstahlreif um den Hals.

„Und damit nicht genug. Ich habe noch mehr für dich", verkündete Resi stolz und zog zwei Edelstahlarmreifen aus ihrer Umhängetasche. „Leider musst du dich dafür von dem Armreif trennen, der dich an unseren schönen Urlaub in den Alpen erinnert."

Nachdem sie den Reif abgenommen hatte, legte sie Doris die neuen Armreifen an, die sie zu allem Überfluss auch noch mit einer Kette verband, die sie durch den Ring führte, der an dem Halsreif befestigt war. Erst jetzt nahm sie ihr die Handschellen ab.

„Wenn ich dich bitten dürfte zum Haus vorauszugehen?" forderte sie Doris in perfekter Manier auf. Doris, deren Hände sich wegen der viel zu kurzen Kette in Brusthöhe befanden, blieb nichts anderes übrig, als dem Folge zu leisten.

„Ich werde dir dann gleich dein Zimmer zeigen, wenn es recht ist."

Natürlich entging es Doris nicht, dass Resi versuchte den Tonfall einer Hausangestellten zu imitieren, die wichtigen Besuch ihrer Herrschaften auf das Zimmer führen sollte.

„Einmal die Treppe hoch bitte und dann gleich die erste Türe auf der linken Seite."

Doris öffnete die bezeichnete Türe und betrat einen großen hellen Raum. Eigentlich hatte sie damit gerechnet in den Keller oder zumindest einen fensterlosen Raum eingesperrt zu werden. Zwar waren die beiden Fenster vergittert, aber immerhin. Sie hatte Fenster. Vielleicht ging ja doch mal irgendwann jemand vor den Fenstern her. Der Briefträger oder so. Andererseits, wurde ihr dann sofort klar, war die Chance noch kleiner, als sie ohnehin schon war. Die Fenster gaben nämlich nicht den Blick auf die Zufahrt sondern auf einen Innenhof frei.

„Setz dich mal hier auf das Bett."

Bevor Doris mitbekommen hatte, was geschah, hatte Resi eine weitere Kette an ihrem Halsband befestigt. Das andere Ende der Kette steckte in einem Deckenhaken. Die Kettenlänge war so bemessen, dass Doris gerade noch genug Spielraum hatte, um sich in unmittelbarer Nähe des Bettes aufzuhalten.

„Schau dich erstmal in Ruhe um. In einem halben Stündchen bin ich wieder da."

Als Resi kurz danach breit grinsend zu ihrem Freund ging, der in der großen Küche auf sie wartete, schien der sich gar nicht so sehr über Doris Besuch zu freuen.

„Wieso hast du die denn jetzt schon mitgebracht. Wir hatten doch abgemacht, dass sie erstmal noch bei dem alten

Sack bleiben soll. Über den Gürtel und die Drohung ihren armen Bruder noch mehr zu quälen hattest du die doch wunderbar im Griff."

„Dachte ich auch", antwortete Resi, während sie sich auf seinen Schoß setzte und langsam ihre Brustwarzen an seiner Brust rieb, „aber sie hat gezickt, als ich sie zu dem Termin bringen wollte. Ihr Bruder war ihr auf einmal egal. Schade eigentlich, aber was soll es? Jetzt brauchen wir ihr damit ja nicht mehr zu drohen. Jetzt haben wir sie hier zu unserer Verfügung."

„Mehr zu deiner, um ehrlich zu sein." Seine Hand wanderte unter ihren Rock.

„Natürlich mehr zu meiner. Aber was wäre das alles, wenn ich dich nicht als stillen, unsichtbaren Genießer an meiner Seite hätte?"

„Wäre trotzdem anders besser gewesen. Schade."

Mehr konnte er nicht mehr sagen. Sie setzte sich breitbeinig auf den Küchentisch, zog ihn vor sich und ließ sich dann hemmungslos und lautstark von ihrer Lust wegtragen.

„So Doris, da bin ich wieder. Fast wie versprochen, nur ein kleines bisschen verspätet. Ich hatte noch einen unaufschiebbaren Termin, wenn du verstehst, was ich meine", schob sie lächelnd hinterher.

„Hast du dich denn inzwischen ein bisschen mit deinem Zimmer vertraut gemacht? Also zumindest rein optisch?"

Doris, die keine Ahnung hatte, was es bedeutete, dass Resi offenbar ihren Liebhaber dabei hatte, konnte nur nicken.

„Dann hast du sicherlich auch gesehen, dass wir hier einen multifunktionalen Behandlungsstuhl für dich haben. Man kann daran einfach alles klappen. Mal Liege, mal Stuhl. Beine auseinander, Beine zusammen. Immer so, wie man des gerade braucht."

Sie schaute Doris erwartungsvoll an. Der war der Stuhl natürlich nicht entgangen. Schließlich stand er zu allem Überfluss auch noch in der Mitte des Raumes.

„Da du es sicherlich gar nicht abwarten kannst, den Stuhl mal auszuprobieren, will ich dich nicht enttäuschen. Du darfst dich gleich drauf setzen. Vorher aber noch eben einen kurzen Lehrgang in guten Manieren. Ich werde alles dafür tun, damit es dir hier gut geht. Dafür erwarte ich von dir absoluten Gehorsam. Wenn du, wie jetzt gleich, mal für einen Moment nirgendwo angekettet bist, dann ist das keine Aufforderung zum Abhauen. Vielmehr solltest du dich dann weiter so verhalten, als ob du angekettet wärest. Und damit du auch weißt, dass Fehlverhalten Konsequenzen hat, zeige ich dir folgendes."

Sie nahm eine kleine Fernbedienung aus der Hosentasche und drückte einen Knopf. Als Folge davon spürte Doris einen kleinen Schmerz im Nacken. Sie zuckte eher deshalb zusammen, weil der Schmerz so überraschend kam. Weniger, weil er zu stark gewesen wäre.

„Das ist die kleinste Stufe. Sobald du dich zu weit von diesem Haus entfernst, wirst du ohne Vorwarnung die stärkste Stufe erleben. Bitte glaube mir, dass du das nicht willst. Das ist wirklich sehr nah am Knochenbrecher. Selbst mir – und ich habe schon sehr spezielle Vorstellungen von Schmerz – würde es keinen Spaß machen, dich so zu sehen."

„Knochenbrecher?" wollte Doris automatisch wissen.

„Wegen der Krämpfe. Du machst dir keine Vorstellung davon, wie stark deine Muskeln sind, wenn sie unaufhaltsam zusammenkrampfen. Alles klar?"

Nachdem Doris genickt hatte, löste Resi die Kette, die sie an der Wand festhielt und bat sie auf den Stuhl, wo sie Doris Waden, direkt unterhalb der Knie jetzt ebenfalls mit Edelstahlbändern schmückte und diese auch direkt benutzte, um sie auf dem Stuhl zu fixieren.

„Hast du eine Idee, weshalb ich dir die Bänder nicht am Knöchel befestige?"

„Nein", gelang es Doris mit belegter Stimme zu antworten.

„Weil ich dich an hohe Schuhe gewöhnen werde. Dabei stören die Bänder nur. Ich finde eine schöne Frau wie du, muss einfach auf hohen Schuhen gehen. Alles andere wäre verschwendetes Rohmaterial."

Ohne auf eine Antwort von Doris zu warten, ging Resi zu einem der Schränke und holte ein Paar Stiefeletten mit ziemlich hohem Stilettoabsatz heraus.

„Das sind zwölf Zentimeter Differenz. Ab sofort das absolute Minimum. Du wirst noch nicht einmal Duschen, ohne entsprechende Sandalen zu tragen. Ist das nicht fantastisch?"

Doris hatte schon gelegentlich davon gehört, dass sich die Achillessehne tatsächlich verkürzen konnte, wenn man permanent hohe Schuhe trug. Sie nahm sich vor, jede Nacht intensive Übungen zu machen, um dies zu verhindern. Jetzt musste sie mit ansehen, wie Resi die Stiefel mit einem kleinen Schloss sicherte und den Schlüssel in ihrer Tasche verschwinden ließ. Danach trat sie einen Schritt zurück und warf einen ausgiebigen Blick auf Doris Füße.

„Traumhaft. So muss das sein und nicht anders. Was meinst du?"

„Willst du das jetzt ernsthaft wissen?"

„Macht nichts", tat Resi die Frage mit einer Handbewegung ab. „Du wirst schon noch merken, dass das alles nur zu deinem Besten ist. Und wo wir gerade dabei sind. Als wir uns kennengelernt hatten, hatte ich dir ja schon von meiner ausufernden Liebe zu Köpersschmuck erzählt. Und, was soll ich sagen? Ich werde dich an dieser Liebe teilhaben lassen. Und damit fange ich jetzt auch sofort schon mal an. Leider brauche ich dafür allerdings die Hilfe von meinem Freund. Der will sich dir aber erst später zu erkennen geben. Deshalb verbinde ich dir jetzt die Augen. Alles klar?"

Doris zog es vor nichts zu antworten. Was hätte sie auch sagen sollen? Sollte Resi ihr halt so eine Taucherbrille oder was auch immer aufsetzen. Vielleicht war es später sogar vorteilhaft, wenn sie den Freund nie sehen würde. Man sah das schließlich andauernd im Fernsehen. Statt einer Brille holte Resi allerdings ein Stück Latex hervor, das sich sehr bald als eine Kopfhaube entpuppte. Mit einiger Anstrengung zog Resi das Teil über Doris Kopf und justierte es danach, bis es korrekt saß. Das bedeutete, dass mit Ausnahme der Nasenlöcher und dem Mund der komplette Kopf in dem engen anschmiegsamen Material gefangen war.

Als ihr Werk so weit gediehen war, drehte sich Resi zur Tür und rief laut und vernehmlich: „Du kannst kommen!"

Gleichzeitig drückte sie Doris Kopf hinten an die Lehne.

„Ich will mal hoffen, dass du brav sitzen bleibst. Sonst muss ich dir den Kopf auch noch fixieren. Würde mir zwar wirklich Spaß machen, aber warum soll ich mein ganzen Pulver schon bei der ersten Behandlung verschießen. Ist doch viel schöner, wenn ich immer wieder mal einen kleinen zusätzlichen Akzent setzen kann. Findest du nicht auch?"

Langsam wurde Doris schlecht. Sie hatte Resi so derartig unterschätzt, dass es kaum auszuhalten war. Das Beste wäre gewesen, gleich am ersten Abend an der Bar laut nach der Polizei zu schreien. Nur, wie hätte sie ahnen können, dass Resi so derartige krank war?

Als sie merkte, wie ein weitere Person den Raum betrat, wurden ihre Hände, die noch immer über die kurze Kette mit ihrem Halsband verbunden waren, gelöst und irgendwo an ihrer Seite am Stuhl befestigt.

„So Doris, dann streck mal deine Zunge raus."

Instinktiv presste Doris die Lippen zusammen, was sie sofort danach bereute. Mit der ältesten und sichersten Methode, nämlich ‚Nase zu halten', wurde sie gezwungen den Mund zu öffnen. Gleichzeitig merkte sie, wie Resi ihr vor Freude glucksend, irgendetwas Undefinierbares hinter die Schneidezähne schob. Kaum saß das Teil an Ort und Stelle, als es auch schon losgelassen wurde und Doris Mund weit und kraftvoll aufspreizte.

„Wie schön, dass du mir Widerstand leistest. Ich hatte schon Angst, ich müsste ohne den Spreizer arbeiten. Würdest du denn jetzt bitte die Zunge herausstrecken? Keine Angst, das Spalten, schieben wir noch ein wenig auf. Heute wird nur gepierct."

Aus dem Schaden klug geworden und im schlichten Wissen, dass sie es ohnehin nicht verhindern konnte, streckte

Doris die Zunge zögerlich heraus. Resis Freund setzte die medizinische Klammer an und zog die Zunge damit noch ein Stückchen weiter heraus.

„Gratuliere", meinte Resi grinsend zu ihrem Freund, „die Klammer sitzt auf Anhieb richtig. Wenn du willst blase ich dir dafür heute Nacht einen."

Dann wendete sie sich wieder an Doris.

„Ich steche dir einen Stecker in die Mitte der Zunge, meine Liebste. Da ich dich so gerne habe, nehme ich einen 10g. Das sind mal gerade zweieinhalb Millimeter im Durchmesser."

Irgendwann später am Abend lag Doris im Bett. Resi hatte ihr noch lachend eine angenehme Nachtruhe gewünscht. Wie Doris die bekommen sollte, wusste sie nicht. Resi hatte ihr insgesamt drei Piercings in die Zunge gesetzt. Alle drei saßen in einer geraden Linie Richtung Zungenspitze. Die beiden zusätzlichen waren eigentlich gar nicht notwendig, hatte Resi mehrfach betont. Die hatte Doris eigentlich nur bekommen, weil Resi Lust dazu hatte.

Neben dem Bett stand eine Schüssel mit ein paar Eisklötzen, an denen sich Doris bedienen sollte, um die Schwellung unten zu halten. Aber nicht nur die frischen Piercings hinderten Doris am Einschlafen. Was ihr ebenfalls zu schaffen machte, waren die PVC-Rohre, die Resi an ihren Unterschenkeln hoch geschoben hatte. Um sie gegen ‚versehentliches' Herunterrutschen zu sichern waren die Rohre natürlich mit einem Schloss an den Bändern befestigt worden. Die Rohre waren so lang, dass sie Doris Fuß komplett einschlossen. Damit wäre, wenn sie nicht ohnehin angekettet gewesen wäre, nicht an normales Gehen zu denken gewesen und was Doris noch viel mehr schockiert hatte: Sie konnte ihre Füße jetzt natürlich nur noch in dieser völlig überstreckten Position halten. Ihr Plan, die Füße in jeder Nacht schön anzuziehen und damit die Achillessehne wieder zu dehnen, war gescheitert, bevor er auch nur ein einziges Mal in die Tat umgesetzt werden konnte.

Alles ist im Gang

„Nein, Herr Schweigerl, zu meinem Bedauern kann ich Ihnen nichts über den Verbleib ihrer Gattin sagen."

James war, obwohl sein Arbeitgeber nicht vor ihm stand, sondern nur am Telefon war, anzusehen, wie unangenehm ihm diese Tatsache war.

„Hat sie Ihnen gegenüber denn irgendeine Andeutung gemacht, wo sie hin fahren wollte?"

„Leider nein. Ich habe am Nachmittag, als ich ihr den Tee servieren wollte, festgestellt, dass sie nicht da war. Sie ist offenbar mit dem Smart gefahren. Ich ging davon aus, dass sie eine Tour in die Stadt unternommen hat. Ich bedauere sehr."

„Sie trifft keine Schuld daran, dass meine Frau sich vom Haus entfernt, ohne Sie in Kenntnis zu setzen. Schließlich sind wir alle freie Personen."

„Was gedenken Sie in der Sache zu unternehmen, Herr Schweigerl. Kann ich mich in irgendeiner Weise nützlich machen?"

„Nein, nein. Lassen Sie mal James. Vielleicht hat sie ja eine Freundin getroffen und die Zeit vergessen. Da sie mich erst morgen zurückerwartet, lässt sie vielleicht die Zügel etwas schleifen. Vermutlich wird sie Sie bald unterrichten, wo sie ist. Etwas anderes ist ohnehin nicht zu machen. Es verbietet sich von selber, ihre Bekannten abzutelefonieren. Das wäre ein Gesichtsverlust ohnegleichen. Vor allem dann, wenn sie im nächsten Moment auftaucht und sich alles als völlig harmlos herausstellt."

„Sehr wohl. Sicherlich haben Sie recht Herr Schweigerl."

„Sehen wir es realistisch. Wenn ihr etwas zugestoßen wäre, beispielsweise ein Autounfall, wüssten wir schon lange bescheid. Und würden wir sie – dies nur der Vollständigkeit halber erwähnt – offiziell als vermisst melden, dann würde die Polizei so schnell nicht aktiv werden. Da müssen wir uns nichts vor machen. Wir warten also schlimmstenfalls bis morgen ab."

„Sehr wohl, Herr Schweigerl. Ich darf mir erlauben, Ihnen trotzdem einen erholsamen Schlaf zu wünschen?"

„Dürfen Sie."

Damit beendete Herr Schweigerl das Gespräch. An eine angenehme Nachtruhe war für ihn allerdings nicht zu denken. Er saß in einem Hotelzimmer, ein paar Flugstunden entfernt, und konnte rein gar nichts tun. Das ganze Problem war ihm erst bekannt geworden, als er vor einer halben Stunde von der Detektei informiert worden war, dass der Kontakt zu seiner Frau, der über ihr Handy erfolgt war, abgebrochen war. Der Mitarbeiter hatte das Handy, das mit einer versteckten Ortungsapp ausgestattet war, in einem Abfallcontainer auf einem Autobahnparkplatz gefunden. Zusammen mit ihrer Handtasche. Damit war eigentlich alles klar gewesen. Die Abmachung, zu der er vor einigen Monaten gezwungen worden war, war in Kraft getreten. Alle Bemühungen dies zu verhindern waren grandios gescheitert. Er hatte seine Frau verloren und war zudem auch noch gezwungen, dieses Wissen unter keinen Umständen preis geben zu dürfen. Denn die Druckmittel, die man gegen ihn in der Hand hielt waren mächtig. Sehr mächtig. Seine gesamte Existenz stand auf dem Spiel.

Zur gleichen Zeit durchsuchte Elitha, James Frau, die Räume von Dorothea Schweigerl auf irgendwelche Hinweise. James hatte lange mit seiner Frau, die in dem Haushalt als Köchin und Reinigungskraft arbeitete, gesprochen. Schließlich waren sie übereingekommen, dass sie zu dem Vertrauensbruch verpflichtet waren. Alleine Frau Schweigerls deutlich geänderte Aussehen war schon Anlass zur Sorge gewesen. Den letzen Ausschlag gab dann aber, dass Frau Schweigerl den Butler immer informierte, wenn sie das Haus verließ. Schon alleine wegen banaler Dinge wie den Essenzeiten, die daraufhin immer mal angepasst werden mussten. James und Elitha waren sich darin einig, dass ein ernsthaftes

Problem um ein Vielfaches wahrscheinlicher war, als eine schlichte Nachlässigkeit.

Resi legt los

„Guten Morgen, liebe Doris. Wie hast du denn geschlafen?"

Zu mehr als Grunzen sah sich Doris nicht in der Lage. Die Zunge fühlte sich wegen der drei Barbells wie ein viel zu großer Fremdkörper an. Das Pochen hatte in der Nacht zwar glücklicherweise nachgelassen, trotzdem sah Doris nicht gerade optimistisch in den Tag.

„Ich habe dir auch neue Eiswürfel mitgebracht."

Während Resi die Schüsseln austauschte, erklärte sie, dass sie Doris jetzt noch ein Stündchen alleine lassen würde.

Scheinbar war Resi in Sachen Sex absolut unersättlich. Doris konnte während der Wartezeit jedenfalls sehr eindeutige Geräusche hören. Insofern war sie nicht wirklich sich selber und ihren Gedanken überlassen. Trotzdem schaute sie sich nochmals in dem Raum um. Das zentrale Möbel hatte sie gestern schon kennengelernt. Ansonsten waren noch einige Schränke zu sehen. Einer davon war der gut gefüllte Schuhschrank. Erst jetzt, als ihr Blick zu der stabilen Öse ging, an der ihre Kette befestigt war, fielen ihr weitere dieser Ösen an den Wänden und der Decke auf. Die beiden hatten sich offenbar schon seit längerer Zeit auf sie vorbereitet. Damit war der letzte widersinnige Zweifel, dass dies alles nur irgendeine spontane Überreaktion von Resi war, endgültig ausgeräumt. Doris musste sich immer wieder klar machen, dass alles von der ersten Begegnung bis zu ihrer Entführung genau so geplant war. Wenn sie es irgendwie schaffen wollte, hier wieder raus zu kommen, dann war diese reale Betrachtung der Tatsachen unumgänglich. Trotzdem kam sie dann aber bei der Überlegung, wie sie fliehen konnte nicht weiter.

Als das Stöhnen und die Lustschreie, die einander abgewechselt hatten, endlich aufhörten, hörte sie erst die Dusche, dann den Fön und dann endlich – wobei sie sich fragte, weshalb sie auf Resi wartete – hörte sie Resis Schritte, die sich ihrer Türe näherten.

„So, Doris. Du kannst jetzt erstmal ausgiebig duschen und dich frisch machen."

Resi nahm ihr die Ketten ab und löste auch die Fußstrecker, wie sie die Rohre nannte. Danach stellte sie Doris wassertaugliche Badeschlappen – so zumindest benannte sie die Teile mit dem hohen Keilabsatz – hin.

„Sind eventuell ein bisschen gewöhnungsbedürftig. Du bekommst deinen Halt nur aus den Zehenriemen."

Doris, die vorsichtig versuchte ihre Füße anzuziehen, setzte sich auf die Bettkante und schlüpfte schließlich in die außergewöhnlichen Badeschlappen.

Bis auf ihren Permanentschmuck war sie jetzt vollständig nackt.

„Da lang", wies Resi ihr den Weg. Das Bad lag direkt neben Doris Zimmer. Ihr erster Gedanke, von dort irgendwie zu fliehen, konnte Doris sofort wieder begraben. Resi nahm sich einen Stuhl und setzte sich damit in eine Ecke des großen Raumes.

„Schau nicht so, Doris. Ich lasse mir doch nicht entgehen, wie du deinen wunderbaren Körper reinigst. Lass dir ruhig Zeit. Ich werde dich nicht drängen."

Doris sah keinen Sinn darin, sich jetzt irgendwie zur Wehr zu setzten. Also spülte sie gewissenhaft ihren Mund aus und ging dann zu der Dusche. Beim Besteigen der Duschwanne ließ sie die Schuhe draußen stehen.

„Falsch mein Liebling. Du hast da was vergessen."

Resi deutete lächelnd auf die Badeschlappen.

Als das warme Wasser an ihrem Körper herunter lief, merkte Doris, wie sich auch ihre Achillessehne entspannte. In der Hoffnung, dass Resi nicht sofort intervenierte, stellte sie sich wechselseitig mal auf den einen und mal auf den anderen Fuß und nutzte die Gelegenheit, um den jeweils anderen Fuß in eine normale Stellung hoch zu bringen. Resi quittierte das kopfschüttelnd, sagte aber nichts dazu. Also beschloss Doris, die Übung so lange durchzuziehen, bis Resi ihre Duschorgie beenden würde.

Kaum hatte sie damit angefangen, da stellte sie schon fest, dass Resi ihr mal wieder einen Schritt voraus war. Das Wasser wurde nämlich zusehends kälter. Obwohl Doris den Mischhebel schon komplett auf ‚Heiß' gedreht hatte, kam nur noch kaltes Wasser aus der Leitung. Schweren Herzens musste sie das Duschbad beenden.

„Wir haben so gutes Wetter. Deshalb wirst du deine Suppe draußen im Hof trinken. Keine Angst, du wirst irgendwann auch mal feste Nahrung bekommen. Nur jetzt mit den frischen Piercings bietet sich das nicht an."

Im Hof zeigte Resi auf eine Kette, die im Boden neben dem Tisch verankert war.

„Nimm die Kette da und schließe dich damit an deinem Halsreif fest. Das Schloss liegt auf dem Tisch. Ich denke, es macht dir mehr Spaß, wenn du auch mal was selber machen darfst. Ist doch langweilig sonst. Oder?"

Natürlich war Doris klar, dass das nüchterne Ergebnis, nämlich ‚Doris angekettet' das gleiche war. Trotzdem traf Resi sie mit dem Befehl, sich selber anzuketten unvorbereitet und hart. Nach ein bisschen Herumfummeln gelang es ihr dann das Schloss einrasten zu lassen. Sie hatte sich selber, wie ein Hund im Hof angekettet. Es hätte nur noch gefehlt, dass sie die Suppe ohne Löffel direkt mit dem Mund aus dem Teller hätte trinken müssen.

Diesmal ließ Resi sie alleine. Fast hätte Doris damit gerechnet jetzt erstmal wieder eindeutige Sexgeräusche zu hören. Stattdessen kam Schlagermusik vom Band. Nach der Suppe spülte Doris ihren Mund sorgsam aus. Auch wenn sie schon jetzt jedes einzelne der drei Piercings hasste, wollte sie sich die Schmerzen einer Entzündung natürlich ersparen. Schon am Abend vorher hatte Resi ihr unmissverständlich erklärt, dass sie niemals Schmerzmittel oder gar Betäubungen bekommen würde. Doris hatte keinen Anlass, ihr das nicht abzunehmen.

Während des Essens hatte sie versucht wieder ein paar Fußübungen zu machen, die jetzt allerdings wieder erschwert waren, weil Resi sie in ein Paar Stiefel eingeschlossen hatte, die im Fußgelenk unüblich stabil gefertigt waren. Außer den Stiefeln hatte sie nichts anziehen dürfen. Resi wollte etwas zum Schauen haben, war die ganze Begründung.

Als sie wegen des Keuschheitsgürtels auf dem harten Stuhl nicht mehr sitzen konnte, stand Doris auf und ging, so weit, wie es die Kette erlaubte in dem Hof hin und her. Zu sehen gab es nicht viel, da der Hof komplett frei geräumt war. Genaugenommen war das natürlich auch klar. Sonst hätte sie am Ende noch ein Werkzeug finden können, um sich zu befreien. Große Eile hatte Resi nicht. Doris hatte zwar keine Uhr, aber sie merkte, wie ihr die Zeit lang wurde.

Irgendwann kam sie dann endlich.

„So, Doris. Ich hoffe, du hast deinen Freigang genossen. Bedauerlicherweise muss die Sonne aus dem Hof raus bleiben. Denn einen Sonnenbrand oder sonst irgendwie von der Sonne gereizte Haut kannst du dir im Moment nicht erlauben. Trotzdem tut frische Luft doch immer irgendwie gut. Oder?"

Da von ihr eine Antwort erwartet wurde, nickte Doris und grummelte etwas, das wie ‚Ja' klang.

„Ich kann dir nur empfehlen zu sprechen. Das ist für die Heilung und deine Zunge nicht von Nachteil. Wegen mir kannst du allerdings auch gerne den Mund halten."

Sie machte eine Pause, in der sie aber nur einen abwartenden Blick von Doris bekam.

„Du fragst dich vermutlich, wie es jetzt weiter geht. Grundsätzlich könnte ich dich natürlich auch einfach irgendwo anketten und zweimal am Tag etwas Brot und Wasser bringen. Aber das werde ich dir ersparen. Du sollst unterhalten werden. Nicht den ganzen Tag, aber doch jeden Tag aufs Neue."

Sie legte einen Schlüssel auf den Tisch.

„Damit machst du jetzt dein Schloss auf. Wir gehen wieder auf dein Zimmer."

Nachdem sie den Schlitz gefunden hatte und das Schloss ordentlich auf den Tisch gelegt hatte, ging Doris wieder ins Haus zu ihrem Zimmer. Resi folgte ihr mit ein paar Schritten Sicherheitsabstand. Sie hatte vorher lächelnd die Fernbedienung gezeigt.

Der Stuhl in ihrem Zimmer war jetzt zur Liege umgebaut.

„Leg dich bitte auf den Bauch und mach es dir bequem."

Als sie lag, befestigte Resi die Arm- und Beinreifen an der Liege. Damit konnte sich Doris zwar noch immer bewegen. Nur war natürlich nicht an Aufstehen oder Ähnliches zu denken.

„Du fragst dich sicher schon, was jetzt passieren wird. Hast du eine Idee?"

„Nein", brachte Doris heraus, ohne, dass ihre geschmückte Zunge irgendwo anschlug.

„Du erinnerst dich an die Fotos, die ich dir von deinem Bruder gezeigt habe?"

Doris erschauerte. „Nein! Nicht! Bitte nicht!"

„Na, das geht doch schon ganz gut mit dem Reden. Aber was deinen Wunsch angeht. Ich komme dem natürlich gerne entgegen. Ich werde mit dir nicht das gleiche machen, wie mit deinem Bruder. Zumindest wird das Motiv ein anderes sein."

„Nein, bitte nicht tätowieren"

„Doch. Tätowieren. Warte doch einfach mal ab. Es wird fantastisch."

„Nein", wimmerte Doris, die noch nie in ihrem Leben auch nur mit dem Gedanken gespielt hatte. Sie war sogar stolz darauf, dass sie sich manchmal als das letzte nicht tätowierte Exemplar ihres Alters ansah.

„So. jetzt ist Schluss mit dem Wimmern und dem Meckern. Wir werden einen ganzen Haufen an Sitzungen haben, bis du fertig bist. Mein Verfahren ist das Folgende. Und das sage ich dir nur einmal und auch nur deshalb, weil das alles noch so neu für dich ist: Wenn du meckerst stecke ich dir einen aufblasbaren Ballknebel in den Mund. Deine frischen Piercings werden das garantiert nicht gut finden. Ist mir allerdings ziemlich egal. Wenn du gleich beim Tätowieren herumzappelst und nicht ruhig liegen bleibst, werde ich dich stärker fesseln und dann erstmal eine Stunde in Ruhe lassen. Wenn du dann immer noch zappelst, wird die Fesselung noch härter und immer so weiter. Dabei ist es mir vollkommen egal, wenn ich das Pensum für heute erst diese Nacht fertig habe. Alles klar?"

Doris nickte mit dem Kopf.

„Und? Wirst du schön brav sein?"

Wieder nickte Doris.

„Dann nehme ich das mal als ein ‚Ja' und hoffe, dass du dich daran hältst."

Danach holte Resi eine ziemlich große Folie, die sie sehr vorsichtig auf Doris Rücken platzierte.

„Du hast Glück. Ich habe die Konturen alleine auflegen können. Die Latexmaske bleibt dir also erspart. Und wo ich schon gerade erklärt habe, was wir heute machen. Ich werde nur die Konturen stechen. Die Farben kommen dann ein andermal."

Doris wusste nicht, was sie dazu sagen sollte, also grunzte sie ein Geräusch, das als Zustimmung interpretiert werden konnte.

Buch II

Ermitteln?

„Schau mal hier Elitha. Heute war eine Hotelrechnung auf den Namen Dorothea Schweigerl in der Post."

Der Butler hielt das Stück Papier in der Hand.

„Seltsam. Sie hat doch normalerweise immer direkt gezahlt. Von wann ist die denn?" wollte seine Frau wissen.

„Die ist jetzt zwei Monate alt. Also das Datum auf das die sich bezieht. Das ist der Urlaub aus dem sie so verändert zurückgekommen ist. Das Hotel stimmt auch. Zweifelsfrei kein Irrtum. Ich habe das Datum vorsichtshalber noch mal nachgeschlagen."

Seine Frau nahm ihm die Rechnung aus der Hand.

„Sieh nur: Sie scheint jemanden mit in ihre Suite genommen zu haben. Sie schreiben, dass ihnen bei der Endabrechnung der bedauerliche Fehler passiert ist, den Gast Roswitha Asbeck falsch berechnet zu haben."

„Ja richtig. Das ist eine Rückerstattung. Das Konto soll angegeben werden."

„Vielleicht hättest du die Karte, die ich damals in Frau Schweigerls Zimmer gefunden habe, doch Herrn Schweigerl zeigen sollen", erinnerte Elitha ihren Mann an die Diskussion, die sie damals nach dem Verschwinden der Hausherrin geführt hatten.

„Du weißt, meine Liebe, dass Herr Schweigerl dies als einen beispiellosen Vertrauensbruch gewertet hätte. Außerdem hat er gleich am nächsten Tag mit seiner Frau telefoniert. Du erinnerst dich. Mit dem Telefonat gab es nichts mehr, was auf eine Straftat hingedeutet hätte. Unsere Befürchtungen hatten sich glücklicherweise nicht bestätigt."

„Ich weiß. Sie ist durchgebrannt. So sagt man wohl."

Elitha schaute einen Moment lang versonnen aus dem Fenster.

„Seitdem ist er nicht mehr der Alte. Nur noch auf Reisen, der Ärmste. Warum zeigst du mir die Rechnung eigentlich?

Gib dem Hotel doch einfach die Bankverbindung durch und damit ist die Angelegenheit erledigt. Ich kann mir nicht vorstellen, dass Herr Schweigerl das anders machen würde. Er hegt keinen Groll gegen seine Gattin. Das hat er immer wieder betont."

„Es gibt da noch einen anderen Brief. Ebenfalls von einem Hotel. Aber nicht aus den Alpen, sondern aus Buenos Aires. Herr Schweigerl hat dort übernachtet. Die Abrechung erfolgte über den Kartendienst. Allerdings ist laut dem Schreiben ein Problem mit der Deckung aufgetreten."

„Was? Die behaupten, unser Chef hätte mit einem nicht gedeckten Konto agiert?"

„Es ist eines der Konten für die ich ebenfalls Verfügungsgewalt habe."

James reckte sich automatisch. Natürlich gehörte dieser Teil der Haushaltsführung zu seinen Aufgaben. Trotzdem war er stolz darauf über dieses Privileg zu verfügen. Und er hatte dies stets mit größter Sorgfalt wahrgenommen. Sein Leitspruch war: Lieber doppelt prüfen als einfach einen Fehler machen.

„Buenos Aires? Aber er hat doch immer gesagt, dass Argentinien ein Land ist, in das er niemals reisen würde."

„Und er hat es doch gemacht. Mir war bei seinem letzten Anruf schon die Ländervorwahl aufgefallen. Insofern glaube ich, dass er tatsächlich dort ist und dass diese Rechnung echt ist. Also, dass er wirklich in diesem Hotel war."

Wieder schaute seine Frau in den Garten.

„Du hättest ihm die Karte zeigen sollen."

„Es gibt noch etwas liebe Elitha. Ich habe beim", er suchte nach dem richten Wort, „Abheften der Korrespondenz in seinem Arbeitszimmer Unterlagen gefunden, die nahelegen, dass er seine Existenz ins Ausland verlagern möchte. Nach Argentinien", fügte er bedeutungsschwer an.

„Mein Gott, das kann doch nur ein Irrtum sein."

„Ich wünschte, es wäre so. Aber hier kommt einfach zu viel zusammen. Was meinst du, was wir machen sollen?"

„Eigentlich ganz einfach. Schon, als sich Frau Schweigerl auf so seltsame Weise davon gemacht hat, hätten wir das machen sollen. Dann aber kam dieser Anruf und wir mussten akzeptieren, dass sie tatsächlich ganz ‚harmlos' durchgebrannt ist. Wir müssen die Polizei informieren. Das ist unsere Pflicht."

„Guten Tag, mein Name ist Smidt."
Die Kommissarin reichte dem Butlerehepaar die Hand.
„Sie möchten ein Verbrechen melden, das vor zwei Monat stattgefunden hat. Es ist Ihnen gelungen, den diensthabenden Kollegen zu überzeugen, was schon einiges bedeutet. Also lassen Sie bitte mal hören."
„Es handelt sich um Frau Schweigerl, die Ehefrau von Herrn Senator Schweigerl. Wir bekleiden die Posten der Haushälterin", er zeigte auf seine Frau, „und des Butlers in dem Haushalt der Schweigerls."
„Gut, soweit bin ich bereits im Bilde."
Danach hörte sie fünf Minuten zu, unterbrach dann, um ihren Kollegen Rednich dazu zu holen.
„Wären Sie so freundlich noch mal von vorne anzufangen. Ich hätte meinen Kollegen direkt von Anfang an dabei haben sollen."
Eine knappe Viertelstunde später – der Butler hatte zur Untermauerung seiner Ausführungen verschiedene Dokument vorgelegt - lehnten sich die beiden Polizisten zurück und schauten sich fragend an.
„Sie behaupten also in Kurzfassung", ergriff Kommissarin Smidt das Wort, „dass Frau Schweigerl vom Erdboden verschwunden ist und dass Herr Schweigerl trotz seines vorgeschrittenen Alters nichts anderes zu tun hat, als sich in Argentiniern eine neue Existenz aufzubauen?"
„Wenn sie mir diese Zusatzbemerkung erlauben? Um in einer kurzen Zusammenfassung den Punkt zu treffen, würde ich die tiefe Missbilligung, die Herr Schweigerl gegen deutsche Auswanderer nach Argentinien hegt, in jedem Fall mit einflechten. Zumindest wären meine Frau und ich nicht auf

die Idee gekommen, dass etwas Schlimmes passiert sein muss, wenn in den Belegen statt Argentinien beispielsweise Frankreich auftauchen würde. Und dies nicht nur deshalb, weil sich Herr Schweigerl vor einer Woche nach Frankreich verabschiedet hat."

„Und Sie vermuten, dass Frau Schweigerl in Wirklichkeit einem Verbrechen zum Opfer gefallen ist?"

Beide nickten.

„Und Sie vermuten darüber hinaus, dass Herr Schweigerl darüber informiert ist, sich aber aus Ihnen nicht bekannten Gründen lieber nach Argentinien absetzt, als alles in Bewegung zu setzen, um seine Frau zu finden?"

Wieder nickten beide.

„Gut", beschloss die Kommissarin das Gespräch. „Wir werden die Unterlagen, die Sie zusammengestellt haben, sichten. Um es Ihnen frei heraus zu sagen. Normalerweise ist an solchen Geschichten nicht viel mehr, als eine naheliegende natürliche Erklärung dran. Bei Ihnen beiden habe ich allerdings im Gegensatz zu manch anderen Personen den Eindruck, dass Sie die Unterlagen und Ihre Schlussfolgerungen mit großer Akribie geprüft haben. Deshalb bin ich bereit, bis zu einem gewissen Grad den Dingen auf den Grund zu gehen. Ich darf die Akten behalten?"

„Selbstverständlich. Sie halten Kopien in der Hand. Die Originale, können Sie selbstverständlich jederzeit einsehen."

Die beiden Kommissare ließen das Ehepaar von einem uniformierten Kollegen nach draußen bringen und machten sich an die Recherche, nachdem sie sich die Eieruhr auf eine Stunde gestellt hatten. Wenn sie bis dahin nichts Wesentliches gefunden hätten, dann würden sie den Fall nicht annehmen, sondern das Butlerehepaar nochmals einbestellen und erklären, dass es keine für eine polizeiliche Arbeit relevanten Verdachtsmomente gebe.

„Der Senator ist eine sehr angesehene Person in dieser Stadt. So weit ich weiß lange in Pension, aber immer noch sehr bekannt", dachte Rednich nach einiger Zeit laut nach.

„Bislang stimmen die Angaben der beiden. Auch was Argentinien angeht. Er ist tatsächlich geflogen. Wenn wir mal annehmen, dass seine Abneigung gegen Deutsche in Argentinien auch stimmt und ich sein Alter noch dazu nehme…"

„Du denkst an die ganzen geflohenen Nazis? Ganz so alt ist er nun auch wieder nicht. Bei Kriegsende war er fünfzehn."

„Also rein hypothetisch hätte er schon etwas machen können. Die haben ihrer Jugend schließlich ziemliche Gehirnwäschen verpasst. Zumindest, so wie ich es verstehe."

„Naja, wir sollten nicht auf einen puren Verdacht hin so ein großes Rad drehen. Trotzdem kann an dem, was du gesagt hast natürlich etwas dran sein. Allerdings ohne Nazis. Vielleicht hat er tatsächlich irgendwas gemacht, das nicht an die Öffentlichkeit darf. Und sei es Steuerhinterziehung. Vielleicht will er an der momentanen Welle der Selbstanzeigen nicht teilnehmen und statt sich zu outen, sein Vermögen so weit wegschaffen, dass der Staat nicht mehr dran kommt. Egal was. Nehmen wir an, jemand hat das herausgefunden. Und nehmen wir mal an, jemand hat ihn damit in der Hand. Der absolute Klassiker, um nicht zu uns zu kommen. Denn, wenn wir den Erpresser finden, ist der Senator trotzdem dran. Wenn wir den Erpresser nicht finden ist der Senator erst recht dran. Er kann also nur verlieren. Was macht er dann? Er setzt sich ab."

„In so einer Konstruktion bekommen wir sicherlich auch unter, weshalb seine Frau verschwunden ist. Inklusive der Möglichkeit, dass sie die wahre treibende Kraft dahinter ist. Vielleicht aber auch nur ein Opfer, das er in Kauf genommen hat", ergänzte Rednich ihren Gedankengang.

„Okay, lass uns noch ein bisschen mehr Fakten zusammentragen. Eine halbe Stunde haben wir noch."

Update

Nachdem das Rückentattoo fertig geworden war, hatte Resi die Idee, dass Doris sich das Bild bestimmt gerne anschauen wollte. Also bat sie ihren Freund eine kleine Spiegelkammer zu bauen. Egal, wohin Doris in dieser Kammer schauen würde. Sie würde immer ihren vielfach widergespiegelten Körper von allen Seiten sehen können. In der Mitte der Kammer war ein stabiler Pfosten montiert auf dem eine Art Sattel befestigt war. Eigentlich war das mehr eine gepolsterte Rolle mit stabilem Innenleben. Wenn Doris in der Kammer stand, war sie immer so angekettet, dass sie diese Rolle zwischen den Beinen hatte und halb darauf saß, halb stand. Das kam immer darauf an, wie hoch die Absätze waren, die sie trug und wie genau Resi die Höhe des Pfostens justiert hatte.

Jetzt stand Doris wieder in dieser Kammer. Sie hatte schon lange aufgehört zu zählen, wie oft sie schon, nur mit hohen Schuhen und ihren Edelstahlbändern bekleidet, für die gefühlte Ewigkeit einer Stunde dort gestanden hatte.

Am Anfang hatte sie es kaum ertragen, den großen Tigerkopf zu betrachten, der aus dschungelartigen Pflanzen herausschaute. Ihr gesamter Rücken bis hinab zu ihrem Gesäß war mit diesem Bild bedeckt. Wobei es eine kleine Ausnahme gab, die Doris nur noch mehr ängstigte. Resi hatte den Keuschheitsgürtel für das Tattoo nicht abgenommen. Unter dem Gürtel war ihre Haut damit noch unbehandelt. Der Gürtel würde also nach Resis Plänen noch sehr lange Bestandteil ihres Körpers sein. Sonst hätte sie den Bereich garantiert nicht ausgespart.

Jetzt, wo Resi bereits den größten Teil von Doris Arm behandelt hatte, merkte Doris, dass ihr das Tigertattoo nicht mehr wirklich auffiel. Sie hatte es scheinbar als einen Bestandteil ihres Körpers akzeptiert. Es würde später durch vernünftige Kleidung auch gut zu verbergen sein. Ganz anders sah das bei ihrem Arm aus. Resi hatte an der Schulter angefangen und bedeckte jetzt den Arm mit vielen bunten Federn. Es sollte kein besonderes Tier darstellen. Resi meinte auf Doris Frage einfach nur, dass Doris sich selber irgendwas vorstellen sollte. Vielleicht den langen Federschweif irgendeines tropischen Vogels. „Mir ist es egal was du denkst", hatte Resi gesagt. „Ich wollte einfach immer schon mal einen Arm komplett in Federn einpacken. Und du bist die Glückliche, bei der ich das mache. Freu dich also."

Die Nachfrage „Komplett?" verkniff Doris sich. Sie wollte so lange wie eben möglich daran glauben, dass das Tattoo spätestens an dem Armreif aufhören würde und damit ihre Hände und Finger verschont bleiben würden.

Inzwischen war Resi bereits auf dem Unterarm angekommen. Der Tag der Wahrheit würde also nicht mehr lange auf sich warten lassen.

In dieser täglichen Stunde im Spiegelkabinett hatte Doris auch freien Blick auf die Piercings, die Resi ihr der Reihe nach beigebracht hatte. Nicht jeden Tag und auch nicht immer direkt mehrere, so wie es bei der Zunge gewesen war. Trotzdem hatte Doris inzwischen eine stattliche Sammlung. Ihre Schamlippen und ihr Bauchnabel waren wegen des Keuschheitsgürtels verschont geblieben. Resi hatte ihr das mehrfach mit großem Bedauern erklärt. Dafür hatte sie ‚natürlich' gepiercte Brustwarzen. Als letzte Gemeinheit hatte Resi ihr vor ein paar Tagen noch Stretcher eingesetzt. Die Funktionsweise war ziemlich einfach. An der Basis der Brustwarze saß ein Ring auf. Ähnlich einem aus Drähten gebauten Fingerhut gingen von dort aus kurze Stäbchen ab, an deren Ende Platz für das Barbell war, das Resi durch das Piercing geschoben hatte. Damit waren die Brustwarzen dauerhaft gestreckt. Doris solle sich keine Gedanken darüber machen. Die gedehnte Haut würde sich im Laufe ihrer regelmäßigen Erneuerung daran anpassen. Der Zug sei also nur in den ersten Tagen unangenehm. Doris dachte nur noch an schöne stabile Cups in ihrem BH, die die unnatürliche Form der Brustwarzen schon verdecken würden, wenn sie endlich aus Resis Fängen entkommen sein würde.

Unterhalb des Halsbandes hatte Resi ihr eine lange Reihe von Barbells gesetzt. Dadurch waren zwei dichte Reihen von Kügelchen entstanden, die, ähnlich einer Kette ihre Schlüsselbeine miteinander verbanden. „Du trägst ja so selten Kleidung", hatte ihr Resi erklärt. „Dann ist es doch gut, wenn du deinen Halsschmuck immer schon direkt an hast. Eine Sorge weniger nach dem Aufstehen."

Ansonsten war Resi mit den zusätzlichen Piercings eher zurückhaltend gewesen. Natürlich hatte Doris den einen oder anderen zusätzlichen Ring im Ohr stecken, aber ihre Nase, Lippen, Wangen und Augenbrauen waren bislang verschont geblieben. Doris wusste nicht warum, hütete sich aber auch, diese Frage zu stellen, da das von Resi natürlich als Steilvorlage hätte interpretiert werden können.

„So, Doris. Genug geschaut. Weiter geht es. Du hast bestimmt schon mit Freude festgestellt, dass deine Zungenpiercings wunderbar verheilt sind?"

„Hab ich", antwortete Doris ohne die Spur von Lispeln. Sie hatte sich tatsächlich perfekt an die drei Fremdköper gewöhnt.

„Hoffentlich bist du dann nicht zu traurig, wenn ich sie dir heute für immer rausnehme."

„Natürlich nicht. Wie kommt es jetzt dazu?"

„Streng dein Köpfchen mal an. Ich bin mir sicher, du wirst das Rätsel selber lösen können."

Inzwischen hatte Resi die Verbindung zu dem Pfahl gelöst.

„Bewege dich schon mal in dein Zimmer, setz dich auf den Stuhl und zieh dir die Maske über."

Am Anfang hatte sich Doris natürlich noch nach Kräften dagegen gewehrt, sich diese Latexmaske auch noch selber aufziehen zu müssen. Dann allerdings hatte sie einsehen müssen, dass Resi wieder mal am längeren Hebel saß und sie hatte klein beigeben müssen. Immerhin hatte es den Vorteil dass sie es selber in der Hand hatte, wie stark das Material an ihrem Haar zog. In der Not freut man sich auch über solche Sachen.

Also zog sie sich auch diesmal die Maske über den Kopf. Die gefesselten Hände hatten gerade eben genug Bewegungsfreiheit dafür. Die fast tägliche Routine hatte den Rest dazu beigetragen, dass die ganze Aktion inzwischen schon fast unter einer Minute ablief.

Kurz nachdem sie fertig war, hörte sie die Schritte von Resi und ihrem Freund, den sie noch immer nicht zu Gesicht bekommen hatte. Noch nicht einmal die Silhouette.

„Mund auf. Ohne Spreizer geht das nicht."

Dann war es jetzt also endgültig so weit. Resi würde ihre Zunge spalten. Doris hatte natürlich nicht vergessen, dass das irgendwann kommen würde. Nur hatte sie sich trotzdem die Hoffnung erlaubt, dass es ihr erspart bleiben würde.

Nachdem der Spreizer positioniert war, wurde ihre Zunge mit zwei Klemmen herausgezogen und Resi fummelte ein bisschen herum um die drei Piercings zu lösen. Bevor Doris noch überlegen konnte, wie sie den Schmerz des Schneidens wegstecken sollte, merkte sie schon, wie Resi ungefähr da, wo das hintere dicke Piercing gesessen hatte, von unten gegen die Zunge drückte. Erst kurz danach, realisierte Doris, dass das Skalpell so derartig scharf war, dass echter Schmerz ausblieb. So ein Küchenmesser, mit dem man sich ab und zu mal versehentlich in den Finger schnitt war dann doch um einiges stumpfer. Mehr als den Druck, der minimal an der Zunge wanderte konnte sie nicht empfinden. Irgendwann war der Druck plötzlich weg.

„So Doris, der Schnitt ist fertig. Ich vernähe dir noch eben die Wunden. Ist zwar ziemlich unwahrscheinlich, dass die Zunge wieder zusammenwächst. Schließlich hast du am Anfang von dem Schnitt ja das Piercing gehabt. Aber durch das Nähen wird die Zunge nach innen ein bisschen flacher. Das finde ich aus ästhetischen Gründen ziemlich wichtig. Und ganz abgesehen davon, macht es mir einfach auch Spaß mit so einer Spezialnadel an dir zu arbeiten."

Der Türöffner

Die Kommissarin musste noch immer grinsen, als sie an das Gesicht ihres Chefs dachte, das er gezogen hatte, als sie ihn bezüglich Amtshilfe aus dem Alpenstädtchen um seine Zustimmung gebeten hatte.

Letztlich hatte er sie mit Rednich persönlich auf den Weg geschickt. Amtshilfe ja, aber nicht ohne selber vor Ort zu sein. Die Ermittlung, falls sie im Sande verlaufen sollte, durfte unter keinen Umständen an die Öffentlichkeit kommen. Mit ein bisschen Pech würden die Boulevardblätter dann nämlich einen Unschuldigen durch die Stadt treiben. Und das nur, weil ein übereifriges Butlerehepaar irgendwelche bösen Geister gesehen hatte, wo doch nur kleine süße Schäfchen weideten. Das war die seit langer Zeit beste Beschreibung eines folgenschweren Irrwegs gewesen, die Smidt gehört hatte. Ihr Chef hatte ihnen eine Übernachtung genehmigt. Das musste reichen, um weitere Spuren zu finden oder eben festzustellen, dass nichts zu finden war, weil es nichts zu finden gab.

Sie parkten den Wagen zur Mittagszeit in der Stadtmitte. Ihr erster Weg führte sie zu der örtlichen Polizeistation, die sie zu ihrer Erleichterung in ziemlich entspanntem Betrieb vorfanden. Der Kollege zeigte sich schon nach den ersten Worten als ein sehr hilfsbereiter, mitdenkender Zeitgenosse.

„Ich fasse zusammen. Sie ermitteln in einem Fall, der zumindest in Ihrer Stadt von hoher Brisanz sein kann. Deshalb wollen Sie nach Möglichkeit keine Wellen schlagen und auch keine Namen nennen. Hier bei uns können Sie aber die Spur, so es denn eine gibt, nur im besten Hotel am Platz aufnehmen. Und genau dazu brauchen Sie mich."

„Genau so ist es. Können Sie uns unterstützen Herr Huber?" wollte Smidt wissen.

„Klar kann ich das. Ich bin übrigens der Josef."

Freudestrahlend hielt er den beiden seine Hand hin, um das ‚Du' mit einem kräftigen Händedruck zu besiegeln.

„Jasmin"

„Günther"

„Ihr seht ja selber", ergriff Huber wieder das Wort, „dass im Moment nicht viel zu tun ist. Wir befinden uns im Nirgendwo zwischen der Sommersaison und der Wintersaison. Da passiert nie so viel. Wenn ihr Lust habt, gehen wir direkt rüber. Ist nicht weit."

Sie wollten.

„Und wenn Saison ist? Was habt ihr dann zu tun? Doch wohl nicht nur Knöllchen schreiben?" versuchte Rednich das Gespräche wieder in Gang zu bringen.

„Nein, nein", lachte Huber, „dafür haben wir Personal. Allerdings etwas unterbesetzt. Das ist politisch so gewollt", raunte er den beiden in verschwörerischem Ton zu. „Schließlich leben wir von den Touristen. Wir haben mehr mit Diebstählen und leider auch manchmal mit Betrunkenen und deren Schlägereien zu tun. Es gibt hier zwei, drei Schuppen, die ziemlich gut laufen. Man fühlt sich manchmal wie auf dem Alpenballermann. Immer sehr ärgerlich. Die überwältigende Mehrheit will einfach nur ihren Spaß haben und benimmt sich anständig und so ein paar Idioten dazwischen bauen dann Bockmist."

„Tja, wem sagst du das? Bei uns geht das jedes zweite Wochenende bei den Bundesligaspielen so. Wirklich ärgerlich", stimmte ihm Rednich zu.

„Letzten Sommer war es dann aber doch ein bisschen viel. Da ist sogar einer ums Leben gekommen. Messerstecherei."

„Scheiße. Und der Täter konnte sich am nächsten Morgen an nichts mehr erinnern?"

Huber schüttelte langsam und mit betroffenem Gesichtsausdruck den Kopf.

„Wurde nicht gefunden. Der läuft noch frei rum. Es waren sogar Beamte aus München dazugezogen worden. Keine Spur. Bis heute keine einzige Spur."

„Das heißt, das Opfer war alleine unterwegs?"

„Der Pensionswirt des Opfers hat ausgesagt, dass er den ganzen Tag unterwegs war. Beste Manieren. Und ja. Zum

Zeitpunkt der Tat war er nicht in Begleitung. Schrecklich, das."

Kopfschüttelnd ging er weiter und zeigte dann auf das Hotel.

„So, da sind wir."

Huber nahm seine Dienstmütze ab und knöpfte die Freizeitjacke zu, die er sich übergeworfen hatte.

„Ist immer schlecht für das Geschäft, wenn Polizisten mit ernstem Gesicht und unbekannter Begleitung in so einen Edelteil wie diesem Hotel antanzen."

An der Rezeption warteten sie noch geduldig, bis ein Gast sein Problem mit einem nicht anständig gereinigten Waschbecken zur Sprache gebracht hatte, dann trat Huber mit den beiden Kommissaren im Schlepptau vor.

„Grüß dich Sepp. Die beiden Kollegen hier hätten da mal ein paar Fragen zu einem Gast, der vor zwei Monaten hier gewohnt hat. Ist der Chef da?"

„Servus Seppl. Natürlich. Kleinen Moment bitte, ich melde euch eben bei Herrn Meixner an."

Nach einem kurzen Telefonat wurden sie in das Büro hinter der Rezeption gebeten.

„Herr Huber. Was kann ich für Sie tun?"

Meixner trat hinter seinem Schreibtisch hervor und begrüßte seine Gäste zuvorkommend.

Nachdem Smidt den Fall umrissen und auf die öffentliche Brisanz verwiesen hatte, schaute Meixner einen Moment lang auf die Tischdekoration des kleinen Besprechungstisches.

„Wenn ich das richtig verstehe, gehen Sie auf einem schmalen Grad zwischen offizieller Ermittlung und ich sag mal ‚kurzem Dienstweg'. Natürlich fühle ich mich als rechtschaffener Bürger dieses Landes dazu verpflichtet Ihnen bei Ihrer Ermittlung zu helfen, soweit es in meiner Macht steht. Andererseits bin ich natürlich auch meinen Gästen gegenüber verpflichtet. Diskretion ist in dieser Branche oberstes Gebot. Wenn an dem Fall nichts dran ist und herauskommt, dass ich auf bloßen Verdacht hin, ohne jeglichen Papierkram

Daten meiner Gäste herausgebe, dann kann das den Ruf unseres Hauses sehr schnell nachhaltig beschädigen."

„Sie haben die Situation genau richtig erkannt. Wir haben das gleiche Problem. Ich habe Ihnen bereits dargestellt, wie öffentlich die Person ist, die im Fokus unserer Ermittlungen ist. Genau aus dem Grund, haben wir uns zu dieser vorsichtigen Sondierung entschlossen. Deshalb versuchen wir die Anzahl der Personen, die in die Ermittlungen einbezogen werden, möglichst gering zu halten."

Meixner schaute die beiden Kommissare eine Zeitlang an. Dann stand er auf und holte mit schnellem Griff eine kleine Akte hervor. Während er zu seinen Gästen zurückging, blätterte er in der Akte, bis er die Seite gefunden hatte, die er scheinbar gesucht hatte. Als er anfing zu lesen, murmelte er, wie im Selbstgespräch, vor sich hin.

„Der Barkeeper hat die Dame an den beiden letzten Abenden vermisst. Bis dahin kam sie nach dem Casinobesuch immer für einen Cocktail an die Bar. Stets, wie aus dem Ei gepellt. Beim letzten Mal kam dann eine andere Frau dazu, die am nächsten Tag mit in die Suite zog. Sehr ungewöhnlich. Plötzlich war das Aussehen des Gastes sehr verändert. Blond, jugendliche Kleidung. Am Vorabend der Abreise wurde ihr gesamtes Gepäck entfernt. Ungewöhnlich, aber ohne Anzeige durch den Gast."

Er schaute zu seinem Besuch auf.

„Nun, ich würde sagen. Da stimmte etwas nicht. Frau Schweigerl hatte jedoch mehrfach die Gelegenheit sich an uns zu wenden. Sie hat dies nicht getan. Wir mussten davon ausgehen, dass die Situation ihre Zustimmung fand."

Smidt zog die Fotos hervor, die sie von dem Butler erhalten hatte. Darauf war Frau Schweigerl im alten und neuen Style zu sehen. Meixner warf einen kurzen Blick auf die Fotos und nickte.

„Verrückterweise waren sich meine Mitarbeiter, vor allem die jüngeren, darin einig, dass ihnen die ‚neue Schweigerl' wesentlich besser gefiel."

Gibt es eine zufällig entstandene Aufnahme dieser Roswitha Asbeck? Bislang tappen wir da noch im Dunkeln.

„Bedaure, nein. Die Filme der Überwachungskameras sind bereits überspielt. Der Vorfall liegt immerhin schon zwei Monate zurück."

„Möglicherweise kann uns jemand von ihren Angestellten weiterhelfen?"

Nach kurzem Zögern griff Meixner zum Telefon und bat eine Elisabeth zu sich ins Büro.

„Mehr kann ich dann aber wirklich nicht mehr für Sie tun", erklärte Meixner während sie auf Elisabeth warteten.

Schließlich kam die junge Frau in dem Dirndl, das alle Angestellten trugen, zurückhaltend in das Büro.

„Elisabeth. Ich möchte, dass Sie dieses Gespräch in dem Moment wieder vergessen, in dem es beendet ist. Kann ich mich auf Sie verlassen?"

„Selbstverständlich Herr Meixner."

„Gut. Ich darf Sie bekannt machen. Frau Smidt, Herr Rednich. Die beiden Herrschaften haben Fragen zu dem letzten Aufenthalt von Frau Schweigerl in unserem Haus. Sie haben als Privatier Beobachtungen gemacht, die von Interesse sein könnten. Wären Sie so freundlich?"

„Selbstverständlich. Wir haben hier im Dorf einen Laden, in dem sehr viel Unterhaltung für junge Leute und für vergnügungsfreudige Touristen läuft. Einer davon ist dafür bekannt, dass die angestellten Tänzerinnen in Käfigen tanzen, die von der Decke heruntergelassen werden. Meinem Freund und mir macht das in unserer Freizeit Spaß, ab und zu zum Abtanzen dort hin zu gehen. Ich bin mir sicher, dass Frau Schweigerl in einem der Käfige getanzt hat. Und zwar richtig gut. Das passte natürlich überhaupt nicht zu ihrem sonstigen Gehabe. Auch ihre Frisur war vollkommen ungewöhnlich. So wie auf dem Foto hier."

Sie zeigte auf das Bild und schaute dann nach Zustimmung suchend zu ihrem Chef.

„Danke Elisabeth. Sie können jetzt wieder zu ihrer Arbeit zurückgehen."

„Haben Sie die Frau die an den beiden letzten Tagen bei Frau Schweigerl gewohnt hat, vielleicht mal gesehen?" wollte Smidt wissen, wobei sie den Wunsch Meixners, dass Elisabeth den Raum wieder verlassen sollte, ignorierte.

„Bedaure. Nein. Ich arbeite hauptsächlich im Restaurant. An den letzten Tagen hat sich Frau Schweigerl das Frühstück in ihre Suite bringen lassen. Die Kollegin hat den zusätzlichen Gast bei diesem Service nicht gesehen."

„Danke Elisabeth. Danke für Ihre Hilfe."

Diesmal war Meixner nahe daran, seine Angestellte am Arm aus dem Raum zu führen. Nachdem die Türe hinter Elisabeth geschlossen war, wendete er sich wieder an die beiden Kommissare.

„Verzeihen Sie bitte, aber mehr kann ich für Sie leider nicht tun. Ich hoffe trotzdem, dass ich hilfreich sein konnte."

Das Gespräch war ganz offensichtlich beendet.

„Von welchem Laden hat diese Elisabeth gesprochen, Josef?"

„Gleich hier die Straße runter. Das ist der ‚Tanzschuppen'."

„Ja, das mit dem Tanzen haben wir verstanden. Aber wie heißt der Tanzschuppen?" wollte Smidt genauer wissen.

„Genau so", lachte Huber. „Tanzschuppen. Der Name ist quasi auch das Programm. Ich nehme an, dass ihr mich da nicht mehr braucht? Jedenfalls haben die nicht die gleichen Probleme wie hier in dem Hotel. Also mit Diskretion geht über alles und so."

„Ist schon okay. Vielen Dank für das Türeöffnen. Ohne dich hätte dieser Meixner vermutlich gar nichts gesagt."

„Ich will mich nicht überbewerten, aber ich glaube, ihr wäret gar nicht bis zu ihm durchgekommen."

„Also nochmals. Besten Dank Josef."

Während sie dem uniformierten Kollegen hinterher schauten, der sich gegen den aufkommenden Regen seine

Dienstmütze wieder auf den Kopf gesetzt hatte, ließ Rednich das Gespräch Revue passieren.

„Wer weiß, ob wir auf dem offiziellen Weg das Gleiche herausgefunden hätten?"

„Wohl kaum. Zumindest nicht so schnell. Eigentlich müssen wir jetzt nur noch den Grund dafür finden, dass sie sich so verändert hat und dann in letzter Konsequenz auch ihren Mann verlassen hat. Ich denke, dann wissen wir auch, was den alten Herren dazu treibt sich eine Existenz in Argentinien aufzubauen."

Die beiden gingen, um den kurzen heftigen Regenschauer, der sich ankündigte, einigermaßen glimpflich zu überstehen, unter die Markise eines nahegelegenen Geschäftes.

„Was treibt eine Frau, die scheinbar an der Seite eines viel zu alten Mannes glücklich ist, dazu, sich ohne jede Vorankündigung so radikal zu ändern?"

„Das hast du mich jetzt schon mehrfach gefragt Günther. Ich kann es dir nicht sagen. Entweder, diese Roswitha hatte ein Argument, dem sie nicht widerstehen konnte, oder sie kannte diese Roswitha schon lange und hat das geschickt geheim gehalten. Und in dem Urlaub hat es dann gefunkt. Mehr fällt mir dazu nach wie vor nicht ein."

„Und jetzt die Nummer mit dem Tanz im Käfig. Ich weiß nicht. Macht das eine Frau, die so gelebt hat wie die Schweigerl, einfach so? Mal eben spontan? Ach, ich wollte schon immer mal im Käfig tanzen? Die wird sicherlich keinen Astronautenanzug angehabt haben."

„Ne. Das denke ich auch. Je nach Uhrzeit hatte sie vielleicht sogar extrem wenig an. Ich stimme dir zu. Das passte wirklich nicht gut zu ‚freiwillig'. Da muss mehr im Spiel sein."

Rednich hatte sich, in der Hoffnung, die ersten Anzeichen vom Ende des Sturzregens zu sehen ein wenig unter dem Regenschutz hervorgewagt. Als er sich wieder an das Fenster zurückzog fiel sein Blick auf die Schaufensterbeschriftung.

„Lack & Beauty, Inhaberin Beatrice", las er vor. „Also wenn ich nicht wüsste, dass meine ehemalige Kollegin in unserer Stadt einen Erotikshop hat, dann würde ich glatt denken…"

Weiter kam er nicht, da sich die Ladentüre öffnete und genau die, die er ganz woanders vermutete, heraustrat.

„Eigentlich wollte ich gerade die Marquise einrollen und euch davon überzeugen, ein paar wasserdichte Klamotten aus meinem Laden zu kaufen. Aber dann habe ich gesehen, wer sich hier die Ehre gibt. Grüß Gott, lieber Günther."

„Beatrice? Ich fasse es nicht. Dich hätte ich jetzt wirklich nicht erwartet. Du kennst meine Kollegin noch? Frau Smidt?"

Die beiden Frauen begrüßten sich förmlich mit Handschlag. Rednich bekam eine kurze Umarmung.

„Kommt doch rein. Ihr müsst auch nichts kaufen."

Der Stromableser

Das war endlich die Chance, auf die sie so lange gewartet hatte. Als sie im Hof saß und zum ersten Mal seit der Zungenspaltung wieder schmerzfrei essen konnte, kam unerwarteter Besuch. Soweit sie das von ihrer Position aus mitbekommen hatte, irgend so ein Stormableser.

„Hilfe! Ich werde hier festgehalten! Rufen Sie die Polizei!"

Da sie natürlich keinen Blickkontakt hatte, konnte sie nur hoffen, dass der Mann sie gut hören konnte und nachforschen würde, was da los sei.

„Meine Schwester. Sie leidet unter Wahnvorstellungen" erklärte Resi in vollkommen entspanntem Plauderton. Der Strommann, der bei dem Hilferuf erschrocken zusammengezuckt war, entspannte sich deutlich sichtbar.

„Das stelle ich mir aber schwer vor. Lebt Ihre Schwester denn immer hier?"

„Nein. Das würde ich nicht schaffen. Sie merken ja selber, zu was für Überraschungen sie fähig ist. Man kann sie nicht alleine lassen."

„Bitte helfen Sie mir", rief Doris dazwischen.

Ohne überhaupt darauf einzugehen, zeigte Resi dem Mann den Weg zum Stromzähler.

„Bitte beeilen Sie sich. In den Keller und dann zweimal rechts. Ich mache Ihnen Licht."

Während der Mann kopfschüttelnd die schmale Treppe hinunter stieg, ging Resi schnellen Schrittes zu Doris und stopfte ihr, wenig einfühlsam, einen Ballknebel in den Mund, den sie durch einen besonders fest angezogenen Riemen sicherte. Genau in dem Moment, in dem der Mann die Treppe wieder hoch stieg, war sie wieder zur Stelle, um ihn hinaus zu begleiten.

„Tut mir leid, dass meine Schwester Ihnen solch einen Schrecken eingejagt hat", entschuldigte sie sich nochmals, wobei es ihr problemlos gelang, entspannt und gleichzeitig entschuldigend zu lächeln.

„Kein Problem. Ehrlich gesagt bin ich froh, dass mir bisher solch eine Bürde erspart geblieben ist."

In dem Moment, in dem die Türe hinter dem Stromableser zu ging, fiel Doris ein, dass sie ihren Namen hätte rufen müssen. Die Chance war vertan und Resi würde sich garantiert etwas einfallen lassen um die nächste Chance dieser Art zu verhindern.

„Nice try, liebste Doris", meinte Resi, während sie liebevoll an Doris gedehnten Brustwarzen spielte, „aber dir wird klar sein, dass ich das nicht durchgehen lassen kann?"

Die angstvollen Augen reichten Resi als ein deutliches ‚JA'. Sie befestigte Doris Handgelenke, die bisher am Tisch angekettet waren und ihr ausreichenden Spielraum für das Frühstück gelassen hatten, an ihrem Keuschheitsgürtel. Da sie dazu noch nie eine Verbindungskette benutzt hatte, ließ sie das auch diesmal bleiben. Damit waren Doris selbst die leichtesten Handgriffe, die sie mit aneinander geketteten Händen immer noch hätte machen können, nicht mehr möglich.

„Geh schon mal hoch und setzt dich auf deinen Stuhl mein Liebchen."

Da sie, wie schon die ganze Zeit in der Gefangenschaft wusste, dass Widerstand nur dazu führen würde, dass Resi noch schmerzlichere Maßnahmen gegen sie anwenden würde, machte sie sich auf den Weg. Die oberschenkellangen glänzenden Stiefel, die sie heute hatte anziehen müssen, machten ihr mit den geschätzten fünfzehn Zentimeter hohen Stilettoabsätzen keine besonderen Probleme mehr. Sie hatte es inzwischen sogar geschafft beim Gehen mit diesen Absätzen eine gute Figur zu machen. Auch hier hatte Resi die gleiche Motivation benutzt, die sie immer benutzt hatte, wenn sie irgendetwas von Doris wollte. Tattoos und Piercings an Stellen von denen sie wusste, dass Doris fast alles dafür geben würde, um das zu vermeiden.

Sie musste nicht lange warten, bis Resi in ihr Zimmer kam. Nachdem sie den Knebel herausgenommen hatte, zog sie ihr wieder die Maske über, die nur die Nasenlöcher und den Mund frei ließ.

„Ich wusste gar nicht, dass dein Freund da ist", versuchte Doris harmlosen Smalltalk in der irrwitzigen Hoffnung, dass die Strafe dann vielleicht ein bisschen milder ausfallen würde.

„Ist er auch nicht. Du bekommst sie trotzdem übergezogen. Das sieht einfach so unendlich geil aus. Und so ein bisschen Freude musst du mir jetzt schon auch gönnen, nachdem du mir so einen Stress gemacht hast."

Danach schnallte sie Doris Kopf an dem Stuhl fest.

„So, Doris. Sagen dir die Begriffe Labret und Medusa etwas?"

„Nein."

„Wunderbar, dann will ich dich mal aufklären. Labret wird unterhalb der Unterlippe gestochen. Als Variante gibt es noch das vertikal Labret. Der kommt in der Unterlippe wieder raus. Und zwar in dem Bereich, der bei geschlossenen Lippen nicht von der Oberlippe verdeckt wird. Sieht eigentlich ganz gut aus. Du könntest zum Beispiel einen kleinen Ring in diesem Labret tragen. Machen wir jetzt aber nicht. Du bekommst ein normales Labret. Verstanden? Soweit?"

„Ja."

„Okay. Das Medusa-Piercing ist quasi das Labret der Oberlippe. Wird also oberhalb der Oberlippe gestochen. Ich werde dir übrigens beide genau in die Mitte stechen. Also nicht irgendwo verschämt am Mundwinkel oder so."

Sie machte eine Pause, um eine Reaktion von Doris zu bekommen, die sich aber scheinbar nur ruhig verhalten wollte.

„Okay, dann wollen wir mal."

Mit dem Doris hinlänglich bekannten Instrument zog Resi die Unterlippe ein wenig in die Länge und setzte dann von unten die Nadel an. Danach knipste sie die Nadel ab und schob mit einem sehr langen gebogenen Barbell den Rest der Nadel durch. Als nächstes stach sie das Medusa-Piercing. Statt dann aber einen weiteren Barbell zu nehmen, schob sie die Nadel mit dem bereits gesteckten Barbell rückwärts aus dem Medusa-Piercing heraus. Dabei drückte sie Doris Lippen aufeinander. Zum Schluss drehte sie das Kügelchen auf den Barbell und schaute sich in aller Ruhe Doris Reaktion an.

Die versuchte natürlich erst vorsichtig und dann, bis der Schmerz einsetzte, etwas heftiger, ihre Lippen auseinander zu bekommen. Schließlich, als ihre Körperspannung nachließ, wusste Resi, dass ihre Freundin verstanden hatte.

„Jetzt ist erstmal Schluss mit deiner dummen Schreierei. Falls du dir denken solltest, dass du dir nur die Kugel abnehmen musst und schon kannst du wieder schreien? Das steht dir frei, wird aber kompliziert. Weil deine Hände, wenn du dieses Piercing trägst, immer so gefesselt sein werden, dass du unmöglich bis zu deinen Lippen kommen kannst."

Doris, die mit sich kämpfen musste, die Tränen zurückzuhalten, flüsterte durch die beiden Mundwinkel „Wie lange?"

„Wir warten erstmal die Abheilphase ab. Die anderen Piercings habe ich dir ja auch nicht gestochen, damit ich sie sofort wieder entferne. Das sind ungefähr vier Wochen. Bei guter Führung wäre ich allerdings bereit, schon in einer Woche die beiden Standardstecker einzusetzen. Ist das ein Angebot?"

Auch diese Woche werde ich überleben, war alles, was Doris dazu einfiel.

Alte Bekannte

Nach einigem Smalltalk und nicht enden wollendem Regen hatte Beatrice dann doch irgendwann die Frage gestellt, die sie eigentlich gar nicht hatte stellen wollen. Daraufhin hatte Rednich ihr die beiden Fotos von Frau Schweigerl gezeigt und sie darüber aufgeklärt, dass sie Nachforschungen zu dieser Frau anstellen würden.

„Die war in meinem Laden. Also genau genommen eine Mischung aus den beiden Bildern. Moderne Klamotten, wie bei der blondierten Ausgabe, aber langweiliger Haarschnitt, wie bei der biederen Variante. Schon möglich, dass das vor etwa zwei Monaten war."

„Ach? Und ist dir irgendwas aufgefallen. Du weißt schon."

„Es war eindeutig das erste Mal. Da sind die meisten ein bisschen auffällig. Bei ihr war aber darüber hinaus noch etwas anders. Ihre Freundin hatte eindeutig die Hosen an. Du weißt schon. Sie hat diese Frau hier dominiert und die ließ sich bereitwillig dominieren. Solche Pärchen sind hier zwar so besonders auch wieder nicht, aber mir schien das noch alles ziemlich frisch zu sein. Außerdem trug eure Gesuchte zumindest am Daumen so einen Permanentring."

„Einen was?" wollte Smidt wissen.

„Na so einen Ring, den man nicht mehr so einfach abbekommt."

„Wie geht das denn? Ist der festgetackert oder was?"

„Nein, der nicht. Obwohl es das auch gibt. Also Ringe, die in Kombination mit einem Fingerpiercing getragen werden. Aber der Ring war einfach nur innen zu eng. Du kennst das doch von Eheringen. Wenn die Leute jung und schlank sind, geht er einfach drauf und einfach ab. Und dann ein paar

Jahrzehnte oder auch nur Jahre später quillt das Fett oder überflüssige Haut an beiden Seiten hervor und das Abnehmen ist echter Aufwand. So ist das mit diesem Ring, den sie am Daumen getragen hat, auch. Der war ziemlich breit und hatte innen so einen gemeinen engen Wulst. Für den Betrachter überhaupt nicht sichtbar. Aber der Wulst verhindert, wenn er nur eng genug ist, dass die Trägerin den Ring mal eben abstreifen kann."

„Aber schließlich ist der doch auch irgendwie drauf gekommen", wendete Smidt ein.

„Stimmt. Man könnte sagen, dass die Montage vor Ort erfolgt. Der wird aus zwei Teilen zusammengesetzt. Der Verschluss ist nicht zum Öffnen gedacht."

Einige Zeit später, als der Regen auf der Straße schon lange abgetrocknet war, standen die beiden um einige Erkenntnisse reicher vor dem ‚Tanzschuppen'. Dank Beatrices Ankündigung wurden sie am Nebeneingang bereits von dem Geschäftsführer, Herrn Schneider, erwartet.

„Beatrice hat es ja wirklich spannend gemacht. Ich weiß nur, dass Sie beide Polizisten sind und in einer heiklen Angelegenheit recherchieren."

Rednich holte das blonde Bild von Frau Schweigerl heraus.

„Es geht um diese Frau. Wir wissen, dass sie vor zwei Monaten hier bei Ihnen als Tänzerin gearbeitet hat. Allerdings nur für eine, maximal zwei Nächte."

„Vor zwei Monaten sagen Sie. Da müssen Sie sich leider noch ein wenig gedulden. Ich selber habe dieses Geschäft erst vor einem Monat übernommen. Die bisherige Geschäftsführerin ist bei einem Autounfall ums Leben gekommen. Tragisch. Sie hatte den Laden ganz hervorragend im Griff. Die Eigentümergesellschaft war mit den Zahlen immer sehr zufrieden. Insofern schaue ich mit großer Spannung auf die Wintersaison. Ich denke, wir haben alles getan, um an die Erfolge von Madeleine anknüpfen zu können. Jetzt muss nur die Saison anfangen. Das Konzept mit den

Käfigen haben wir beibehalten. Ein absoluter Magnet. Aber wir flankieren das jetzt noch mit ein paar weiteren Maßnahmen."

„Entschuldigung, Herr Schneider", unterbrach Smidt den Redefluss des Managers, „das ist für Ihr Geschäft sicherlich alles sehr wichtig. Für uns wohl eher nicht. Wann können wir mit den Tänzerinnen sprechen? Ich nehme an, Ihre Vorgängerin hat einen Einsatzplan geführt dem wir entnehmen können, wer mit der Gesuchten zusammen Dienst gehabt hat? Den würden wir gerne mal kurz einsehen. Andere Tänzerinnen, als die die an den beiden in Frage kommenden Abenden eingesetzt waren, sind für uns nicht von Interesse."

„Selbstverständlich. Ich muss mich entschuldigen. Es ist eben so wahnsinnig interessant einen solchen Laden zu übernehmen, dass mir fast nichts anderes mehr in den Kopf kommt. Nicht, dass ich keine Erfahrung vorzuweisen hätte. Aber ich gestehe: Diese Größenordnung ist schon eine andere Hausnummer. Das ist meine Feuertaufe. Wenn ich das wuppe, dann kann es nur noch aufwärts gehen."

Diesmal unterbrach Rednich ihn mit einem vernehmlichen Räuspern.

„Ja, selbstverständlich. Der Einsatzplan. Einen kleinen Moment bitte."

Er griff zielsicher einen Ordner aus einem der sehr strukturiert wirkenden, offenen Aktenschränke. Nach rekordverdächtigen fünf Sekunden blättern legte er die fraglichen Einsatzpläne so auf den Tisch, dass die beiden Kommissare sofort lesen konnten. Nachdem sie die Liste überflogen hatten schauten sie sich überrascht an.

Die Kommissarin schob die Listen wieder zurück.

„Zum einen. Könnten Sie uns bitte eine Kopie anfertigen? Die zweite Frage: Ist von den Tänzerinnen heute jemand da? Würde uns viel Laufarbeit sparen, wenn wir kurz mit denen sprechen könnten."

„Kopie, ja, Tänzerin, nein. Wie gesagt, wir sind in der Saisonvorbereitung. Im Moment läuft der Laden auf kleiner Flamme. Das ist für diese Jahreszeit ganz normal. Wir haben nur den kleinen Saal geöffnet. Da gibt es keine Käfige und es würde sich auch nicht lohnen, wenn wir Tänzerinnen vor vielleicht zwanzig Leuten tanzen lassen würden. Das kommt nicht rüber. Das ist einfach nur peinlich. Deshalb ist heute keine der Damen da. Die meisten sind ohnehin nur während der Saison in unserem kleinen Städtchen. Oftmals sogar nur für eine einzige Saison. Es tut mir leid, dass ich Ihnen da einen Haufen Laufarbeit aufbürde. Aber Fakten sind Fakten sind Fakten und bleiben Fakten. Trotzdem: Jede schlechte Nachricht hat auch irgendwo eine gute Nachricht. Manchmal im Verborgenen, manchmal im Licht der Scheinwerfer. In diesem Fall ist es Muse. Die wohnt mit ihrer Freundin nicht weit von hier. Das Tattoostudio ‚Lisas Ink Art'. Ein Stück die Straße runter. Sie können es eigentlich nicht verfehlen."

Während er die beiden Blätter auf den Kopierer legte, konnte er seinen Redeschwall wieder nicht bremsen.

„Muse ist schon ziemlich besonders. Man sagt, dass sie mal reich geerbt haben soll. Also auf das Geld für das Tanzen bei uns ist sie im Gegensatz zu den anderen überhaupt nicht angewiesen. Zudem muss Lisa, also ihre Freundin, Lebensabschnittsgefährtin, oder wie auch immer man das heute nennt, wohl eine der wirklich Guten in ihrem Fach sein. Der Laden läuft jedenfalls vortrefflich. Also alles zusammengefasst. Muse tanzt hier nur deshalb, weil sie einfach Lust dazu hat. Eine andere Erklärung erschließt sich mir nicht."

Die beiden nahmen dankend die Kopien entgegen und verabschiedeten sich.

Als sie nur ein paar Minuten später in den Tattooladen traten, stand Muse am Empfangstresen. Sie sprach gerade mit einer maximal Sechzehnjährigen, die in Begleitung ihrer Mutter gekommen war. Muse schaute nur kurz zu den beiden auf und widmete sich dann wieder dem Gespräch mit dem Mädchen. Trotz des kurzen Blicks war deutlich zu erkennen gewesen, dass sie die Kommissare wiedererkannt hatte. Es ging noch ein bisschen hin und her. Endlich hatte das Mädchen kapiert, dass die Meisterin grundsätzlich keine Tattoos bei Minderjährigen stach. Das Argument, dass das Mädchen dann eben zu einem weniger guten Kollegen gehen würde, quittierte Muse mit einem bedauernden Achselzucken und einem leicht vorwurfsvollen Blick zu der Mutter, die scheinbar jede Gegenwehr gegen den Tattoowunsch ihrer Tochter aufgegeben hatte.

Als die beiden dann den Laden verlassen hatten, blickte Muse die beiden Polizisten erwartungsvoll an.

„Ein nettes kleines Piercing? Oder was führt euch zu uns?"

Auf den irritierten Blick der beiden Kommissare fügte sie lächelnd an.

„Wir duzen alle Kunden und alle Kunden duzen uns. Insofern duze ich euch auch. Wegen der alten Sache mit meinem Mann werdet ihr die weite Reise hierhin wohl kaum angetreten haben. Was also kann ich, beziehungsweise Lisa, für euch tun?"

„Tja, wenn es der Sache dient, dann können wir uns auch duzen", meinte Smidt, die sich schon beim Anblick von Muses gewachsenem Tattoo auf irgendeine überraschende Ansprache gefasst gemacht hatte. „Wir sind allerdings nicht als potentielle Kunden hier. Es geht um eine Recherche in der du, ohne es zu ahnen als ganz normale Zeugin vielleicht einen wertvollen Hinweis geben kannst. Wir haben von einem Herrn Schneider, dem Geschäftsführer des Tanzschuppens erfahren, dass du in der Saison dort arbeitest. Als Tänzerin. Vor zwei Monaten hast du mit dieser Frau", sie zeigte das Bild der blonden Frau Schweigerl, „zusammen Dienst. Die ist allerdings nur zweimal da gewesen."

Muse nahm das Bild in die Hand.

„Klar erinnere ich mich an die. Die hat sich hier noch piercen lassen. Wir hatten den Eindruck, dass die mit ihrer Freundin gerade so ein Mega-Coming-out hatte. Jedenfalls wirkte die irgendwie ein bisschen durch den Wind. Aber durchaus positiv irgendwie."

„Wie meinst du das?"

„Naja. Im Gegensatz zu ihrer Freundin, die zumindest aus der Entfernung betrachtet ziemlich souverän drauf war, merkte man bei der hier ziemlich viel Unsicherheit. Sie hat sich aber echt Mühe gegeben das zu überspielen. Wie manche Leute eben so sind, wenn es in der Psyche so eine Schleuse aufgestoßen hat. Vermutlich war es die erste Erfahrung für sie als Sub."

„Das heißt die Freundin war gar nicht dabei? Händchen halten oder so?"

„Nein. Natürlich nicht. Da musste die schon selber durch. Danach hat ihre Freundin die auch noch eine Ewigkeit in dem Cafe da drüben sitzen lassen, bis sie sie endlich abgeholt hat."

„Warum? Ich meine, wenn die beiden scheinbar so frisch zusammen waren."

„Ich sag ja. Sie hat sich als Sub bezeichnet. War dann wohl so ein dämlicher Gehorsamstest. Keine Ahnung was in den Köpfen von diesen Leuten so vor sich geht."

„Kannst du dich erinnern, wie oft sie in dem Tanzschuppen gearbeitet hat?"

„Ich meine nur zweimal. So, wie du gesagt hast. Dann musste sie glaube ich wieder abreisen."

„Ist das üblich, dass Tänzerinnen für so kurze Zeit angestellt sind?"

„Eigentlich nicht. Aber manchmal hatte Madeleine so eine Art Publikumspreis ausgeschrieben. Der funktionierte so, dass Besucherinnen, die positiv auffallen, zur Belohnung auch mal im Käfig tanzen dürfen."

„Und das klappt?" wollte Rednich mit skeptischem Blick wissen.

„Du glaubst gar nicht, wie scharf die da drauf sind. Denk einfach an junge Leute, die möglichst viel feiern wollen und richtig gut drauf sind. Die haben Spaß daran."

„Also hat diese Frau hier zwei Abende im Käfig gewonnen."

„Hört sich ziemlich komisch an, aber genau so sehe ich das. Anders kann ich mir das nicht vorstellen."

Lippen

Nachdem sie dieses völlig wahnsinnige „Lippenzusammen"-Piercing erhalten hatte, musste Doris den Rest des Tages in ihrem Zimmer verbringen. Resi hatte es nicht für nötig gehalten, ihr die Maske abzunehmen. Ebenso waren Doris Hände in der strengen Fesselung an ihrem Keuschheitsgürtel geblieben.

Als dann Resis Freund zurückgekommen war und die übliche Einheit Sex erledigt worden war, erzählte Resi ihm, was sich Doris am Nachmittag erlaubt hatte.

„Und? Du bist dir sicher, dass der Mann keine Lunte gerochen hat?"

„So sicher, wie man sich nur sein kann. Der hat meine Story geschluckt."

„Dann ist es gut. Sonst müssten wir uns drum kümmern."

„Weiß ich. Aber das Risiko dabei erwischt zu werden, ist viel höher, als das Risiko, dass er doch was gemerkt hat. Glaub mir."

„Okay. Dann lassen wir den guten Mann in Ruhe. Was ist mit Doris? Hast du sie schon bestraft?"

„Fürs erste ja. Ich hab ihr einen langen Barbell gepierct. Sie bekommt die Lippen jetzt nur noch an den Mundwinkeln auseinander. Sieht lustig aus."

„Kann ich mir das mal anschauen?" wollte er grinsend wissen.

„Klar. Sie hat die Maske auf."

Kurz danach standen die beiden bei Doris im Zimmer. Die hatte natürlich gehört, dass sie Besuch bekommen hatte.

„Bitte nimm die raus", brachte sie mit viel Mühe und schwer verständlich heraus. „Ich werde das nicht noch mal machen."

„Hast du gehört?" wendete sich Resi an ihren Freund. „Unsere Freundin ist geläutert. Sie will es nicht noch mal machen. Ist das nicht süß? Nach ein paar Stunden mit diesem hübschen innovativen Piercing ist sie schon ein richtiger Gutmensch geworden."

Das reichte Doris als Bestätigung, dass sie das Piercing noch eine Zeitlang behalten würde. Wie konnte sie auch nur auf die Idee kommen, Resi mit so einer Bitte umstimmen zu können? Sie wusste es nicht. Die weitere Demütigung, der sie sich damit ausgesetzt hatte, spürte sie allerdings ziemlich genau. Auch, wenn es ihr nicht mehr so viel ausmachte, wie zu Beginn ihrer Gefangenschaft.

„Ich habe mir übrigens überlegt, dass du noch eine weitere Erinnerung an dein Fehlverhalten bekommen sollst liebe Doris. Dafür darf ich dich noch mal auf den Sessel bitten."

Auch Resis Freund, der sich die Szene mit großem Interesse anschaute, wusste nicht, was jetzt kommen würde. Nachdem Doris Kopf fixiert war, holte Resi ihr Tätowierwerkzeug und fing an, Doris Lippen zu bearbeiten. Im ersten Moment zuckte Doris natürlich zurück und wollte sich irgendwie befreien. Resi, die das so erwartet hatte, setzte noch mal ab und lehnte sich entspannt lächelnd zurück.

„Pass auf Doris. Das ist doch jetzt nichts Neues für dich. Die Tätowierung mache ich ohnehin. Wenn du zappelst werden die Konturen wackelig. Das sieht dann hinterher echt Scheiße aus. Wenn du still hältst, dann garantiere ich dir schöne gerade Konturen. Deine Entscheidung."

Resi zog die Lippenkonturen tatsächlich sauber nach. Sie widerstand sogar dem Drang die Lippen ein bisschen dicker zu zeichnen, als sie es in Wirklichkeit waren. Dafür tröstete sie sich mit dem Augenblick, in dem Doris erkennen würde, dass ihre Lippen für immer schwarz sein würden.

Sie ließ Doris, als sie den letzten Stich gesetzt und das frische Tattoo versorgt hatte, einfach auf dem Stuhl sitzen und zog ihren Freund mit sich aus dem Raum.

„Das hat jetzt mal richtig Spaß gemacht. Aber ich fürchte, sie wird sich jetzt wieder völlig brav verhalten", erklärte sie ihm, während sie seine Hose aufknöpfte. Sie brauchte schon wieder seine intensive Aufmerksamkeit. „Wieso will die sich denn gar nicht mit allen Kräften wehren?"

„Vielleicht ist sie dafür einfach zu klug und zu selbstbeherrscht. Vergiss nicht mit wem die zusammengelebt hat. Die ganzen Empfänge und Galas. Das ist ganz schön formend. Ohne Selbstbeherrschung hätte die das niemals geschafft."

„Aber zwei Monate lang Selbstbeherrschung. Sie kann ihre Füße schon nicht mehr vollständig aufsetzen. Du solltest dir das mal anschauen, wenn sie heimlich versucht, die Ferse auf den Boden zu bekommen. Trotzdem erträgt sie das. Sogar, als ich ihr befohlen habe, die Rohre immer selber anzulegen, hat sie sich brav gefügt. Das geht mir echt auf den Keks. Wie bekomme ich die denn mal ein bisschen in Fahrt?"

„Führ sie doch einfach mal aus. Zeige sie der Öffentlichkeit. Aber pass auf, dass sie dir nicht abhaut."

Danach entstand eine kleine Gesprächspause, da sie den Mund ihres Freundes dringend für etwas anderes brauchte.

„Okay. Warum nicht? Wir könnten sie modeln lassen."

Im ersten Moment zog ihr Freund die Stirn kraus. Dann allerdings breitete sich ein breites Grinsen auf seinem Gesicht aus.

„Ja klar. Warum nicht. Das wird ihr garantiert wahnsinnig viel Spaß machen. Das Aussehen dafür hat sie ohnehin. Ich mach dir morgen das Wohnmobil klar. Dann bist du flexibler."

„Mach das, ich muss aber noch bis nächste Woche abwarten. Der Schorf von ihren süßen Lippen muss erst abgefallen sein. Sie sieht sonst wirklich nicht gut aus."

Ermittlung eingestellt

„Außer Spesen nichts gewesen", fasste ihr Chef den Ausflug in die Alpen in seiner gewohnt präzisen Art zusammen. „Macht euch nichts draus. Auch der beste Riecher darf sich mal vertun."

„Sorry Chef. Ich war mir wirklich sicher, dass da was dran ist", versuchte sich Smidt kleinlaut zu rechtfertigen. „Es stimmte einfach so viel nicht. Jetzt wissen wir, dass scheinbar für sie selber auch so viel in ihrem Leben nicht stimmte, dass sie die eine Chance auszubrechen einfach in die Hand genommen hat. Und weg ist sie."

„Und was ist mit dem Senator?"

„Ohne richterlichen Beschluss kommen wir bei dem bei weitem nicht so weit, wie bei ihr. Eine Reise nach Argentinien kommt ja wohl eher nicht in Frage."

„Die Fakten reichen nicht", führte Rednich weiter aus. „Damit bekommen wir noch nicht mal einen verweichlichten Justizfrischling von der Uni überzeugt. Es bleibt dabei. Wir haben uns vergaloppiert."

„Dann sei es so. Ich nehme euch das nicht krumm. Wer nichts macht, macht einen permanenten Fehler. Nämlich genau den, dass er nichts macht. Wer was macht, macht nur ab und zu mal einen Fehler. Und euch hat es jetzt eben auch mal erwischt."

„Wir könnten den Butler noch mal…"

„Nein, könntet ihr nicht. Der Fall ist abgeschlossen. Meinetwegen ruht er auch. Aber mehr nicht. Ich wiederhole noch mal, dass ich euch das nicht krumm nehme. Jetzt ist allerdings Schluss damit. Es gibt genug andere Arbeit, die erledigt werden will."

Modeln

„Ich stelle fest, dass deine Lippen ausgeheilt sind, liebste Doris. Sie sind wieder schön weich."

Resi hatte sich gerade mit einem Kuss auf Doris Lippen überzeugt.

„Dann habe ich heute zwei gute Nachrichten für dich. Ich nehme dir den langen Barbell raus. Du wirst heute wieder vernünftig essen können. Na? Ist das was?" wollte sie lächelnd von Doris wissen. Doris, die es überhaupt nicht leiden konnte, wenn Resi mit ihr sprach, als ob sie ein dämliches kleines Schoßhündchen wäre, das ohnehin alles gut findet, was Frauchen so veranstaltet, rang sich ein Lächeln ab, blieb aber stumm.

„Und? Möchtest du die zweite gute Nachricht auch wissen?"

Doris nickte.

„Ich habe Arbeit für dich gefunden. Das ewige Herumsitzen in deinem Zimmer und im Hof ist ab heute vorbei. Sind das nicht zwei wunderbare Neuigkeiten?"

Wieder dieses blöde, beifallheischende Grinsen von Resi und wieder freundliches Nicken von Doris, die sich die Aussicht auf das Öffnen ihres verschlossenen Mundes natürlich nicht versauen wollte.

„Gut, dann mache ich jetzt deine Hände los. Du kannst dir den Schmuck selber raus nehmen. Im Bad habe ich dir einen Ring für den Labret und einen kurzen Stecker für das Medusa-Piercing hingelegt. So langsam musst du es lernen deine ganzen Piercings selber zu pflegen."

Danach hakte sie die lange Kette, mit der Doris sich in ihrem Zimmer und dem Bad bewegen konnte in den Halsreif, sicherte die Kette mit einem Schloss und löste die Handschellen, die Doris Hände hinter ihrem Rücken fixiert hatten.

„Wenn du fertig bist, rufst du einfach."

Doris brauchte ein bisschen, bis sie ihre Hände wieder so benutzen konnte, wie sie es von früher gewohnt war. Dann ging sie ins Bad, um sich endlich von dem schrecklichen Schmuck zu befreien. Die Freude wurde allerdings durch den unvermeidlichen Blick in den Spiegel und damit auf ihre verunstalteten Lippen getrübt. Glücklicherweise hatte Resi wenigstens das Versprechen eingehalten, die Tätowierung vernünftig auszuführen. Die Konturen waren wirklich sehr sauber nachgezogen. Das war aber dann auch schon alles, was Doris an guten Dingen daran finden konnte.

Als sie die Lippen endlich wieder frei bewegen konnte, machte sie als Lockerungsübung ein paar Mal einen Kussmund. Dabei stellte sie fest, dass Resi die schwarze Farbe erstaunlich weit und gleichmäßig bis auf die inneren Lippen aufgetragen hatte. Danach streckte Doris sich selber ihre Schlangenzunge heraus. Auch hier war die Heilung sehr gut verlaufen. Die beiden Enden, die sie mit etwas Training bald wohl ziemlich unabhängig von einander würde bewegen können, sahen sehr symmetrisch aus. Das Problem war nur, dass Doris so etwas überhaupt nicht gut fand. Es passte so gar nicht zu ihrer inneren Einstellung.

Das Gleiche galt für die Tätowierung ihres Rückens und des Armes. Letztere war seit dem Zwischenfall mit dem Stromableser nicht mehr erweitert worden. Doris machte sich allerdings nicht die Illusion, dass Resi mit dem Arm fertig war. Der Grund war eher der, dass Resi kein abheilendes Tattoo an ihr haben wollte. Zumindest nicht, für den Job, den sie Doris aufzwingen wollte. Vermutlich würde an dem Arm sofort weitergearbeitet, wenn der Job erledigt war. Das einzige Gute an dem Arm war, dass das Tattoo noch immer gut zu verbergen war und dass es vom Motiv her gar nicht mal so schlecht war. Auch war es gut ausgeführt. Wenn sie irgendwo in den Tiefen ihrer Seele ein Fable für diesen Style finden könnte, hätte sie sogar die Chance mit diesem Aussehen glücklich zu werden. Sie fand es aber nicht. Insofern musste sie weiter versuchen, das Beste draus zu machen.

Mit etwas Fummelei gelang es ihr den Segmentring um ihre Unterlippe zu schließen. Wahrscheinlich wäre sie damit sogar schneller fertig gewesen, wenn ihr Blick nicht immer wieder an diesen schrecklichen Lippen hängen geblieben wäre. Der Stecker über der Oberlippe fiel ihr glücklicherweise um einiges leichter.

Für die Fahrt hatte Resi ihr ein T-Shirt und eine Strechjeans in die Hand gedrückt. Dazu trug sie hohe Pumps. Wie sie sich schon an Morgen gedacht hatte. Wenn es ihr nur gefallen würde, dann wäre das Leben um einiges einfacher. Resi hatte ihr vor Antritt der Fahrt noch einmal in Erinnerung gerufen, wie sich der Stromschocker in ihrem Halsband auf kleinster Stufe anfühlte. Tatsächlich hatte sie Doris damit die aufkommenden Fluchtgedanken wieder aus dem Kopf gehauen. Dann hatten sie sich in den alten Volvo gesetzt. Das vorbereitete Wohnmobil musste noch auf einen Einsatz warten, der nicht an einem Tag zu bewerkstelligen war.

„Darf ich dich was fragen?" wollte Doris irgendwann wissen.

„Aber sicher. Wir sind doch Freundinnen", behauptete Resi, was Doris nur als vollkommenen Realitätsverlust oder bitteren Spott interpretieren konnte.

„Du hast mir in den letzten zwei Monaten gar nicht mehr damit gedroht, dass du meinem Bruder etwas antust, wenn ich mich nicht so benehme, wie du willst."

„Richtig beobachtet, meine Liebste. Das Thema mit deinem Bruder hat sich erledigt. Mit dem werde ich dir tatsächlich nicht mehr drohen."

Das konnte eigentlich nur eines bedeuten. Resi hatte ihn umgebracht. Resis Dachschaden war offenbar noch größer, als Doris ohnehin schon befürchtet hatte. Und es machte Doris noch eine Sache klar: „Und was wird aus mir, wenn du keine Lust mehr auf mich hast?"

Noch während sie die Frage stellte, wusste sie nicht so richtig, ob sie besser geschwiegen hätte. Anderseits nutzte es auch nichts, die Augen vor der Wirklichkeit zu verschließen. Besser sie erfuhr jetzt was passieren würde, als wenn sie sich die ganze Zeit Gedanken darüber machen würde. Wobei: Wer sagte ihr denn, das Resi ehrlich antworten würde?

„Mach dir darüber mal keinen Kopf. Noch habe ich sehr viel Spaß an dir. Und wenn dich das tröstet. Du bist noch nicht da angekommen, wo ich dich sehen will. Sei also sicher, dass du noch eine ganze Zeit an meiner Seite bleiben wirst, meine Geliebte."

Doris zog es vor, das Gespräch nicht weiter fortzuführen. Nur war Resi leider anderer Meinung.

„Interessiert dich denn gar, was du noch alles mit dir machen lassen willst?"

„Ich werde es ohnehin nicht verhindern können."

„Ganz richtig. Trotzdem ist die Vorfreude doch immer noch die schönste Freude. Meinst du nicht?"

„Du weißt doch, dass ich das, was du mit mir machst nicht wirklich will."

„Ach was. Das bildest du dir nur ein. So, wie du hier neben mir sitzt, bist du doch das blühende unbeschwerte Leben. Als nächstes werden wir anfangen deine Ohrläppchen zu dehnen. So wie bei der Frau, die dich gepierct hat. In dem kleinen Alpenstädtchen, in dem wir unsere Liebe zueinander entdeckt haben. Du erinnerst dich?"

Natürlich erinnerte sie sich. Ziemlich große Tunnel in denen dann noch jeweils ein sehr massiver schwerer Ring vor sich hin baumelte. Alleine bei der Vorstellung wurde es Doris schon ganz anders.

„Und dann werden wir uns natürlich noch mit deinen Beinen befassen. Es werden sich bald ganz wunderbare Ranken an deinen Beinen hoch schlängeln. Ich glaube in einer der Ranken wird sich sogar noch eine Schlange verstecken. Das wird fantastisch. Vielleicht mache ich aber auch etwas ganz anderes. Mal sehen. Jedenfalls sehr aufregend."

„Ich bin mir sicher, dass es dir gefallen wird, liebe Resi"

Einer plötzlichen Eingebung folgend hatte Doris es über sich gebracht, die beiden letzten Worte anzuhängen. Vielleicht war Resi ja so wahnsinnig, dass sie auf den plumpen

Trick vorgegaukelter Zuneigung herein fiel. Und das, obwohl jedem vernünftigen Menschen klar sein musste, dass das nur ein Trick sein konnte. Aber gerade das war der interessante Punkt. Resi war nicht vernünftig.

„Oh. Was habe ich da gerade gehört?" wollte Resi freudestrahlend wissen. „Kannst du die letzten beiden Worte noch mal wiederholen?"

„Liebe Resi?"

„Sehr gut. Merk dir das. Das gibt Pluspunkte. Sag es noch mal."

Sie ist wahnsinnig, ging es unablässig durch Doris Kopf.

„Liebe Resi. Das kann ich gerne für dich wiederholen."

„Ist das geil? Oder ist das geil? Du lässt es endlich zu. Ich freu mich so."

Resi nahm Doris linke Hand und führte sie zwischen ihre Beine. „Hier kannst du fühlen, wie mich das an macht. Endlich hast du es kapiert."

Als Doris ihre Hand steif zwischen Resis Beinen hielt, drückte Resi die Hand gegen ihre Schamlippen, die unter dem hochgeschlagenen Rock blank lagen.

„Du sollst richtig fühlen. Keine Angst, ich bau schon keinen Unfall!"

Doris schloss die Augen und fing an, Resi zu massieren. Sollte die die geschlossenen Augen ruhig so interpretieren, wie es ihr in den Kram passte. Als sich Resi dann langsam stöhnend mitbewegte, machte Doris die Augen allerdings doch lieber wieder auf. Sie wollte in der Lage sein, zu erkennen, wenn Resi vor lauter Lustgefühl die Kontrolle über das Auto verlor. Glücklicherweise hatte sie den Tempomaten eingeschaltet. Es stand also nicht zu befürchten dass sie durch starke Geschwindigkeitsschwankungen zusätzliche Gefahr heraufbeschwor. Bevor Doris sich noch mehr Gedanken machen konnte, ließ Resi bereits ihren extatischen Schrei los, den Doris nur all zu gut kannte. Als sie ihre Hand wieder zurückziehen wollte, hielt Resi sie zurück.

„Bleib noch ein bisschen. Das tut so gut."

„Ich dachte, du brauchst jetzt erstmal eine Pause."

„Andere ja. Ich nicht. Ich kann immer und beliebig oft. Deine Hand bleibt in meinem Schoss."

Doris überwand sich, die Hand sogar noch ein bisschen zu bewegen, was Resi sofort mit lustvollem Stöhnen quittierte. Ein bisschen Ruhe zum Nachdenken wäre Doris allerdings lieber gewesen. Konnte es sein, dass Resi das alles nur vorspielte, um sie in falscher Sicherheit zu wiegen? Doris konnte sich nicht vorstellen, dass jemand so schnell die Grenzen zwischen Wärter und Gefangenem fallen ließ. Es konnte einfach nicht so leicht sein, Resi zu knacken. Doris kam einfach nicht dahinter, was im Moment passierte. Spielte Resi oder spielte sie nicht?

Sie versuchte sich auf die vorbeigleitende Landschaft zu konzentrieren. Ein uralter kleiner Trick, den sie von ihrem Mann gelernt hatte. Einfach mal ein paar Minuten an etwas anderes oder besser noch an gar nichts denken. „Dann hat dein Gehirn die Chance, die Informationen zu ordnen", hatte er ihr erklärt. Also konzentrierte sie sich auf die Felder und die vereinzelten kleinen Wäldchen.

Resi riss sie aus der kleinen Entspannungspause, als sie wieder aktiver wurde und mehr Aktionen von Doris Hand einforderte. Kurz danach bekam sie tatsächlich ihren zweiten Orgasmus. Und der war genauso wenig wie der erste gespielt. Doris hätte sonst keine Idee gehabt, wo die ganze Flüssigkeit hergekommen sein sollte, die sie deutlich spürte.

„Das war sehr gut meine Geliebte."

Resi drückte Doris Hand weg.

„Wenn es nur nach mir ginge, könnten wir noch stundenlang so weitermachen. Leider müssen wir da hinten abfahren. Ich freue mich schon auf den Rückweg."

Schon wieder weiteres Futter für die Hypothese, dass Resi es tatsächlich ernst meinte. Doris wollte es trotzdem nicht glaube. Denn wenn das eine groß angelegte Falle wäre, würde die Bestrafung vermutlich auch wieder ziemlich groß angelegt sein. Vielleicht würde Resi sogar auf die Idee kommen, Doris Gesicht zu tätowieren und sie damit für immer entstellen.

Doris war zu sehr in Gedanken, um mitzubekommen, wo Resi sie schließlich hin brachte. Beim Betreten des Gebäudes war allerdings schnell klar, dass es sich um ein professionelles Fotostudio handelte.

„Du hast auf der Fahrt echte Pluspunkte gesammelt", flüsterte Resi ihr ins Ohr. „Wenn du dich hier daneben benimmst, zähle ich die alle als Minuspunkte. Glaub mir, dass das für dich echt schlecht ausgehen würde. Ich wäre nämlich dann der Meinung, dass du mir die Gefühle nur vorgegaukelt hättest. Das wäre wirklich schlimm."

Eine Antwort konnte Doris nicht mehr geben. Glücklicherweise. Sie hätte nämlich keine Ahnung gehabt, was sie hätte sagen sollen. Immerhin hatte Resi mit der kleinen Bemerkung gezeigt, dass sie so wahnsinnig auch wieder nicht war. Sie hatte einen möglichen Täuschungsversuch von Doris durchaus auf dem Schirm.

„Da seid ihr ja endlich. Ich habe nicht den ganzen Tag Zeit."

Der Fotograf schaute schnell zwischen Resi und Doris hin und her und hatte dann, dank Doris Halsband schnell raus, wer wer war. Er zeigte auf Doris.

„Leg deine Sachen, also alles, was du ausziehen kannst, da hinten auf den Stuhl und setz dich dann hinten zu Chantal. Die wir dir ordentlich Puder ins Gesicht packen, damit du nicht so glänzt."

Als Doris weit genug weg war, um ihn nicht mehr zu verstehen, wendete er sich an Resi.

„Du hast den Text vom Interview dabei?"

„Klar hab ich das." Resi zog ein beidseitig bedrucktes Stück Papier aus der Tasche. Er nahm es in die Hand und überflog die Zeilen.

„Nicht zu dick aufgetragen?" wollte er dann von Resi wissen.

„Nein. Das geht schon in Ordnung. Nimm den Text. Er ist gut."

„Du kannst dir in der Stadt ein bisschen die Beine vertreten. Bis du gebraucht wirst, wird es für dich nur langweilig sein."

„Kommt nicht in Frage. Ich schaue mir das gesamte Shooting an. Wie kommst du auf die Idee, dass ich mich wegschicken lassen würde?"

„War nur eine Idee. Aber ganz wie du willst. Dann bleib eben hier. Glaub aber nicht, dass wir hier ein Catering oder so aufgebaut haben."

„Kein Problem. Hauptsache, du machst ordentliche Fotos und bringst die Geschichte bei einem deiner Brötchengeber unter. Mehr verlange ich nicht von dir."

Ohne das Gespräch noch weiter fortzusetzen, drehte sich der Fotograf um und bereitete sein Licht und die Kameras weiter vor.

Als Doris dann fertig war, erklärte er ihr ohne große Umschweife.

„Pass auf. Die ersten Shoots sind die härtesten. Nicht dass ich dir Unmögliches abverlange, aber ich sage es dir trotzdem vorher. Du brauchst deine volle Konzentration. Dann geht es schnell. Wenn du Mist baust, brauche ich umso länger."

„Alles klar", versuchte ihm Doris mit fester Stimme zu versichern.

Er beachtete das nicht weiter, sondern ließ mit einer großen Handkurbel zwei Ketten von der Decke herab.

„Hake die Ketten in deine Armbänder ein. Du wirst ja wohl mit dem dicken Schekel umgehen können. Aber zieh vorher deine Schuhe aus."

Doris tat gehorsam, was er von ihr verlangte und stand, während sie die Ketten einhakte, trippelnd auf ihren Zehenspitzen.

„Kannst du deine Füße nicht ordentlich aufsetzen?"

„Nein. Zu viel und zu lange Highheels getragen."

„Jede wie sie will."

Doris hatte keine Lust, darauf einzugehen und meldete lieber, dass sie die Ketten angebracht hatte.

„Okay. Ich zieh dich jetzt so weit hoch, dass du an deinen Händen hängst. Das ist garantiert nicht angenehm. Ich lasse dich aber erst wieder runter, wenn ich die Bilder im Kasten habe. Das bedeutet: Du lässt dich komplett an den Händen hängen. Denk einfach daran, wie du hängen würdest, wenn ich dich ein paar Stunden baumeln lasse. Genau das will ich sehen. Alles klar?"

„Alles klar."

Doris konnte nur hoffen, dass sie es sofort schaffte. Sonst würde es tatsächlich erst sehr viel später so weit sein. Also ging sie schon während des Hochziehens in die Knie, um möglichst schnell das Gefühl zu bekommen, das sie brauchte. Es tat wirklich sehr weh. Schon in den ersten Sekunden merkte sie, dass ihrer Armbänder nicht für so eine Belastung gebaut waren. Trotzdem ließ sie sich mit aller Willenskraft schlaff durchhängen. Das Kettenrasseln auf der Seilwinde endete erst, als sie einen halben Meter über dem Boden hing.

Um sich besser konzentrieren zu können, hielt sie die Augen geschlossen und konnte nur hoffen, dass der Fotograf jetzt bereits seine ersten Bilder geschossen hatte. Zu hören war natürlich nichts und wegen der hellen Ausleuchtung war auch kein Blitz notwendig. Aber vielleicht war das ohnehin eine überholte Vorstellung. Sie wusste es nicht.

„Lass die Hände locker. Das sieht bescheuert aus, wenn du die so in den Himmel reckst."

Doris tat ihr bestes. Obwohl gerade die Hände natürlich am meisten unter der unprofessionellen Fesselung litten. Das übliche Lob und die Anfeuerung, die die Fotografen zumindest im Fernsehen immer von sich gaben, blieben bei ihrem Fotografen aus.

„Chantal, versetz sie mal in Drehung."

Ohne weitere Erklärung wurde Doris ein paar Mal um die eigene Achse gedreht. Als Chantal sie losließ, drehte sich Doris automatisch wieder zurück. Glücklicherweise waren die Ketten so lang, dass sie keine richtige Fahrt aufnahm. Nachdem sie dann ausgependelt hatte und merkte, dass es jetzt endgültig vorbei war, weil die Schmerzen einfach zu groß wurden, ließ der Fotograf sie zu ihrer grenzenlosen Erleichterung wieder herunter.

Während sie sich selber von der Kette befreite und versuchte ihre Armbänder so zu verrutschen, dass sie möglichst wenig Schmerzen verursachten, suchte sie den Blick des Fotografen, der allerdings nicht im Geringsten an ihr interessiert war. Stattdessen beugte er sich über seinen Laptop und analysierte die gerade geschossenen Bilder. Neben ihm standen seine Assistentin und Resi. Keiner der drei hatte auch nur einen Blick für Doris.

Ihr blieb erstmal nichts, als zu ihren Schuhen zu trippeln, damit sie endlich wieder vernünftig stehen konnte. Noch immer nahm niemand Notiz von ihr. Als ihr Blick dann zu ihrer Kleidung ging, war sie schon fast versucht, sich einfach anzuziehen und gemütlich aus dem Atelier zu gehen. Sie musste selber grinsen, als ihr klar wurde, wie unglaublich dämlich diese Idee war. Zwar wurde sie im Moment ignoriert, aber das bedeutete natürlich nicht, dass sie sich in aller Ruhe anziehen und verschwinden konnte.

„Freut mich, dass dir das Shooting bisher Spaß gemacht hat."

Der Fotograf schien ihr Grinsen tatsächlich falsch zu interpretieren. Vielleicht war er ja genauso wahnsinnig, wie Resi. Es konnte doch keinen Menschen geben, dem es Spaß machen würde, schmerzhaft an den Handgelenken aufgehängt von der Decke herunterzubaumeln. Doris war zum - sie konnte es gar nicht mehr zählen – x-ten Mal überrascht, wie bescheuert die Menschen um sie herum drauf waren.

„Leg dich jetzt da vorne auf die Matratze. Auf den Bauch, Arme und Beine weit von dir gestreckt."

Als sie lag, kam er näher an sie heran. Er schien Nahaufnahmen von nahezu jedem Quadratzentimeter ihres Körpers zu machen. Vermutlich fand er die Tattoos, die Resi gemacht hatte, so gut, dass er alle Details fotografieren wollte.

Danach ging das Gleiche in der Rückenlage weiter. Nur waren diesmal nicht so viele Tattoos zu sehen. Eigentlich nur am Arm. Der Rest ihres Körpers war ja bislang verschont geblieben. Die gestreckten Brustwarzen waren ihm dafür umso mehr Fotos wert.

In der nächsten Stunde musste sich Doris in allen möglichen Posen fotografieren lassen. Breitbeinig auf einem Stuhl. Die Rückenlehne zwischen den Beinen. An eine Wand gelehnt. Ein Fuß gegen die Wand gestellt. Und immer so weiter.

„So liebe Doris. Jetzt kommt das letzte Event. Es wird dir gefallen. Wir machen jetzt einen kleinen Performace-Film mit dir."

Resi strahlte über das ganze Gesicht, was für Doris eigentlich nichts Gutes bedeuten konnte.

„Trink noch einen Schluck Wasser und dann legen wir auch schon los."

„Was soll ich machen?" versuchte Doris im Plauderton herauszubekommen.

„Nichts Besonderes. Wir werden deinen Körper mit einem sehr besonderen Schmuck zeigen. Das ist eigentlich auch schon alles. Während ich dir den Schmuck anlege, wirst du gefilmt und wenn er fertig angelegt ist werden noch ein paar Fotos gemacht. Das ist eigentlich auch schon alles."

Wenn nur dieser beängstigende Glanz in Resis Augen nicht gewesen wäre, dann hätte sich Doris fast schon entspannen können. Denn der Tag war von dieser schmerzhaften Hängerei am Anfang abgesehen, eigentlich ganz gut gelaufen. Klar gab es jetzt einen Haufen Nacktfotos von ihr. Aber das konnte sie ohnehin nicht verhindern. Die konnte Resi auch schon lange in dem Bauernhof gemacht haben.

Doris nahm sich Zeit mit dem Trinken. Die Assistentin war inzwischen schon gegangen. Damit waren sie nur noch zu dritt. Der Fotograf war sicherlich niemand, den sie spontan davon überzeugen konnte, ihr irgendwie behilflich zu sein, aus den Fängen von Resi entkommen zu können. Dafür waren dessen Blicke beim bisherigen Shooting und sein Verhalten gegenüber Resi zu eindeutig.

„Jetzt komm schon. Wir haben auch nicht ewig Zeit."

Also nahm Doris noch einen letzten Schluck und ging dann zu der wartenden Resi. Die hielt ihr die Gummihaube hin, die Doris schon zu Genüge kannte.

„Einmal aufziehen, wenn ich bitten darf."
„Wieso soll ich denn blind sein?"
„Weil ich es will und fertig. Noch mehr Fragen und du bist auch noch stumm. Alles klar?"

Wortlos nahm Doris die Maske entgegen und zog sie sich über den Kopf. Als sie nach einigem Zupfen und Zerren endlich richtig saß, drückte Resi sie in die Bauchlage auf eine Liege.

„Am besten, du bleibst brav liegen. Damit ersparst du dir eine zusätzliche kleine Bondagesession."

Sie wusste nicht, was sie sonst hätte machen sollen. Also war sie wieder einmal brav und machte, was Resi wollte. Das Nächste, das sie wahrnahm war, dass Resi an ihrem Oberschenkel herumwerkelte. Erst, als sie den Schmerz spürte, der durch das Piercing ausgelöst wurde, war ihr klar, was Resi machte. Vorher hatte sie nur die Idee gehabt, aber nicht geglaubt, dass das wirklich wahr sein konnte.

„Schön brav liegen bleibe meine Geliebte. So machst du das gut."

Warum musste Resi schon wieder mit ihr sprechen, als ob sie ein Hund oder ein kleines Kind wäre?

„Das war gerade mal das erste. Es kommen noch ein paar mehr."

Die Erklärung war für Doris überflüssig. Schließlich spürte sie bereits, wie die Klammer erneut angesetzt wurde. Insgesamt stach Resi zehn Ringe in die Rückseite ihres Oberschenkels. Der Zehnte saß ein Stückchen oberhalb der Kniekehle. Doris hatte noch immer keine Idee, was das werden sollte. Auch als Resi unterhalb des Edelstahlbandes, das sie jetzt schon seit zwei Monaten direkt unter dem Knie trug, weitere Ringe setzte, überstieg der Sinn und Zweck der Piercings Doris Horizont. Sie hoffte jedenfalls, dass Resi die Ringe nicht alle stecken lassen wollte. Für den Alltag konnten die eigentlich nur extrem unpraktisch und störend sein.

Nach acht Ringen im Unterschenkel war das Bein scheinbar endlich fertig.

„Das hast du gut gemacht Doris. Du hast genau die Hälfte geschafft."

Das konnte eigentlich nur eines bedeuten. Und richtig. Resi fing am anderen Oberschenkel mit der gleichen Tortur an. Wieder stach sie zehn Ringe durch Doris Haut des Oberschenkels und weitere acht durch die Unterschenkel.

„Und jetzt noch ein bisschen zusätzlichen Schmuck und schon siehst du bildhübsch aus."

Resi nahm eine lange, feingliedrige Kette und fädelte sie durch die Ringe. Auf diese Weise fesselte sie die Doris Beine aneinander. Das Ganze sah am Ende wie eine Korsettschnürung aus. Nur eben nicht da, wo sie normalerweise hin gehört. Für Doris der reine Horror. Sie konnte ihr Kopfkino nicht davon abhalten, sich vorzustellen, dass Resi die Fesselung jetzt noch verlöten würde, sodass sie gezwungen wäre in Zukunft mit aneinandergebundenen Beinen klar kommen zu müssen.

Der Fotograf machte in aller Ruhe Bilder. Danach setzte er sich mit Resi zusammen an einen kleinen Tisch, studierte und diskutierte die Ergebnisse des Tages und trank gemütlich Kaffee. Resis Blick ging dabei immer wieder zu Doris, die vollkommen im Ungewissen war, wie es weitergehen würde. Dann irgendwann, als mit dem Fotografen alles besprochen war, befreite sie Doris von den Piercings und erlaubte ihr, die Maske wieder abzusetzen. Das Shooting war vorbei.

Nachlässigkeit wird bestraft

„Sie hat sich ganz gut gehalten", erklärte Resi ihrem Freund, nach dem Willkommenssex. „Spätestens bei der Korsettverschürung ihrer Beine hätte ich mit Widerstand gerechnet."

„Kann es sein, dass du dir bei deinem nächsten Opfer ein bisschen mehr Zeit lassen musst? Also beim Aussuchen?"

„Mach ich normalerweise ja auch", gab Resi motzig zurück. „Ich darf dich daran erinnern, dass du mir diese Frau überhaupt erst gezeigt hast. Ohne dich hätte ich bestimmt etwas Besseres gefunden."

„Wie sollte ich das ahnen? So, wie die gelebt hat, musste die Wandlung, die du mit ihr machen wolltest doch viel härter für sie sein. Gegensätzlicher geht es ja nun wirklich nicht mehr."

„Es hätte mir zu denken geben sollen, dass sie sich alle Haare hat entfernen lassen. Das machen Frauen, die auf Opas stehen normalerweise nicht."

„Hast du Statistiken gelesen? Oder woher weißt du das?"

„Gefühl. Instinkt."

„Na super. Dann hätte dein Instinkt dich eben auch vor meiner Empfehlung warnen sollen."

„Hat er aber nicht. Egal. Die zwei Monate waren trotzdem ganz amüsant. Hab ich dir schon erzählt, dass Doris mich während der Autofahrt befriedigt hat? Mit der Hand zwischen meinen Beinen. Auf dem Hinweg und auf dem Rückweg. Ich kapier das nicht. Hat die sich so im Griff oder will die das in Wirklichkeit sogar alles? Was meinst du?"

„Ich kann dich beruhigen. Da gibt es für mich nichts zu überlegen. Die spielt dir was vor. Die wartet nur auf ihre Chance und versucht bis dahin möglichst wenig zusätzlichen Schaden zu nehmen. Da geh ich jede Wette."

„Na hoffentlich. Ich bin schon gespannt, wie sie reagiert, wenn ich nächste Woche diese Tattoo-Zeitschrift herum liegen lasse. Das sollte sie eigentlich endlich aus der Reserve locken."

„Wieso? Die weiß doch, was für Fotos ihr gemacht habt."

„Das schon. Die weiß aber nicht, was ich in ihrem Namen für ein Interview abgegeben habe."

„Erzähl. Das kenn ich ja noch gar nicht."

Fünf Minuten später, als sie ihm die Highlights erzählt hatte, war ein breites Dauergrinsen auf seinem Gesicht, was Resi mit Genugtuung wahrnahm.

„Komm lass uns ins Bett gehen und noch ein bisschen bumsen. Ich weiß jetzt, wie ich ihre Beine gestalte. Das wird ein langer Tag morgen. Dafür brauche ich jetzt Tiefenentspannung", fügte sie feixend hinzu.

Wie immer konnte er nicht widerstehen.

Damit musste sich Doris schon zum fünften Mal an dem Tag Resis Lustschreie anhören. Nymphomaninnen waren nichts gegen diese Frau.

Als sie an den zurückliegenden Tag dachte, der zumindest keine weitere Zerstörung ihres Körpers gebracht hatte, überkam sie der Anflug einer Enttäuschung. Sie war sich zwar nicht sicher gewesen, aber sie hatte zumindest gehofft, dass sie durch ihre Bereitwilligkeit, Resi zu befriedigen zumindest eine kleine Hafterleichterung bekommen hätte.

Stattdessen hatte Resi sie nur kurz auf Toilette geschickt und ihr dann früher als sonst befohlen, sich bettfertig zu machen. Doris musste ihre Unterschenkel und Füße also in die Streckrohre einschließen und sich danach selber ans Bett ketten. Die Schlüssel zu den Vorhängeschlössern hatte Resi wieder einmal lächelnd in eine kleine Schüssel gelegt, die zwar nicht weit entfernt von Doris Bett stand, aber trotzdem absolut unerreichbar war. Wieder einmal schlief sie mit der ewigen Ungewissheit über die Quälereien des nächsten Tages ein.

„Genug gefrühstückt, Doris."

Doris fasste es genau so auf, wie es wohl auch gemeint war. Ihre Hände waren links und rechts an den Seiten des Tisches befestigt. Ihre Beine waren in gleicher Weise an den

Tischbeinen angekettet. Zudem hatte sie schon wieder die Latexhaube auf. Ihr „Frühstück" hatte daraus bestanden, dass Resi ihr ein Glas mit irgendeiner undefinierbaren Flüssigkeit, nebst Strohhalm vor die Nase gestellt hatte und sich dann deutlich vernehmlich mit ihrem Freund vergnügt hatte. Nicht etwa irgendwo im Haus, sondern direkt gegenüber von Doris.

„Denk dran meine Geliebte", hatte Resi sie aufgefordert, „immer, wenn du an dem Strohhalm saugst, möchte ich die beiden Spitzen deiner Zunge zwischen deinen herrlichen schwarzen Lippen sehen."

Wenn Doris die Geräusche richtig deutete, und darin war sie inzwischen ziemlich gut trainiert, dann brachte jedes Saugen am Strohhalm zusätzlichen Lustgewinn bei Resi und ihrem Freund, von dem Doris nach wie vor nicht die geringste Idee hatte. Kein Foto, keine Kleidung. Noch nicht einmal ein Rasierpinsel war von ihm zu sehen.

Jetzt merkte sie, wie ihre Fesseln gelöst wurden und wie sie zum Behandlungsstuhl – als sie lag musste sie sich korrigieren: Behandlungsliege – gebracht wurde. Diesmal wurde sie, bäuchlings liegend, bis zur nahezu völligen Bewegungslosigkeit angekettet.

„Die Haube behältst du heute übrigens den ganzen Tag auf. Mein Freund will ab und zu mal vorbeischauen, wie es wird. Mir ist das zu lästig jedes Mal einen Aufstand zu machen. Also bleibst du einfach blind. Du hast hoffentlich nichts dagegen?"

Gegen ihren Willen musste Doris mit sich selber ringen. Obwohl Resi mit dem gestrigen Tag doch eigentlich ganz zufrieden sein konnte, wurde sie strenger behandelt als in den meisten Tagen davor. Jetzt kam auch noch dieser elende Sarkasmus dazu. Natürlich hatte sie etwas dagegen blind zu sein. Nur brachte ihr das so verdammt wenig. Wenn Resi doch nur endlich einen winzigen Fehler machen würde…

Zu ihrer Überraschung merkte Doris, wie ihr Kopf gelöst wurde. Statt aber die anderen Fesseln ebenfalls zu lösen wurde ihr ein Knebel in dem Mund geschoben, der über den üblichen Nackenriemen und einen zusätzlichen Kinnriemen am Herausrutschen gehindert wurde.

„Jetzt weiß ich wenigstens, warum du nicht mit mir reden willst, meine Liebe", erklärte Resi, während sie Doris Kopf wieder fixierte.

Danach zeichnete sie sorgsam Doris erstes Bein an und fing dann an, zwei Reihen schwarz glänzende Ringe zu tätowieren. Die beiden so entstehenden Linien lagen relativ weit außen an der Rückseite des Beines. Nur an der Kniekehle rutschten sie enger zusammen. Resi hatte keine Lust auf die ganze Arbeit, die sie sonst beim Hin und Herschieben der Haut gehabt hätte, um die beiden Sehnen am Knie nicht zu verletzen.

Als sie endlich den letzten Ring gestochen hatte, war es bereits Mittag geworden.

„Ich geh mich mal kurz entspannen. Schön liegen bleiben, meine Schöne."

Doris hätte sich so gerne die Ohren zu gehalten. Aber es ging natürlich nicht.

Nach Ende der Pause wiederholte Resi die gleich Prozedur an dem anderen Bein. Nur dauerte es dieses mal noch ein bisschen länger, da sie ihren Freund gebeten hatte mitzukommen und ihren Rücken zu massieren. Das fiel dann phasenweise ziemlich lustvoll aus, so dass Resi immer wieder kleine Pausen machen musste.

Dann endlich wurde Doris von ihren Fesseln und dem Knebel befreit.

„Du kannst jetzt langsam versuchen, deinen Kiefer wieder in Gang zu bringen, Doris", erklärte Resi ihr, während sie Doris schon wieder an dem Tisch im Hof festband. Wie am Morgen saß Doris mit auseinander gezogenen Beinen und auseinandergezogenen Armen am Tisch. Und wie am Morgen hatte sie wieder einen Drink vor sich stehen, den sie nur mit einem Strohhalm zu sich nehmen konnte.

„Wann nimmst du mir denn die Maske wieder ab?"

„Sobald die Rückseite deiner Beine fertig ist. Wenn du tapfer bist, wird das morgen Abend der Fall sein. Das bedeutet, dass du dir das Ergebnis übermorgen anschauen darfst. Ich bin mir sicher, du wirst begeistert sein."

Die Fertigstellung der Tätowierung am nächsten Tag war die reine Tortur. Sobald Resi in die Nähe der frisch gestochenen Ringe kam, wurden die Schmerzen für Doris so stark, dass Resi jedes Mal lächeln musste und sich besonders viel Mühe gab, sorgsam und langsam zu arbeiten. Das hatte sich Doris ihrer Meinung nach redlich verdient. Diese ewige Selbstbeherrschung musste einfach endlich mal gebrochen werden. Bisher hatte sie einfach viel zu viel Rücksicht genommen. Sehr langsam entstand ein breites Seidenband, das die Ringe miteinander verband und sich, wie eine Korsettschnürung immer wieder kreuzte.

Resi konnte sich nicht satt sehen. Wenn sie nicht schon den Dschungeltiger auf Doris Rücken gestochen hätte, wäre sie vermutlich auf die Idee gekommen ihr dort ebenfalls ein Korsett zu stechen oder vielleicht noch besser, sie in ein echtes Korsett zu stecken, dass sie dann von Tag zu Tag immer enger geschnürt hätte. Dazu dann vielleicht noch einen richtig unpraktischen Reifrock…

Sie verwarf den Gedanken. Bei Doris war es dafür zu spät. Das würde sie bei ihrem nächsten Opfer ausprobieren.

Als sie Doris zweites Bein endgültig fertig hatte, war die Sonne bereits untergegangen und Doris sichtbar am Rande ihrer Kräfte. Resi schickte sie noch auf die Toilette und dann ins Bett, wo sich Doris brav anschnallte und die Schlösser einrasten ließ. Die Prozedur wurde von Resi mit Interesse beobachtet, da Doris normalerweise auf dem Rücken liegen musste, war das Anschnallen in der Bauchlage ziemlich ungewohnt. Zudem noch mit der blickdichten Maske.

Durch die beiden zurückliegenden Tage und Bilder, wie dem, das sie jetzt sah, hatte Resi wieder richtig Lust bekommen, an Doris weiter zu arbeiten. Wie immer legte Resi die Schlüssel neben Doris Bett in ein kleines Schüsselchen. Und wie immer waren die Schlüssel für Doris absolut unerreichbar. Diesmal konnte sie das Schälchen zwar nicht sehen, aber nachdem Resi die Schlüssel noch ein bisschen in der Schüssel bewegt hatte, war sich Resi sicher, dass Doris an nichts anderes denken würde.

Sie wäre am liebsten direkt eingeschlafen. Alleine, um die Schmerzen in ihren Beinen vergessen zu können. Nur konnte sie sich das nicht zugestehen. Nicht an diesem Abend. Stattdessen hörte sie Resi zu, wie sie provokativ mit den Schlüsseln in dem unerreichbaren Schälchen spielte. Danach hörte sie ihr zu, wie sie von der Zimmertüre aus noch ein „Schlaf gut meine Schöne" hauchte. Sie zwang sich, weiterhin bewegungslos liegen zu bleiben, bis sie die ersten Sexgeräusche hörte.

Dann drehte sie sich, so weit es die Fesseln zu ließen, mit dem Rücken zur Wand und schob ihre ungefesselte Hand langsam, nach der Bettkante suchend vor. Die Idee, ihren rechten Arm nicht richtig zu fesseln war ihr erst im letzten Moment gekommen. Sie glaubte zu spüren, dass Resi von dem langen Tag ähnlich fertig war und dass Resi ihr nichts mehr zu traute. Aber da hatte sich Resi getäuscht. Doris glitt automatisch ein Lächeln aufs Gesicht. Sie rutschte jetzt möglichst nah an die Bettkante und machte sich dann sehr langsam und vorsichtig mit ihrem freien Arm auf die Suche nach der Schüssel. Das letzte, was ihr jetzt passieren durfte, war ein verräterisches Geräusch.

Auch nach einer gefühlten Ewigkeit, hatte sie noch nichts gefunden. Erst beim Gedanken, dass ihr die Augen jetzt wirklich helfen könnten, fiel ihr ein, dass sie die Maske mit einer Hand zwar nicht ganz einfach vom Kopf bekommen würde, aber es würde in jedem Fall gehen. Also fuhr sie sich mit den Fingern unter den Maskenrand, der sich an ihren Hals anschmiegte und zog ihn mit einer einzigen entschlossenen kräftigen Bewegung über ihr Kinn nach oben. Schneller, denn jemals erwartet, rutschte die Maske vom Kopf.

Nachdem sich ihre Augen an das Dämmerlicht gewöhnt hatten, erkannte sie ihren Fehler. Die Schüssel stand wesentlich weiter am Kopfende, als sie gedacht hatte. Zudem lag sie selber auch noch viel weiter unten im Bett, als sie geglaubt hatte. Also rutschte sie die paar Zentimeter, die es die Fesseln erlaubten nach oben und streckte dann die Hand gezielt zur Schüssel aus. Sie konnte so gerade eben mit zwei Fingern den Schüsselrand greifen.

Zweimal tief einatmen und ausatmen und dann musste sie es einfach riskieren. Es gab ohnehin keinen Weg mehr zurück. Langsam und mit äußerster Konzentration hob sie die Schüssel an und beugte langsam den Ellenbogen, um die wertvolle Beute über die Matratze zu bekommen. Als sie spürte, wie ihr die Schüssel langsam entglitt riss sie ihre Hand reflexartig an sich. Das Klirren der Schlüssel wurde von Resis Lustschreien übertönt. Mit unendlicher Freude betrachtete Doris die vor ihr ausgebreiteten Schlüssel.

Danach war geduldiges Probieren angesagt. Ihr zweiter Arm, das Schloss, das ihren Keuschheitsgürtel mit der Kette verband, die an der Wand befestigt war. Langsam, aber sicher arbeitete sie sich durch. Als letztes zog sie die beiden Rohre von ihren Unterschenkeln. Das neue Tattoo nahm sie dabei nur nebenbei war. Es gab wichtigeres.

In dem Moment, in dem sie die Rohre zur Seite legte und damit ihre letzte Fessel, zu der Schlüssel in der Schale gelegen hatten, losgeworden war, verstummten Resis Schreie. Gleichzeitig wurde Doris klar, dass sie keine Idee hatte, wie sie ungesehen aus dem Haus kommen konnte. Glücklicherweise war Resi noch nie in Doris Zimmer gekommen, nachdem sie am Bett fixiert worden war. Warum sollte sie damit gerade jetzt anfangen?

Trotzdem horchte Doris auf jeden Schritt der beiden. Immer, wenn wieder Ruhe einkehrte, konzentrierte sie sich auf ihre Flucht. Im Schrank hingen ein paar Sachen, mit denen sie zumindest ihren nackten Körper ein bisschen verhüllen konnte. Öffentlichkeitstauglich waren die Sachen nicht, was aber auch nichts machte, denn damit würde sie es nur umso schneller zur nächsten Polizeistation schaffen. Aus Angst, die Schranktüre würde quietschen, obwohl sie bisher immer absolut lautlos war, zwang sich Doris geduldig bis zum nächsten Sex zu warten. Erfahrungsgemäß kam noch mindestens eine Nummer.

Auf Zehenspitzen schlich sie zu einem der vergitterten Fenster. Bisher hatte sie noch keine Gelegenheit gehabt, zu prüfen, ob sie es trotz des Gitters als Fluchtmöglichkeit nutzen konnte, oder ob sie über die Treppe, vorbei am Schlafzimmer der beiden, fliehen musste. Das Wichtigste würde sein, absolut leise zu fliehen. In aller Ruhe über das Dach spazieren oder ähnliches würde garantiert bis in den Keller zu hören sein. Abgesehen davon, stellte sie jetzt fest, war an dem Gitter ohnehin nirgendwo ein Verschluss zu sehen. Vielleicht musste sie einfach nur bis tief in die Nacht warten. Wenn die beiden in der Tiefschlafphase waren, hätte sie bestimmt die besten Chancen.

Endlich fing die nächste Nummer an. Doris genehmigte sich einen Blick in den Schrank. Resi hatte am Morgen noch umgeräumt. Zumindest hatte Doris die Geräusche so gedeutet. Resi hatte ihr ausschließlich Kleider oder besser gesagt Kleidchen in den Schrank gehängt. Alles war restlos aus Latex gefertigt und ausgesprochen farbenfroh. Etwas „schlichtes" Schwarzes war nicht zu sehen. Immerhin waren die Kleider so geschnitten, dass ihre Brüste und der Hintern bedeckt waren, wenn die Ausschnitte auch ziemlich groß und der Rocksaum ziemlich hoch war. Doris griff sich das erste beste Kleid. Es war an den Seiten tiefrot und hatte vorne und hinten einen durchgängigen breiten himmelblauen Streifen. Um nicht weiter auf den Zehenspitzen herumlaufen zu müssen, nahm sie sich dazu die einzigen Stiefel mit einigermaßen stabilem Absatz. Das ersparte ihr immerhin die Flucht auf Stilettos. Damit war sie eigentlich "ausgehfertig". Den Geräuschen nach fand der Sex langsam zu seinem Höhepunkt. Die beiden hatten sich einen Raum auf ihrer Etage ausgesucht, der auf der anderen Seite des langen Flures lag.

Doris überlegte einen kleinen Moment, schmiss dann ihren Plan bis in die tiefe Nacht zu warten über Bord und öffnete vorsichtig die Türe zum Flur. Wenn sie es jetzt durchziehen wollte, dann zügig. Den Schreien nach hatte sie noch eine oder zwei Minuten Zeit. Kaum hatte sie das zu Ende gedacht, da hatte sie auch schon die Türe hinter sich geschlossen und ging vorsichtig die Treppe hinunter. Noch ein paar Schritte bis zur Haustüre, die hoffentlich nicht abgeschlossen war. Der Weg zurück wäre nämlich nicht mehr möglich gewesen, da Resi gerade ihren Orgasmus herausschrie.

Die Türe ließ sich öffnen. Danach ging Resi am Haus entlang und direkt in ein angrenzendes Maisfeld. Sie zwang sich zur Ruhe. Ihre Flucht würde erst am nächsten Morgen bemerkt werden. Jetzt galt es einfach nur unauffällig von dem Haus weg zu kommen. Bewegungen im Maisfeld konnten sie wegen der inzwischen komplett eingebrochenen Nacht nicht verraten. Sie musste einfach nur gehen und dabei die Richtung beibehalten. Glücklicherweise hatte der Bauer genau in die Richtung gesät, in die Doris gehen wollte. Damit standen die Pflanzen links und rechts Spalier. Ab und zu hörte sie die Geräusche von Autos, die auf der Landstraße entlang fuhren. Den Gedanken, dort hin zu gehen, verwarf sie schnell wieder. Zum einen konnte es durchaus sein, dass die Leute aus Angst vor einer Falle gar nicht anhielten und zum anderen wollte sie in ihrem Outfit niemanden mitten in der Nacht auf falsche Gedanken bringen. Sie wollte lieber möglichst weit zu Fuß gehen und dann bei hellem Tag an irgendeiner belebten Stelle auf sich aufmerksam machen. Und wenn sie sich auf eine Kreuzung legen würde. So würde sie niemals in falsche Hände geraten und ziemlich schnell zur Polizei gebracht werden.

Inzwischen hatte sie das Feld verlassen und ging über einen Feldweg einfach immer weiter. Als ihre Füße zu sehr schmerzten und sie sich sicher war, dass schon bald die ersten Anzeichen des Sonnenaufganges am Horizont erscheinen würden, setzte sie sich auf ein kleines Mäuerchen und massierte sich ihre Beine und Füße. Jetzt musste sie nur noch auf den neuen Tag warten und dann war sie endgültig gerettet.

Ermitteln

„Hallo Jasmin, hier ist Josef. Alles klar bei euch da oben?"

Die Kommissarin brauchte weniger als einen Wimpernschlag, um die Stimme des Kollegen mit dem typischen bayrischen Akzent wiederzuerkennen. Nicht zuletzt deshalb, weil es sonst niemanden aus der Gegend gab, der sie geduzt hätte.

„Josef. Ich kann nicht klagen. Und selbst? So langsam müsste die nächste Saison anfangen. Oder?"

„Das hat noch ein bisschen Zeit. Aber wir sind zuversichtlich, dass sie kommen wird. So, wie jedes Jahr."

„Na dann..." Ihr fiel nichts ein, was sie an Smalltalk noch hätte beitragen können.

„Aber gerade, weil wir noch nicht so viel zu tun haben, rufe ich an. Du erinnerst dich, dass ich von einem unaufgeklärten Fall bei uns gesprochen habe?"

„Natürlich. Eine Messerstecherei."

„Richtig. Die hohen Herren aus München haben sich tatsächlich dazu herabgelassen, mich auch mal ein bisschen recherchieren zu lassen. Nach dem Motto: Ein neuer Kopf findet vielleicht eine neue Spur. Unverstellter Blick und so."

„Ja... Soll manchmal helfen."

Die Kommissarin hatte noch keine Idee, worauf das hinauslaufen sollte.

„Also: Jetzt kommt meine Spur. Der Mann stammte aus eurer Stadt. Das hatten die Kollegen natürlich auch herausgefunden. Der Mann arbeitete in einer Privatdetektei. Das hatten die auch rausgefunden. Aber, dass er scheinbar eure vermisste Frau Schweigerl kannte, das haben die nicht als Spur angesehen. Na? Ist das was?"

Die Kommissarin musste kurz schlucken, bevor sie antworten konnte.

„Hört sich zumindest so an, als ob man da einen zweiten Blick drauf werfen sollte. Messerstecherei und verschwundene Person. Kann Zufall sein, kann aber auch der Anfang einer Spur sein."

„Ja? Meinst du auch?" Die Freude in seiner Stimme war unverkennbar. „Das heißt, du würdest die Spur bei euch verfolgen?"

„Du weißt, dass ich das nicht alleine entscheiden kann. Wir haben den Fall Schweigerl zu den Akten gelegt. Aber mein Chef weiß auch, was eine Spur ist und was keine ist. Wurde die Detektei denn nicht befragt?"

„Doch. Aber der Oberdetektiv, also der Chef der Detektei, hat erklärt, dass sein Mann Urlaub hatte."

„Und das war es dann? Jetzt sag nicht, dass die einfach mal angerufen haben."

„Nun... Also, wenn ich das hier richtig lese..."

Die Kommissarin stützte ihre Stirn gegen den Handballen und schüttete den Kopf.

„Nun gut. Wir machen alle unsere Fehler. Pass auf. Fax mir das Wichtigste hoch. Würde mich sehr wundern, wenn ich da nicht mal einen Tag investieren dürfte."

„Super. Wir hören voneinander. Tschau Jasmin und grüß den Günther von mir."

„Mach ich. Bis dann Josef."

„Ach komm", entgegnete der. „Immer diese Förmlichkeiten. Sag einfach Seppl."

Bevor sie antworten konnte, hatte er bereits aufgelegt.

Kaum eine Stunde später stand sie mit Rednich in der Detektei. Der Inhaber, ein gewisser Berger, hatte am Telefon den in Aktenbergen versinkenden eifrigen Ermittler gegeben und einen Termin in der Folgewoche vorgeschlagen. Ein Blick zu Rednich, der mitgehört hatte, hatte ihr Gefühl bestätigt, dass da etwas im Busch sein konnte. Also hatte sie den Termin angenommen, ihre Jacke gegriffen und war mit ihrem Partner sofort losgefahren.

Der rothaarige Mann mit dem zerzausten Bart rang sichtlich um Fassung, als er ihre Ausweise studierte.

„Wir hatten doch gerade erst einen Termin für nächste Woche vereinbart."

„Richtig, Herr Berger, aber manchmal zwingen einen die Tatsachen zu schnellerem Handeln. Ich nehme an, dass Ihnen das nicht fremd ist?"

„Doch ist es", behauptete er tapfer, während er sich bemühte seinen Rücken wieder in eine aufrechte Position zu bringen. Ihm war scheinbar aufgefallen, dass seine Körperhaltung nicht geeignet war, um Selbstsicherheit auszustrahlen. „Unsere Ermittlungen beruhen im Wesentlichen auf langfristig angesetzten Observationen. Viel im Auto sitzen, viel im Cafe sitzen. Solche Sachen. Hektik würde die observierten Personen nur auf uns aufmerksam machen."

„Ah, ich verstehe. Hört sich wirklich nach mühevoller Arbeit mit wenig Abwechslung an. Ihr verstorbener Mitarbeiter hatte allerdings wenigstens eine Observation, die ihn in die Alpen geführt hat. Ist doch immerhin etwas."

Als für einen kleinen Moment jegliche Spannung aus dem Gesicht ihres Gegenübers fiel, hätte die Kommissarin jubeln können. Das war immer das Aufregende an Überraschungsangriffen. Wenn sie nicht gelingen hat man niemals eine zweite Chance. Wenn sie allerdings gelingen war es das Beste, was man haben konnte.

„Kommen Sie doch bitte in mein Büro. Ich darf vorausgehen?" bot der Detectiv an.

„Also gut Herr Berger", eröffnete die Kommissarin das Gespräch, nachdem sie Platz genommen hatten, „es hat bei den polizeilichen Ermittlung wohl eine kleine Panne gegeben. In den Akten ist vermerkt, dass Ihr verstorbener Mitarbeiter, Herr Berg, in Urlaub war. Dadurch ist die ganze Ermittlung auf eine ausgeuferte Rauferei geleitet worden. Wenngleich die Art der Verletzung schon ziemlich untypisch für das Ende einer Rauferei ist."

Den Detektiv juckte es sehr nachhaltig im Bart. Wenn er wenigstens einen vollen Bartwuchs hätte, ging es der Kommissarin durch den Kopf. So sah es nur umso erbärmlicher aus, als er sich kratzte.

„Können Sie dazu beitragen, wie es dazu kommen konnte, dass Sie die Kollegen nicht aus eigenen Stücken auf die Observierung hingewiesen haben?" wollte sie wissen. „Ich meine, Sie sind doch selber vom Fach."

„Wir haben unseren Kunden gegenüber natürlich eine Verschwiegenheitspflicht."

Wirklich fest war die Stimme, mit der er das erklärte nicht. Bevor sie auf die Antwort eingehen konnte, schlug Rednich mit der flachen Hand auf den Tisch. Das kam so überraschend, dass nicht nur Berger, sondern auch die Kommissarin zusammenzuckte.

„Kommen Sie uns doch nicht auf die Tour! Sie hatten ihren Mitarbeiter zur Observation von Frau Schweigerl nach Bayern geschickt. Während dieser Observation wird er erstochen und Frau Schweigerl kommt mit deutlich verändertem Aussehen zurück, um dann kurze Zeit später endgültig von der Bildfläche zu verschwinden. Das Gleiche gilt für ihren Gatten, der sich nach Südamerika abgesetzt hat. Tun Sie jetzt bitte nicht so, als ob Ihnen diese Zusammenhänge nicht aufgefallen wären!"

Jetzt juckte es den Detektiv auch noch auf der Kopfhaut.

„Es wurde wertvolle Zeit verloren", setzte Rednich mit unverminderter Eindringlichkeit nach. „Ich kann Ihnen nur raten, jetzt sofort alle Karten auf den Tisch zu legen. Oder machen wir irgendwie den Eindruck, dass wir es nicht ohnehin herausbekommen würden?"

In der nachfolgenden Stille konnten die beiden Kommissare mit ansehen, wie bei Berger langsam aber sicher immer mehr Risse in seiner ohnehin mittelmäßigen Fassade auftauchten. Die beiden Kommissare kannten die Situation aus anderen Verhören. Beide würden jetzt schweigen, bis Berger anfangen würde zu reden. Und sie waren sich sicher, dass das bald passieren würde.

Immer, wenn er den Blick hob, sah er die Augenpaare der beiden Kommissare abwartend auf sich gerichtet. Die schienen alle Zeit der Welt zu haben und die schienen vor allem ziemlich viel zu wissen. Er steckte jetzt also genau in der Situation, die es normalerweise zu vermeiden galt. Wieviel Wahrheit musste er sagen? Wo war die Grenze? Gab es überhaupt eine Grenze? Schwer zu sagen. Eigentlich hatte er sich die Woche bis zu dem Gespräch genau darauf vorbereiten wollen.

Endlich ging die Türe auf und seine Sekretärin kam herein.

„Kann ich etwas zu trinken bringen?"

Statt einer Antwort zog die Kommissarin ihr Handy heraus und tippte auf eine eingespeicherte Nummer. Sie wartete, bis die Verbindung zustande gekommen war und legte dann sofort ohne Begrüßung los.

„Unser Verdacht hat sich bestätigt. Wir warten hier, bis Sie mit dem Durchsuchungsbeschluss kommen."

Danach wartete sie noch kurz die Antwort ab, steckte das Handy dann wieder weg und wendete sich zu der Sekretärin.

„Ich könnte während der Wartezeit einen Kaffee vertragen. Vielen Dank."

Nachdem die Sekretärin das Büro mit kreidebleichem Gesicht verlassen hatte, verfielen die beiden Kommissare wieder in ihr Schweigen.

„Hören Sie", brach es schließlich aus Berger heraus, „wenn Sie jetzt mit lauter Uniformierten anrücken, kommt die Arbeit hier völlig zum Erliegen."

„Das ist richtig. Und zwar nicht nur heute. Ihre gesamte EDV wird gleich eingepackt und bei uns akribisch gesichtet. Das dauert ein bisschen. Was soll ich Ihnen sagen? Es besteht der starke Verdacht, dass Sie wichtige Informationen bei einem Tötungsdelikt zurückgehalten haben. Wenn sich der Tod Ihres Mitarbeiters als ein Mord in Zusammenhang mit der Observation herausstellt, wird das für Sie sehr, sehr unangenehm."

„Okay. Er hat observiert. Allerdings war das ein vollkommen harmloser Fall. Da kann keine Verbindung zu seinem Ableben existieren. Sagen Sie mir, was Sie wissen wollen. Ich werde Ihnen antworten. Aber bitte halten Sie Ihre Kollegen zurück. Ich verspreche Ihnen, dass Sie im Gespräch mit mir wesentlich schneller an die Informationen kommen, die Sie haben wollen."

Die Kommissarin zog, nachdem sie sich bei Rednich mit einem Blick sein Einverständnis geholt hatte, wieder ihr Handy hervor und setzte die Aktion bis auf Widerruf aus.

„Sie haben gehört, dass ich nichts abgeblasen habe. Die Kollegen können jederzeit starten", erklärte sie dem Detektiv. „Und das ist unwiderruflich der Fall, wenn wir den Eindruck haben, dass Sie uns etwas vorenthalten oder uns an der Nase herumführen. Habe ich mich klar ausgedrückt?"

„Alles klar. Und danke. Tja. Dann fange ich am besten am Anfang an?"

„Das ist immer eine gute Idee."

„Frau Schweigerl macht diesen Urlaub in den Alpen jedes Jahr. Und jedes Jahr schicken wir einen Schatten hinterher. Ihr Gatte hatte nämlich immer Angst, dass sie einen heimlichen Liebhaber hatte."

„Und? Hatte sie?"

„Nein. Sie blieb immer alleine und machte auch nie den Versuch, Männerbekanntschaften zu machen. Ihr Tag da unten bestand aus Wandern und Spielkasino. In der Regel hat sie verloren, was ihrem Mann allerdings herzlich egal war."

„Und was hat Herr Berg aus diesem speziellen, letzten Urlaub gemeldet?"

„Alles lief wie immer, bis sich kurz vor Ende des Urlaubes eine andere Frau zu Frau Schweigerl an die Bar gesetzt hatte. Scheinbar keine angenehme Bekanntschaft. Danach ist Funkstille. Berg hätte seinen nächsten Bericht dann erst hier abgegeben. Insofern war es für mich nicht verwunderlich, dass ich nichts von ihm gehört hatte. Und ja, Herr Berg war privat nicht immer ganz einfach. Beruflich korrekt bis in die Haarspitzen aber privat nicht immer."

„Wie äußerte sich das?"

„Er ließ sich reizen. Also nicht, dass er direkt aus der Haut fuhr. Das hätte er im Beruf nicht ablegen können. Es war mehr, dass er privat nicht der Geduldigste war. Vielleicht so eine Art von Ausgleich zum Beruf. Ich weiß es nicht."

„Warum haben Sie das den Kollegen nicht gesagt?"

„Weil mir am Telefon jeder sagen kann, dass er Polizist ist. Die haben für ihre Legitimation zwar ein Fax geschickt, aber so sicher ist das dann ja wohl auch nicht. Deshalb habe ich mich auf das Nötigste beschränkt. Wie gesagt, war ich selber der Auffassung, dass es nichts mit dem Fall zu tun haben konnte. Um ehrlich zu sein, hatte ich damit gerechnet, dass jemand von hier bei mir vorbeischauen würde. So wie Sie beide jetzt. Es kam aber nichts."

„Was hat Ihr Auftraggeber gesagt?"

„Der war sauer, dass die Observation unterbrochen war."

„Nachdem Ihr Mitarbeiter tot war?"

„Richtig", nickte Berger. „Und er hat mir klar gemacht, dass er kein Interesse hat, in dieser Angelegenheit an die Öffentlichkeit gezerrt zu werden."

„Lief der ganze Auftrag genau so ab, wie in den Jahren zuvor? Gab es eine Regelabweichung?"

„Allerdings. Die Observation begann schon vor dem Urlaub und sie wurde nach dem Urlaub noch ein paar Tage fortgeführt. Also natürlich von einem Ersatzmann. Als sich aber nichts Außergewöhnliches ergab, beendete Herr Schweigerl den Auftrag. Damit endete auch meine Zusammenarbeit mit ihm. Wie Sie wissen, siedelte er bald danach nach Argentinien um."

Als die beiden die Detektei eine Stunde später verlassen hatten, waren sie sich sicher, dass nicht nur der Tod des Beschatters mit großer Wahrscheinlichkeit mehr war, als ein zufälliger Streit, der eskaliert war. Sie waren sich auch sicher, dass das Verschwinden von Frau Schweigerl nicht freiwillig war.

Tiefpunkt

Doris wurde schlagartig wach, als sie das Auto hörte. Noch während sie sich hinter ein paar Büschen versteckte, verfluchte sie sich dafür, dass sie offenbar eingeschlafen war. Wie blöd konnte man sein? Sie befand sich auf der Flucht und es fiel ihr nichts Besseres ein, als einzuschlafen.

Das Auto konnte sie gegen die aufgehende Sonne nicht wirklich gut erkennen. Und sie konnte damit erst recht nicht erkennen, wer hinter dem Steuer saß. Hinter den Büschen fühlte sie sich sicher. Also einfach vorbeifahren lassen und dann weiter gehen und die belebte Kreuzung suchen. In einer Stunde würde sie das Schlimmste hinter sich haben.

Das Auto fuhr auffällig langsam. Zwar hatte der Feldweg seine beste Zeit schon länger hinter sich, aber so schlecht war er nun auch wieder nicht.

Was, wenn Resi doch gemerkt hatte, dass sie verschwunden war? Doris verwarf den Gedanken. Selbst wenn. Wie hätte Resi auf die Idee kommen können, dass sie gerade hier nach ihr suchen müsste? Absolut unmöglich.

Inzwischen war das Auto auf Doris Höhe angekommen. Es war irgendso eine Protzkarre, die wie ein Geländewagen aussah aber normalerweise nie etwas anderes als sauber asphaltierte Straßen sah. Einen Blick in das Gesicht des Fahrers konnte sie nicht werfen, da die Seitenscheiben zu stark getönt waren. Das Einzige, was sie erkennen konnte war, dass zwei Personen in dem Auto saßen. Und wenn sie sich nicht irgendetwas einredete, dann schauten die beiden in der Gegend herum.

Falls es tatsächlich Resi und ihr Freund waren, dann hatten sie Doris zumindest nicht entdeckt. Das Auto fuhr nämlich mit gleichem Tempo weiter. Immer noch ziemlich langsam, aber es fuhr. Doris war noch in Sicherheit. Sie musste sich das zwar ein paar Mal sagen, aber letztlich gab sie sich ihrer eigenen Argumentation geschlagen. Als das Motorengeräusch endgültig verschwunden war, zählte sie noch bis hundert und machte sich dann vorsichtig wieder auf den

Weg. Ab in den Sonnenaufgang. Weg von dem komischen Auto mit den komischen Insassen.

Der Weg führte sie entlang eines endlos scheinenden Maisfeldes. Bei der ganzen Strecke, die sie in der Nacht zurückgelegt hatte, konnte es nur ein anderes Maisfeld sein, als das, durch das sie ihre Flucht begonnen hatte. Sie erinnerte sich, dass sie sich am Mond, der glücklicherweise irgendwann hinter den Wolken hervorgekommen war, orientiert hatte. Irgendwas an dem Auto stimmte nicht. Es ging ihr einfach nicht aus dem Kopf. Zwar hatte sie keine Details erkennen können, aber trotzdem waren die Silhouetten zu erkennen gewesen. Die des Fahrers, der auf ihrer Seite gesessen hatte, rief irgendwas in ihrer Erinnerung wach.

„Hallo Schwesterherz."

Sie war, ohne sonderlich darauf zu achten an einer kleinen Kreuzung angekommen. Irgendjemand hatte eine Bank aufgestellt. Und auf dieser Bank saß niemand anderer als ihr Bruder.

„Na? Willst du mich denn nicht begrüßen?"

Alles was sie wollte, als der Schreck zumindest aufhörte immer mehr Adrenalin in ihre Adern zu pumpen, war: Wegrennen.

Schon beim ersten Schritt bekam sie einen Stromschlag über ihr Halsband und sie konnte nicht verhindern mit einem Schmerzschrei auf den Boden zu sinken.

„Das war nicht in Ordnung Doris. Wir haben uns wirklich Sorgen gemacht. Stell dir nur vor, du wärest hier draußen einem Verbrecher in die Arme gelaufen. Nicht auszudenken."

Doris fasste sich in dem sinnlosen Versuch, das Halsband abzunehmen, an den Hals. Zwar war das Halsband wieder abgeschaltet, sie machte sich aber keine Illusionen, dass ihr Bruder jederzeit wieder auf den Knopf drücken konnte. Das komplette Fehlen jeglicher Empathie hatte ihn schon immer Dinge machen lassen, die anderen nicht im Traum eingefallen wären.

„Ich dachte, du wärest in der Gewalt von Resi und ihrem Freund."

„Ach Doris. Wahrscheinlich war es gar nicht mal so falsch von dir, mir den Rücken zu kehren. Du hättest dabei bleiben sollen. Das meint zumindest Resi. Da du mich schon so lange nicht mehr gesehen hast, kläre ich dich jetzt mal schnell darüber auf, dass ich inzwischen ganz gute Fähigkeiten als Maskenbildner erlangt habe. Und damit du nicht zu lange rätseln musst, sage ich dir auch sofort, dass ich Resis Freund bin. Tolle Überraschung oder?"

Die Welt, die Doris so greifbar nah hatte, brach jetzt endgültig unter lautem Getöse in sich zusammen.

„Warum? Warum?"

„Ich konnte einfach nicht mit ansehen, wie du dich an diesen alten Typen weggeschmissen hast. Irgendwann brauchte Resi mal wieder ein neues Spielzeug. Und da kamst du mir in den Sinn. Warum nicht die schicke Doris? Ich dachte mir: Die liebe Schwester, die sich so hartnäckig wie eine Siebzigjährige kleidet und damit dem Wahn verfallen war, von diesen ganzen alten Leuten endlich anerkannt zu werden, diese liebe Schwester braucht mal dringend etwas Frisches. Also habe ich Resi von dir erzählt. Sie hat sich dein bedauernswertes Leben eine Zeitlang angeschaut und dann eines Tages meinte sie: ‚Wir machen das. Sie hat einen schönen Körper. Damit lässt sich einiges machen.' Du glaubst gar nicht wie stolz ich auf dich war. Von Resi als wertvoll empfunden zu werden, ist schon echt eine Hausnummer. Vielleicht zeigt sie dir ja irgendwann mal die Fotos von deinen Vorgängerinnen. Echte Schönheiten vor der Verwandlung und der Hammer nach der Verwandlung."

„Was redest du da? Ich verstehe überhaupt nichts."

Immerhin gelang es Doris wieder aufzustehen. In der Hand ihres grinsenden Bruders lag die Fernbedienung für dieses teuflische Halsband. Sie brauchte gar nicht erst zu versuchen, wegzulaufen. Er wartete nur darauf. Aus der Entfernung hörte sie wieder Motorgeräusche. Vielleicht doch noch Rettung?

„Mach dir keine Hoffnung Doris. Das ist Resi. Wir wollen dir die Freude machen, den Rückweg nicht zu Fuß antreten zu müssen. Wir fahren dich natürlich. Das hast du dir so ein bisschen auch verdient."

Als Doris das Auto erkannte, ließ sie resigniert den Kopf hängen. Die ganze Flucht war komplett umsonst gewesen. Und nicht nur das. Jetzt würde Resi vermutlich erst richtig loslegen. Resi ließ die Scheibe herunter und begrüßte sie lächelnd.

„Na, willst du mir denn keinen Kuss geben? Ich dachte, du wärest froh, dass wir dich gefunden haben. Einfach so weglaufen. Das macht man doch nicht."

Doris schaute nur verzweifelt zwischen den beiden hin und her.

„Na, dann eben ohne Kuss."

Resi hielt ein paar Handschellen hoch.

„Wenn du die bitte hinter deinem Rücken verschließen könntest? Und diesmal korrekt schließen. Dein kleines Brüderchen wird das gleich prüfen."

Alles, was Doris in der Nacht zurückgelegt hatte, war nach einer Viertelstunde Autofahrt wieder aufgehoben. Resi hakte eine Kette in das Halsband ein und führte Doris hoch in ihr Zimmer, wo sie die Kette mit einem der Wandhaken verband und sich dann an Doris Schrank zu schaffen machte.

„Ich habe mir gedacht: Wenn dir hier bei uns langweilig ist - ich wüsste nicht, weshalb du sonst abhauen würdest - dann sorge ich einfach mal dafür, dass du mehr Beschäftigung hast."

Sie nahm ein Paar Ballettboots aus dem Schrank, die Doris bisher immer nur angstvoll betrachtet hatte.

„Setzt dich mein Schatz. Da du deine Hände im Moment nicht gebrauchen kannst, helfe ich dir natürlich."

Langsam und mit einem permanenten Lächeln auf dem Gesicht, verschnürte Resi die Stiefel und befestigte sie mit Schlössern an dem Stahlband, das Doris unterhalb der Knie trug. Doris versuchte vorsichtig ihre gestreckten Füße anzuziehen und musste sofort feststellen, dass die Stiefel in dem Bereich versteift waren.

„Toll oder?" wollte Resi wissen. Sie musste wohl geahnt haben, was Doris gerade ausprobiert hatte. „Du kannst dein Fußgelenk so gut wie gar nicht bewegen."

Sie ließ ihre Worte bei Doris ein wenig sacken, bevor sie dann noch freudestrahlend anfügte.

„Du wirst diese Schuhe immer nur einmal in der Woche ausziehen dürfen. Ich bin mir sicher, du bist bald schon eine der besten Ballettbootwalkerinnen, die es jemals gegeben hat."

„Warum? Warum tust du mir das an? Ich habe dir nie irgendwas getan."

„Was soll das jetzt werden? Machen wir eine kleine Diskussionsrunde auf?"

„Sag es mir einfach. Warum?"

„Weil es mir Spaß macht. So einfach ist das."

„Aber das kannst du doch nicht einfach machen. Freiheitsberaubung ist strafbar."

„Na das fällt dir aber echt früh ein liebste Doris. Eigentlich hatte ich das an den ersten Tagen hier in deiner wunderschönen Unterkunft erwartet. Da ist aber nichts gekommen. Zumindest soweit ich mich jetzt erinnern kann. Ich habe das als klares Zeichen dafür angesehen, dass dir die Behandlung, die du von mir bekommst in deinem tiefsten Inneren Spaß macht. Obendrein ist die Behandlung ja sogar noch kostenfrei. Eine echte Gewinnsituation für dich."

Resi dachte einen Moment nach.

„Ach, weißt du was? Ich vergesse deinen Einwand von eben einfach und mache direkt heute mit dir weiter. Es gibt noch einiges zu tun. Nur jetzt im Moment musst du erstmal alleine zurecht kommen. Ich brauche nämlich dringend Sex. Ich bring dich noch schnell ins Spiegelzimmer. Damit du dich bewundern kannst."

Als sich die Türe hinter Resi geschlossen hatte, schaute Doris auf ihre Spiegelbilder. Das Tattoo, das an ihren beiden

Beinen herunter kroch war tatsächlich ein ewig langes Band, das sich immer wieder kreuzte und damit so aussah, wie eine Verschnürung. Nur gab es im Moment noch nichts, was dieses Band verschnürte. Doris war sich allerdings sicher, dass es Resi nicht all zu lange dabei belassen würde. In ein paar Tagen oder Wochen würden ihre Beine mit Sicherheit auch an den restlichen Flächen tätowiert sein. Die Frage war nur, ob die Unterschenkel, die jetzt fast vollständig in den Stiefeln steckten ebenfalls einbezogen wären oder nicht.

Auch, wenn sie nicht erwartete, die Stiefel öffnen zu können, untersuchte Doris die Stiefel etwas genauer. Das Obermaterial war glänzend rotes Lackleder. Die spitz zulaufenden Absätze verliefen nahezu parallel zur Sohle. Auf dem Weg in das Spiegelzimmer hatte Doris noch die Unterstützung durch Resi gebraucht. Trotzdem hatte sie schon festgestellt, dass ihre Zehenspitzen nicht so stark belastet waren, wie sie befürchtet hatte. Ein Teil ihres Gewichtes wurde vom Fußrücken abgefangen und zudem schienen die Zehen in einer Art Gelpolster zu liegen.

Als sich Doris wieder aufrichtete, sah sie, dass ihre momentane Körperhaltung mit Sicherheit nicht zu Resis Zufriedenheit sein konnte. Sie glich eher einem Fragezeichen, als einem hoch aufgerichteten geraden Strich. Ihr sollte es egal sein. Zeit zum Üben hatte sie schließlich reichlich. Sie hatte keinen Grund daran zu zweifeln, dass Resi sie tatsächlich so gut wie gar nicht mehr aus den Schuhen herauslassen würde. Die Schlösser jedenfalls, die Resi angebracht hatte, sprachen eine eindeutige Sprache.

Inzwischen klangen die Schreie, mit denen Resi ihren Orgasmus immer untermalte so langsam ab und Doris konnte sich darauf einstellen, einen weiteren Besuch ihrer Peinigerin zu bekommen.

„Hi, meine Liebe da bin ich wieder. Wo waren wir denn noch gleich stehen geblieben?" plapperte sie los, während sie Doris wieder in ihr Zimmer brachte. „Ach richtig. Wir sprachen darüber, wie gut es dir hier doch eigentlich geht."

Ohne auf Doris Reaktion zu warten, setzte sich Resi gemütlich zurecht und forderte Doris auf, weiterhin stehen zu bleiben.

„Du musst dich schließlich an diese geilen Stiefel gewöhnen."

Um dem Stress aus dem Weg zu gehen, der garantiert kommen würde, wenn sie sich wieder so schlecht halten würde, wie ein paar Minuten zuvor, gab sich Doris alle Mühe, die Knie und die Hüften einigermaßen durchzudrücken. Dabei musste sie automatisch anfangen hin und her zu trippeln, um nicht hinzufallen.

„Na, das sieht doch schon richtig gut aus", rief Resi freudig aus und klatschte dabei sogar noch in die Hände. Doris machte sich mental ein weiteres Häkchen unter dem Punkt: Resi ist wahnsinnig und realitätsfern.

„Wirklich. Das ist gut. Warte mal, bis ich dich morgen an eine längere Kette hänge. Ich glaube, du wirst das ziemlich schnell hin bekommen. Oder was meinst du?"

„Wenn du meinst…"

„Das hört sich aber nicht besonders enthusiastisch an. Denk doch nur mal an das ganze Geld, das du als Model machen kannst, wenn du in solchen Schuhen gehen kannst, wie andere in flachen Schuhen. Du wirst mir noch dankbar sein."

Am liebsten hätte Doris ihr erklärt, wie bekloppt sie war. Die Wiederholung der Antwort „Wenn du meinst" mit besonders gelangweilter Betonung wäre sicherlich auch ziemlich passend gewesen. Dann riss sie sich doch zusammen und meinte.

„Hört sich interessant an. Aber ich dachte, es gibt schon einige Models, die mit solchen Schuhen im Internet zu sehen sind."

„Konkurrenz belebt das Geschäft. Mach dir keine Sorgen. Du wirst die beste sein. Zur Not bringen wir die anderen eben um."

Meinte die das jetzt Ernst?

„Du müsstest dein Gesicht sehen, Liebchen. Natürlich bringen wir die nicht um", beruhigte Resi sie, „ein gebrochenes Bein reicht schließlich auch."

Bevor sie Resi zu noch mehr Äußerungen dieser Art brachte, zog Doris es vor weiter vor sich hin zu trippeln und mit ihrem Gleichgewicht zu kämpfen. Als sie gerade glaubte, dass von Resi nichts mehr kommen würde, fing sie wieder an.

„Du hast noch gar nichts zu der Überraschung mit deinem Bruder gesagt. War das nicht super? Gib zu, du hast die Bilder, die ich dir gezeigt hatte für echt gehalten."

„Allerdings habe ich das. Vielleicht weißt du es nicht, aber wir standen uns nicht sonderlich nahe. Trotzdem hatte er es nicht verdient so gefoltert zu werden, wie es auf den Bildern aussah."

„Ja", stimmte Resi ihr freudestrahlend zu, „die hat er echt sehr gut gemacht. Das muss ich auch anerkennen. Wenn ich es nicht besser gewusst hätte, wäre ich wohl auch drauf reingefallen." „Das mit eurer abgekühlten Beziehung", schickte sie hinterher, „ist alleine eure Sache. Das interessiert mich nicht. Behalte das also in Zukunft für dich. Was deinen Bruder angeht zählt für mich in erster Linie der außerordentlich gute Sex, den er mir liefert."

Doris konzentrierte sich wieder aufs Trippeln.

„Beim Sex", eröffnete Resi ihr dann, „kommst du im Moment ja ein bisschen kurz. Aber das soll sich jetzt ändern. Das hätte ich fast vergessen. Als zweite Maßnahme zu deiner Motivation werde ich dir jetzt deinen Keuschheitsgürtel abnehmen."

Bevor Doris wusste, was ihr geschah, hatte Resi die Schlösser geöffnet und den Gürtel beiseite gelegt. Doris fühlte sich seltsam nackt und schaute überrascht an sich herunter.

„Ja, man sieht natürlich, wo er gesessen hat. Das gibt sich aber mit der Zeit."

Während Resi das Zimmer verließ, erklärte sie der immer noch vollständig überraschten Doris noch, dass sie sie jetzt erstmal für eine Stunde alleine lassen würde. Doris hätte sicherlich genug mit sich selber zu tun. Dabei machte Resi einige sehr eindeutige Hüftbewegungen und lachte Doris verschwörerisch zu.

Aus langer Übung heraus setzte sich Doris vorsichtig auf einen Stuhlrand, um dann festzustellen, dass die gewohnte Einschränkung ihrer Bewegungsfreiheit tatsächlich verschwunden war. Sehr vorsichtig, als ob sie etwas zerbrechen könnte, beugte sie sich nach vorne, bis ihr Bauch auf den Oberschenkeln auflag. Was für ein wunderbares Gefühl. Danach drückte sie sich langsam mit stark durchgedrücktem Rücken wieder in eine aufrechte Haltung. Einfach nur himmlisch. Bei der nächsten Übung kam sie sich vor, wie eine Schlange, die sich durch den Wüstensand schlängelt. Sie machte immer im Wechsel einen Buckel und ein Hohlkreuz. Zwar alles sehr langsam, weil sie sich mit dem so überraschend befreiten Körperteil so lange nicht mehr bewegt hatte. Trotzdem fühlte sie, wie ihr Körper sie mit Glücksgefühlen überschüttete.

Erst als sich die Türe wieder öffnete und Resi mit einem breiten Grinsen in ihren Raum kam, stellte Doris fest, dass die versprochene Stunde tatsächlich schon vorüber war.

„Freut mich, dass du endlich in der Lage bist auch mal zu zeigen, wie gut es dir geht. Ich habe dich glaube ich noch nie so lächeln gesehen, wie jetzt", verkündete Resi.

Doris stellte tatsächlich fest, dass sie irgendwann angefangen haben musste, zu lächeln. Wenn sie bedachte, was Resi ihr alles angetan hatte, bedeutete das nichts Gutes. Soviel hatte sie von Psychologie dann doch mitbekommen. Wenn sie als Gefangene schon glücklich war, nur weil eine der vielen Einschränkungen weg fiel, dann war sie dabei, sich aufzugeben und die Situation als normal zu betrachten. Das sollte ihr nicht noch einmal passieren.

„Und?" wollte Resi mit leuchtenden Augen wissen, „was hast du mit deiner neu gewonnen Freiheit angefangen? War es schön? Endlich wieder wilden ungezügelten Sex, wenn auch nur mit dir selber?"

„So weit bin ich nicht gekommen, Resi. Ich war noch dabei, meine Beweglichkeit in der Körpermitte zu genießen und neu zurückzugewinnen."

Resi stemmte die Hände in die Hüften und warf Doris einen zweifelnden Blick zu. „Das ist jetzt nicht dein Ernst oder? Ey, meine Liebste. Ich an deiner Stelle hätte mir einen Dauerorgasmus beschert. Und du hast jetzt wirklich Dehnungsübungen gemacht?"

„Ja? War mir erstmal näher."

Eine Zeitlang schaute Resi zweifelnd auf Doris hinunter, dann gab sie sich einen Ruck.

„Okay. Das, was ich jetzt eigentlich mit dir vor hatte, kann noch ein bisschen warten. Ich gebe dir noch eine weitere Stunde. Danach will ich aber nichts von Dehnungsübungen hören. Jedenfalls nicht für deinen Rücken. Haben wir uns verstanden?"

Ohne eine wirkliche Antwort abzuwarten, ging Resi wieder zu ihrem Lover, den sie schon lautstark rief, bevor die Türe ins Schloss gefallen war. „Ich brauch dich jetzt und sofort! Deine Schwester macht mich fertig. Statt sich eine Runde Sex zu gönnen, hat die sich nur gedehnt!"

Doris setzte ihre Dehnungsübungen fort und hörte Resi und ihrem Bruder bei ihren ‚Turnübungen' zu. Bei dem ganzen Sex, den Resi täglich hatte, konnte Doris ruhig ohne auskommen. Den Köper endlich wieder frei bewegen zu können, war tausendmal schöner. Auch wenn die Fußgelenke in den Horrorschuhen fixiert waren. Wer weiß, vielleicht würde Resi die ja auch irgendwann mal ganz überraschend weg lassen. In dem Fall galt es allerdings die Achillessehne sehr behutsam und langsam wieder auf ihre natürliche Länge zu bringen.

Einige Zeit später legte sich Doris auf ihr Bett und streckte genüsslich ihre Glieder von sich. Sie wollte jede Sekunde genießen in der ihre einzige Fessel die lange Kette war, die ihr Halsband mit der Wand verband.

Sie wurde erst wieder wach, als die Sonne bereits am Himmel stand. Ein kurzer Blick reichte ihr, um festzustellen, dass Resi sie tatsächlich einfach hatte schlafen lassen. Sie hatte sogar eine Decke über sie gelegt. Nachdem sie die Decke zur Seite geschlagen hatte, konnte sie sich davon überzeugen, dass Resi keine weiteren Schmuckstücke an ihr angebracht hatte.

Allerdings war sie nach wie vor über die Kette mit der Wand verbunden. Bei dem Druck, den sie auf der Blase spürte war das nicht wirklich gut. Zum ersten Mal in ihrer Gefangenschaft blieb ihr nichts anderes übrig, als nach Resi zu rufen.

Kurz danach hörte sie bereits Resis Schritte auf der Treppe.

„Guten Morgen mein Schatz. Zeit für das Bad? Ich hoffe, es war in Ordnung, dass ich dich einfach habe schlafen lassen?"

„Ja... Danke. Ich war wohl ein bisschen übermüdet."

„Kein Wunder. Du warst schließlich die ganze Nacht auf den Beinen. Aber jetzt ist ja wieder alles in Ordnung. Du bist wieder hier. Ich kann mich wieder um dich kümmern."

Während sich Doris diese realitätsfernen Statements anhören musste, löste Resi die Kette und begleitete sie zum Bad, wo Resi sich gemütlich auf ihrem Stuhl niederließ und Doris damit klar signalisierte, dass sie ihr bei der Morgentoilette Gesellschaft leisten würde.

„Hast du denn wenigstens noch ein bisschen Spaß mit dir gehabt? Bevor du eingeschlafen bist?"

„Nein, ich war wohl zu müde", antwortete Doris, während sie ihre schwarzen Lippen betrachtete, die noch immer durch die beiden Piercings „verziert" waren, mit denen Resi jederzeit die Möglichkeit hatte, ihre Lippen wieder zu verschließen. Immerhin war der Rest ihres Gesichtes von weiteren Tätowierungen verschont geblieben. Die Lippen würde sie später schon irgendwie in den Griff bekommen.

„Um ehrlich zu sein. Das ist eine ziemlich überraschende Nachricht für mich. Du müsstest doch normalerweise richtig scharf darauf sein. Jetzt, wo du über zwei Monate keinen Zugang zu dir hattest."

Doris wusste nicht, was sie sagen sollte. Resi würde es ohnehin nicht verstehen.

„Naja", plapperte Resi unbekümmert weiter, „dann habe ich mich da eben in dir getäuscht. Ich lasse dir trotzdem noch ein paar Tage die Möglichkeit. Vielleicht kommst du ja noch auf den Geschmack."

Den Rest des Morgens kreisten Doris Gedanken um diese letzte Bemerkung von Resi. Es schien so zu sein, dass Resi ihr indirekt gesagt hatte, dass ihr der Keuschheitsgürtel erspart bleiben würde, wenn sie es sich ab und zu auch mal selber machen würde. Doris wusste nicht mehr, wann sie das überhaupt das letzte Mal gemacht hatte. Irgendwann in der Pubertät, die eine gefühlte Ewigkeit zurücklag. Richtigen Spaß hatte sie dabei nicht empfunden. Mehr Überraschung, als dieses seltsame gewaltige Gefühl über sie gekommen war. Danach hatte sie es noch ein paar Mal ausprobiert, aber als sie dann ihren ersten festen Freund hatte, war dieser Abschnitt ihres Lebens abgeschlossen.

Nach dem Frühstück, das sie wieder mit gefesselten Armen und Beinen hinter sich gebracht hatte, setzte sich Resi zu ihr an den Tisch.

„Ich hoffe, du bist jetzt wieder richtig auf dem Damm. Viel machen wir heute zwar nicht, aber zumindest ein bisschen muss es ja weiter gehen. Danach lasse ich dich alleine", lächelte sie wieder ihr verschwörerisches Lächeln, „du wirst sicherlich Beschäftigung finden."

Resi öffnete die Schlösser und ließ Doris, die bis auf ihre permanenten Fesseln noch immer völlig nackt war, vor sich her auf ihr Zimmer gehen. Dabei achtete sie sehr genau darauf, wie sich Doris mit den Ballettboots anstellte. Mit dem, was sie sah war sie zwar noch nicht zufrieden. Das würde in den nächsten Tagen allerdings bestimmt besser werden, denn Doris gab sich sichtlich Mühe, vernünftig zu gehen. Und letztlich war das für Resi das Wichtigste.

„Bau dir die Behandlungsliege in einen Stuhl um und setz dich schon mal rein", befahl sie Doris, während sie die Kette am Halsband befestigte, „ich bin gleich zurück."

Doris machte, was Resi von ihr verlangte. Bevor sie dann aber lange ans Grüben kommen konnte, was Resi vor hatte, kam diese auch schon zurück und brachte ein paar Dinge mit, die Doris nicht wirklich gefielen. Das längliche schmale Teil sah immerhin wie ein steril verpacktes Skalpell aus.

„Mach deine Beine fest. Einfach nur die Schnellverschlüsse einhaken."

Resi stand mit etwas Abstand zu Doris und genoss den Anblick der sich selber fesselnden Doris.

„Jetzt den breiten Gürtel umschnallen."

Doris fischte nach den Enden und schloss den Gürtel vor ihrem Bauch.

„Den auf Brusthöhe auch."

Danach wäre Doris schon nicht mehr in der Lage gewesen ihre Beine zu befreien. Und das, obwohl sie nur eingehakt waren. Die Gürtel würde sie allerdings auch nicht mehr öffnen können, weil Resi jetzt auch noch ihre Hände an Ösen sicherte, die seitlich an dem Stuhl angebracht waren.

„Was willst du denn machen?" Doris wusste selber nicht, weshalb sie erst jetzt fragte. „Ist das ein Skalpell da auf dem Tisch?"

„Ist es liebe Doris. Mach dir keine Sorgen, das werde ich heute vermutlich nicht brauchen. Lass dich einfach mal überraschen. Es wird dir bestimmt gefallen. Vorher möchte ich dich aber noch ein bisschen besser vorbereiten. Schön den Mund auf."

Doris, die weiter gehorchte, weil alles andre ohnehin keinen Sinn machte, fühlte sofort, wie Resi ihr einen großen Ballknebel in den Mund schob und hinter ihrem Kopf festschnallte. Danach musste sie Resi hilflos zuschauen, als sie eine Gummikopfhaube zur Hand nahm und anfing ihr das Teil über den Kopf zu ziehen. Wie befürchtet, handelte es sich um eine der Masken, die bis zum Hals heruntergezogen wurden. Diesmal blieben nur die Nase und die Ohren frei.

Der Mund mitsamt dem Knebel verschwand hinter der Maske.

„Glücklicherweise hast du keinen Schnupfen, mein Schatz. Sonst hätte ich mir was anderes einfallen lassen müssen. Die Maske ist jedenfalls einfach nur optimal für die Aktion, die ich mit dir vor habe."

Doris musste nicht lange nachdenken. Natürlich würde etwas mit ihren Ohren passieren. Und bei dem Aufwand war das bestimmt kein Standardpiercing. Jedenfalls konnte es nichts Gutes sein.

Mitten in die Gedanken hinein hörte sie Resi „Kannst du mal eben helfen kommen?!" rufen. Also würde ihr eigener Bruder mal wieder den Handlanger machen.

Kurz danach hörte sie ihn in den Raum kommen.

„Was gibt es?"

„Halte das Ohrläppchen mal auseinander. Ich will den Tunnel direkt so setzen, dass die erste Dehnung inklusive ist. Einfach mit beiden Händen auseinanderziehen."

Kurz danach merkte Doris, wie ihr erstes Ohrläppchen in der beschriebenen Weise auseinander gezogen wurde. Dann sollte es also jetzt passieren. Resi würde ihr Tunnel stechen. Die einzige Frage, die sich Doris stellte war die, wie schmerzhaft das werden würde. Der Dauerschaden war ihrer Meinung nach nicht so riesig. Sie hatte schon mehrfach gehört, dass man diese viel zu großen Löcher wieder zu nähen konnte.

„Ja, genau so. Jetzt einfach nur halten."

Doris merkte, wie etwas an ihr Ohrläppchen gehalten wurde. Danach merkte sie auf beiden Seiten leichten Druck und dann einen plötzlichen kurzen scharfen Schmerz.

„Echt krass", kommentierte ihr Bruder, „das sieht ja fast so aus, wie bei einer Kuh."

„Daher habe ich auch die Idee. Ist aber nicht die gleiche Zange. Du hast ja gesehen, dass ich ihr mit der Zange nur das kleine Röhrchen durchgedrückt habe."

„Hab ich noch nie gesehen."

„Natürlich nicht. Habe ich schließlich extra für unsere geliebte Doris entwickelt."

Doris verbot sich, daran zu denken, dass sie hier hilflos angeschnallt zwischen zwei vollkommen wahnsinnigen Menschen saß. Stattdessen konzentrierte sie sich auf das Pochen in ihrem Ohr und darauf, dass das Blut, das sicherlich austreten würde wenigstens nur die Maske und nicht ihre Haare versauen würde. Ein ziemlich blödsinniger Gedanke, wie ihr gleich danach aufging.

Der Druck der Zange war schnell wieder weg. Kurz danach fummelte Resi an ihrem Ohr herum. Wahrscheinlich würde sie jetzt den Schmuck in das frisch ausgestanzte Loch drücken. Genau konnte Doris die Berührungen und das Ziehen an dem Ohr nicht zuordnen aber irgendwann war es dann so weit.

„So Doris. Der erste sitzt. Ist super geworden. Genau so hatte ich mir das vorgesellt. Du hast einen 2g Tunnel, obwohl ich dir nur ungefähr ein Stück von vielleicht 4mm ausgestochen habe. Weißt du noch, wieviel 2g ist?"

Doris schüttelte den Kopf.

„Sechseinhalb Millimeter. Das ist schon mal was und es sieht einfach nur super aus. Schlichter Stahl. Ohne irgendwas anderes."

Doris versuchte sich das genannte Maß vorzustellen...

„Dann machen wir doch gleich an dem anderen Ohr weiter. Danach kümmre ich mich um dich, mein Lover."

Selbst jetzt, dachte Doris musste die Frau noch an Sex denken. Einfach unfassbar.

Nachdem auch das andere Ohrläppchen durchbohrt war, tupfte Resi noch eine Zeitlang an Doris herum.

„So Doris. Dein Bruder und ich müssen uns jetzt erstmal ein bisschen austoben. Du sollst aber auch nicht zu kurz kommen."

Ohne weitere Worte befreite Resi Doris rechte Hand und schnallte sie an dem Bauchgurt wieder fest. Doris merkte und hörte, wie einige Sicherheitsschlösser einschnappten.

Resi traf also Vorsorge, dass sich Doris nicht befreien konnte.

„Ich habe dir genug Spiel gelassen damit du dich verwöhnen kannst. Viel Spaß dabei."

Phantombild

„Hallo Jasmin, hier ist Seppl."

„Hallo, bringst du gute oder schlechte Nachrichten?"

„Gute. Ich habe das Phantombild von dieser Roswitha vor mir liegen und habe dir gerade eine mail hoch geschickt. Vor allem Beatrice, du weißt schon: ‚Lack & Beauty', war echt gut. Als ob die ihr ganzes Leben nichts anderes gemacht hätte, als Phantombilder zu erstellen. Ich habe das Bild gerade im Hotel gezeigt und alle haben übereingestimmt, dass es ziemlich gut getroffen ist."

„Super. Gute Nachrichten kann man immer gebrauchen. Wir sind hier leider noch nicht weiter gekommen. Die Spur ist kalt. Wer erinnert sich schon an irgendeine junge Frau, die vor über zwei Monaten vielleicht mal einen Tee oder so getrunken hat. Vielleicht kommen wir mit dem Bild ja weiter."

„Ich wünsche euch viel Erfolg. Nach dem Mittag werde ich mich auch auf die Socken machen. Wie sieht es denn mit dem werten Herrn Gatten aus?"

„Schlecht", stöhnte Smidt genervt ins Telefon. „Argentinien ist wie auf einem anderen Planeten. Die Kollegen dort sind an Gefälligkeiten für uns nicht interessiert. Senator Schweigerl hat sich in einem kleinen Städtchen niedergelassen und zeigt sich großzügig. Zumindest das haben wir raus bekommen. Damit hat er sich in jeglicher Hinsicht einen ziemlich guten Schutz aufgebaut. Die offiziellen Wege dauern dadurch nur umso länger und ob die dann auch wirklich beschritten werden… Ich möchte schon fast zweifeln."

„Okay. Deshalb ist er ja auch genau dahin abgehauen. Wir bleiben in Kontakt."

Immer weiter und immer weiter

Sie hatte es tatsächlich gemacht. Trotz der Schmerzen an den neuen Tunneln, die sie in den Ohrläppchen trug und trotz des zunehmend schmerzenden Kiefers. Die Überlegung, die Doris dazu gebracht hatte, war denkbar einfach. Wenn sie es nicht machte, würde Resi ihr mit Sicherheit wieder den Keuschheitsgürtel anlegen oder sie auf welche andere Weise auch immer, daran hindern, sich selber zu befriedigen. Nicht, dass letzteres das Schlimme war. Schlimmer war das Unbekannte, das auf sie zukommen würde, wenn sich Resi statt des Keuschheitsgürtels etwas anderes einfallen lassen würde. Oder sogar zusätzlich zu dem Gürtel.

Also hatte sie es gemacht. Und es hatte nicht die geringste Spur von Spaß gemacht. Wie auch? Sie war gefangen, sie wurde gegen ihren Willen gepierct und tätowiert, sie musste Schuhe mit irrwitzig hohem Absatz tragen. Das alles war nicht dazu geeignet, sich selber in eine Stimmung zu bringen die die Bezeichnung ‚erotisch' auch nur ansatzweise verdiente. Trotzdem hatte sie sich alle Mühe gegeben und dann irgendwann einfach so getan, als ob.

Jetzt lag sie noch immer angeschnallt auf der Liege und überlegte, was das Erlebte für sie bedeutete. Eigentlich war es ziemlich klar. Sollte Resi irgendwie etwas mitbekommen haben, dann konnte Doris nur hoffen, dass Resi darauf reingefallen war. Und sollte sie Resi damit sogar beeindruckt haben, dann war es sicherlich das kleinere Übel diese Trockenübung, wie Doris es im Stillen nannte, einmal am Tag zu wiederholen. Andererseits. Hatte Resi das jetzt überhaupt mitbekommen können? Wie konnte sich Resi eigentlich die ganze Zeit so sicher sein, dass Doris es bisher nicht gemacht hatte?

Als Doris sich die Antwort auf diese Frage gab, hätte sie sich in den Hintern beißen können. Natürlich hatte Resi irgendein Überwachungssystem installiert. Wahrscheinlich eine versteckte Kamera. Die waren heutzutage ja so klein, dass man sie, selbst wenn man sie suchte, nicht so einfach finden konnte.

Deshalb war ihre Flucht wahrscheinlich auch viel schneller aufgefallen, als sie es für möglich gehalten hatte. Resi hatte nämlich nach der Sexnummer mit ihrem Bruder nur auf den Monitor schauen müssen und schon hatte sie gewusst, dass sich Doris dünne gemacht hatte. Blieb noch die Frage, wie die beiden sie hatten finden können.

Wahrscheinlich trug sie einen kleinen Sender im Halsband. Irgendwas in der Art. Damit hatten die beiden die Möglichkeit, Doris die ganze Zeit zu beobachten. Sie hatten mit ihr gespielt wie eine satte Katze mit einer frisch gefangenen Maus.

Als Doris diese Zusammenhänge klar wurden, war sie das erste Mal froh, eine Vollmaske zu tragen. Sonst hätte Resi vermutlich ziemlich viel von ihrem Blick ablesen können.

Ein anderer Gedanke, den sie bisher immer verdrängt hatte, kam jetzt auch wieder mit großer Macht hoch: Was würde eigentlich passieren, wenn Resi keine Lust mehr auf sie haben würde? Sollte ihr Bruder mit seinen Andeutungen recht haben, dann war Doris nicht das erste Opfer. Undenkbar, dass Resi die Frauen einfach so wieder freigelassen hatte. Vielleicht würden die nicht direkt am ersten Tag zur Polizei gehen. Sicherlich aber spätestens dann, wenn sie sich wieder bei ihren Freunden und Verwandten melden würden. Für Doris war es undenkbar, dass die Frauen einfach so, ohne jeden Kontakt zu ihrem alten Leben, weiterleben könnten. Was also hat Resi mit diesen Frauen gemacht? Doris fiel nur eine einzige Antwort ein. Die Frauen lebten nicht mehr und ihre Körper waren so gut versteckt worden, dass noch keine gefunden wurde.

Nachdem sie sich nochmals klar gemacht hatte, dass ihre gestrige Flucht für Resi nur ein kleines Spiel gewesen war, wurde ihr die Aussichtslosigkeit ihrer Situation nur umso klarer. Damit wurde ihr auch das einzige Ziel klar, dass sie noch haben konnte. Die Gefangenschaft bei Resi so lange ausdehnen, bis sich endlich eine echte Fluchtmöglichkeit ergeben würde. Und dabei konnte es nur hilfreich sein, Resi in falscher Sicherheit zu wiegen.

Doris Hand ging wieder zwischen ihre Beine. Das war das geringste Opfer, das sie von sich verlangen musste. Eines der wenigen, die keinen dauerhaften Schaden verursachten. Sollte Resi sich ruhig daran erfreuen.

„Du hättest ihr die Maske abziehen sollen", gab Doris Bruder im Videoraum zu bedenken.

„Spinnst du? Am liebsten würde ich sie noch ein paar Tage so lassen. Das sieht doch einfach nur klasse aus. Ab und zu ein bisschen Spray drauf, damit es schön glänzt. Ein Traum! Bekommst du auf einmal menschliche Regungen, oder was soll das?"

„Nein, bestimmt nicht", lachte ihr Freund. „Ich wüsste nur gerne, ob sie das spielt oder nicht."

„Dafür haben wir doch den Pulsmesser in ihrem Armband. Du musst nur auf die Werte schauen. Der Puls geht schon wieder hoch. Vertrau mir und meiner Kenntnis des weiblichen Wesens. Deine Schwester ist heiß auf sich. Gar keine Frage. Wenn ich bedenke, was für eine prüde Schachtel die am Anfang war, dann sage ich: Gut gemacht Resi und klopfe mir sehr entspannt auf die eigene Schulter. Wo ich gerade bei Schulter bin..."

Resi führte die Hände ihres Freundes an ihre Schultern.

„Massieren, wenn ich bitten darf. Ich habe es verdient."

„Kann ich nur hoffen. Und wenn nicht ist es letztlich auch egal. Abhauen kann sie ohnehin nicht."

„Natürlich nicht. Schließlich ist sie immer irgendwo angekettet. Es sei denn, wir machen noch mal so ein Späßchen, wie letzte Nacht."

„Zum Glück war die so dämlich endlos durch menschenleere Gegenden zu latschen."

„Das war doch gerade der Kick. Trifft sie jemanden oder trifft sie niemanden?"

„Glücklicherweise hat sie keinen getroffen. Ich fühle mich hier nämlich eigentlich ganz wohl. Ich habe noch keine Lust schon wieder umzuziehen. Erst recht nicht, wegen einem blöden Helden, der meine ‚liebe' Schwester retten will und dabei versehentlich ins Gras beißt."

„Ja, ist ganz nett hier."

Resi schaute wieder auf den Bildschirm und zog seine Hände an ihre Brüste.

„Schau mal, die zerrt schon richtig an den Fesseln. Und dazu der Puls. Glaub mir, das ist echt."

„Wenn du das sagst, dann wird es wohl stimmen. Ich kann das nicht beurteilen. Jedenfalls sieht es ganz gut aus. Da muss ich dir zustimmen."

Erst am Abend hatte Resi Zeit, sich wieder um Doris zu kümmern. Sie hatte ihr die Maske kurz abgenommen, um sie von dem Knebel zu befreien und Doris Kopf dann direkt wieder in eine neue Haube gepackt, die den Mund und die Nasenlöcher offen ließ. So hatte sie Doris vorsichtig die Treppe hinunter geführt und an dem Tisch im Hof angekettet.

„Wir machen jetzt ein paar Tage lang einen Frauenhaushalt. Dein Bruder ist geschäftlich unterwegs."

„Aha? Ich hatte mich schon gewundert, ob einer von euch reich geerbt hat." Egal, was Resi reden würde, Doris war fest entschlossen jedes Gesprächsangebot anzunehmen. Auch wenn ihr überdehnter Kiefer noch so sehr schmerzte.

„Ja, ja das liebe Geld. Nein. Wir haben nicht geerbt. Allerdings arbeiten wir meistens von zu hause aus. Deshalb sind wir auch in der Lage, uns so ein süßes Schmuckstück, wie dich zu halten."

„Mein Bruder meinte, ich habe Vorgängerinnen?"

Fast wäre die Pause, die Resi brauchte, um zu antworten ein bisschen zu lang geworden. Doris hatte schon bedenken, dass sie zu forsch gewesen war.

„Ich wusste gar nicht, dass er so sehr zum Reden neigt. Ja. Ist richtig. Du bist nicht die Erste und auch nicht die Letzte. Ich habe eben immer wieder neue Ideen."

„Tätowierungen und Piercings?"

„Klar. Bei einer habe ich direkt am Kopf angefangen. Das war ein großer Spaß, als die aufgewacht ist und gesehen hat, dass sie viel bunte Rechtecke und Dreiecke im Gesicht und der ganzen Kopfhaut hatte. Kein Fleckchen natürlicher Hautfarbe mehr."

Schon wieder war Doris dankbar für die Haube. Sie hätte ihre Abscheu wohl kaum verbergen können.

„Was ist Doris? Du bist doch nicht schockiert, oder?"

„Nur etwas überrascht. Immerhin kann die damit nicht mehr überall rum laufen oder einen Job finden."

„Ach. Wo du überall drüber nachdenkst. Mach dir doch deshalb keine Sorgen. Ich habe die an jemanden weitergegeben, der sich gut um sie kümmert. Ist ja auch nicht bei dem Kopf geblieben."

Doris wusste genau, dass sie es nicht hören wollte. Aber, wie ihr Mann schon immer gesagt hat, einen einmal gefassten Vorsatz soll man nicht direkt wieder über Bord werfen, wenn es mal ein bisschen schwieriger wird.

„Erzähl."

„Also die Highlights. Ich habe ihr so einen Messinghalsschmuck angelegt. Du kennst doch sicher die Bilder von diesen sogenannten Giraffenfrauen?"

„Ja." Doris Kehle war trocken. Sie hatte noch nie davon gehört, dass eine Europäerin mit solch einem Schmuck in der Gegend herumlief. Entweder Resi hatte die Frau doch umgebracht oder dieser ‚Jemand', der sich gut kümmert, wohnt in einem ganz anderen Teil der Welt. Oder die Frau war irgendwo weggeschlossen und gefangen. So wie Doris jetzt.

„Natürlich", erklärte Resi weiter, „habe ich diese Spirale, aus der dieser Schmuck gefertigt wird, vernünftig verlötet. Und damit die Frau auch perfekt aussieht habe ich ihre Unterschenkel und Oberarme auch damit geschmückt. Das hat gleichzeitig den Vorteil, dass sie einiges an Kraft eingebüßt hat. Mit so engen Spiralen um die Muskeln machst du nicht mehr viel. Du hast das mit deinem Keuschheitsgürtel ja auch gespürt, wie hemmend so etwas sein kann."

„Allerdings. Ich bin aber nicht nur deshalb froh, dass du ihn mir abgenommen hast."

„Weiß ich doch meine Liebste. Weiß ich doch. Und wenn du dich weiter so benimmst, werde ich ihn dir auch nicht wieder anlegen. Ich wollte dir nur zeigen, was dir entgeht. Und das ist mir offensichtlich gelungen."

Doris überlegte, ob sie sich jetzt als Bestätigung schon wieder mit ihrer Hand… Dann fiel ihr allerdings ein, dass sie so gefesselt war, dass sie ihre Hände kaum bewegen konnte. Scheinbar hatte sie trotzdem irgendwie gezuckt, was Resi natürlich sofort wieder auf die einzige Weise interpretierte, zu der sie mit ihrer Fixiertheit fähig war.

„Ich merke schon. Du hast wieder Lust. Glaub mir, ich kenne das. Glücklicherweise gibt es dafür Lösungen. Warte eben, ich bringe dir was."

Resi hatte das in einem Tonfall gesagt, als ob sie mit einer alten Freundin bei einem gemütlichen Tee beisammen sitzen würde. Auch, als Doris den Satz nochmals in ihrem Gedächtnis nachhörte, konnte sie nicht die geringste Spur von Ironie erkennen. Sie rutschte unruhig auf dem Po hin und her. Was hatte Resi denn jetzt schon wieder vor?

„So, da haben wir ihn doch schon. Mach mal die Beine auseinander."

Ohne große Umstände drückte Resi einen langen Dildo an seinen Platz und schaltete ihn an. Doris hatte keine Idee, wieso das so einfach gegangen war. Es konnte eigentlich nur daran liegen, dass Resi ihn mit irgendeinem Gleitmittel eingerieben hatte. Doris Gedanken kreisten um die Geschichte mit ihrer Vorgängerin. Gegen ihren Willen blieb das Bild eines wunderbaren, schlanken, glänzenden Halses vor ihrem geistigen Auge. Der Schmuck hatte tatsächlich etwas sehr Besonderes. Nur eben nicht, wenn er gegen den Willen der Frau angelegt wurde. In diesem Punkt gab es für Doris kein Vertun.

Sie merkte, wie Resi noch etwas unter ihren Beinansätzen durchschob und hinter ihrem Rücken schloss.

„Damit er nicht rausrutscht, wenn es gerade am schönsten ist. Ist so eine Art Stringtanga."

„Wie lange läuft der?" Doris versuchte jegliche Sorge aus ihrer Stimme herauszuhalten.

„Bis die Batterien leer sind. Das ist ein Topmodell. Der arbeitet in ganz natürlichen Schüben von einer bis zwei Stunden. Lass dich einfach überraschen. Ich bin sicher, du wirst ihn lieben. Ich lasse dich für das erste Intervall einfach mal alleine. Danach bringe ich dich hoch und morgen machen wir dann an deinen Beinen weiter. Viel Spaß meine Liebe."

Als Doris von Resi einen langen Kuss auf die Lippen bekam, überwandt sie sich und schob ihr die beiden Zungespitzen entgegen. Resi war begeistert.

Am nächsten Morgen fühlte sich Doris wie gerädert. Sie hatte das Gefühl in der Nacht keine fünf Minuten am Stück geschlafen zu haben. Immer, wenn sie sich gerade von dem wild tanzenden Dildo erholt hatte – einfach nur unglaublich unangenehm und überhaupt nicht erregend – kam der Dildo schon wieder auf Touren. Zudem trug sie zusätzlich zu den üblichen Bettfesseln noch immer die Maske. Damit hatte sie noch nicht einmal die Chance, sich am Mond oder der aufgehenden Sonne zu orientieren. Und vor allem hatte sie nicht die Chance, sich durch Starren in die Dunkelheit abzulenken.

Irgendwann legte sich auch noch Resi neben sie, nahm ihr den Dildo heraus, fing an ihren Körper zu streicheln und noch ein paar Zugaben auf dem Gebiet Zungenkuss zu fordern. Doris brauchte all ihre Selbstbeherrschung, um das gut zu finden. Aus Angst Resi würde jetzt mit ihren Fingern prüfen, wie gut ihre Betatscherei bei Doris ankam, konzentrierte sie sich auf ganz andere Dinge, die in ihr schon immer Lustgefühle geweckt hatten. Es gelang ihr dabei Resis Versuche so weit auszublenden, dass sie tatsächlich feucht wurde. Nach Resis Reaktion reichte das wohl aus, um die Täuschung aufrecht zu erhalten.

„Zeit zum Aufstehen, meine Liebste. Auch eine fantastische Nacht, wie diese hat mal ein Ende."

Doris bewegte sich ein wenig in ihren Fesseln und versuchte in die Richtung, in der sie Resi vermutete, zu lächeln.

„Ich würde ja gerne…"

Kurz danach waren Doris Hände hinter ihrem Rücken zusammengebunden und Resi zog ihre Freundin an dem Ring des Halsbandes aus dem Bett.

„Schön vorsichtig. Ich bring dich eben zum Bad"

„Wenn du mir die Maske abnimmst, kann ich das mit dem Bad auch alleine machen. Du hast doch sicher noch andere Sachen zu tun."

„Nein. Ich bin heute den ganzen Tag nur für dich da. Die Maske bleibt auf. Ich will dich mit dem nächsten Tattoo nämlich überraschen."

Doris überlegte, ob sie jetzt so etwas wie „Ich liebe Überraschungen", sagen sollte, ließ es dann aber doch besser bleiben. Besser den Bogen nicht überspannen.

Der Aufenthalt im Bad fiel danach ziemlich kurz aus. Resi stellte Doris kurz unter die Dusche und führte sie dann in den Hof zu dem Tisch, an dem sie sie wieder in der alt bekannten Form ankettete und ihr einen Strohhalm in den Mund schob, durch den sie ihr Frühstück zu sich nehmen sollte.

Trotz der Dusche war Doris noch immer hundemüde. Immerhin, so registrierte sie, hatte sie die ganze Erotiknummer unbeschadet an Körper und Geist überstanden. Das war doch auch schon mal ein Erfolg. Während sie an dem Strohhalm saugte, spielte sie unbewusst mit ihren beiden Zungenspitzen. Sie versuchte, sie hinter dem Strohhalm wieder zusammen zu bekommen. Gar nicht mal so einfach.

„Hat es geschmeckt?" wollte Resi wissen.

„Wunderbar", sie fuhr sich mit ihren Zungenspitzen über Ober- und Unterlippe, gerade so, als ob dort noch die letzten Reste des Essens hängen würden.

Ohne Vorwarnung begann Resi an Doris gedehnten Brustwarzen zu spielen. Nachdem Doris erst schreckhaft zurückgezuckt war, bewegte sie ihren Oberkörper sehr langsam hin und her. Ob ihre Warzen sich aufrichteten oder nicht, konnte Resi vermutlich ohnehin nicht entscheiden, da die beiden nach wie vor gestreckt in ihrem Gefängnis saßen. Resi ließ sich unendlich viel Zeit bis sie endlich aufhörte.

„Mehr davon gerne später", kommentierte sie. „Jetzt wird erstmal gearbeitet."

Nach dem Lösen der Fesseln wurde Doris wieder an ihrem Halsband nach oben geführt und auf der Liege festgeschnallt.

„Hast du Lust auf ein kleines Spielchen?"

„Warum nicht?" Doris wusste zwar nicht, was sie erwartete, aber es würde sich ohnehin nicht vermeiden lassen.

„Okay. Ist nicht unbedingt ein Spiel im herkömmlichen Sinne. Ich stecke dir deinen kleinen Lustprügel wieder rein. Wenn du wieder so gut drauf kommst, dann werde ich beim Tätowieren länger durchhalten. Du wirst die Maske also früher los."

Eigentlich wollte sie die Gegenfrage „und wenn nicht?" stellen, ließ es dann aber doch bleiben. Den Dildo würde sie ohnehin bekommen. Sie würde also nicht nur die Schmerzen des Tätowierens aushalten müssen, sondern sie musste gleichzeitig noch versuchen diesen dämlichen, quälenden Dildo als etwas ganz Tolles zu empfinden. Und als Belohnung würde Resi sie nur umso länger quälen. Doris hätte ihren Frust am liebsten laut herausgeschrien.

Nach einigem Hantieren schob Resi ihn langsam rein und befestigte ihn. Er nahm seine Arbeit unverzüglich auf. Doris entschied sich dazu, sich auf die Bewegungen des Dildos zu konzentrieren. Sie bewegte dabei ihren Hintern ein bisschen und merkte so die ersten Stiche der Tätowiermaschine nicht richtig. Sie hoffte, sie würde ihre Konzentration lange genug aufrecht erhalten können. Denn sobald sie Gedanken über die Ausweglosigkeit ihrer Lage zulassen würde – das wusste sie genau – würde es kein Halten mehr geben und ihre Fassade würde zusammenbrechen.

Immer in den folgenden Stunden, wenn Doris zu unruhig wurde, machte Resi eine Pause und schaute ihr mit breitem Grinsen zu. Wenn ihr danach war, spielte sie mit Doris Brustwarzen, die sich immer mehr an die gestreckte Position anpassten. Ohne es zu ahnen half sie Doris damit, sich wieder zu fangen.

Endlich legte Resi die Maschine zur Seite und reckte ein letztes Mal ausgiebig ihren Rücken.

„Fertig. Morgen nehme ich dir die Maske ab. Jetzt nur noch eben Folie drauf und dann habe ich noch eine letzte kleine Überraschung für dich."

„Was denn noch?"

Doris tat einfach nur noch alles weh. Der verhasste Dildo war noch immer unermüdlich bei seinen Intervallübungen und das frisch gestochene Tattoo hatte ihren Oberschenkel in eine einzige schmerzende Fläche verwandelt.

„Ich nehme dir den Septum raus und ersetzte ihn durch die nächste Größe", verkündete Resi voller Freude. „Was am Ende dabei herauskommt wird dir gefallen."

„Wie du meinst."

„Ich stecke dir einen g10 rein. Weißt du noch, was das ist?"

„Nicht mehr richtig. So um die zwei Millimeter?"

„Gar nicht so schlecht", lobte Resi, während sie den alten Ring herausnahm. „Um genau zu sein sind es zweieinhalb Millimeter. Ich dehne dir den Kanal mit einem kleinen konischen Stick auf. Ist ein bisschen unangenehm, aber du wirst das schon schaffen. Danach hast du es für heute ja auch hinter dir. Weil du so tapfer warst, darfst du noch mal mit mir runter. Wir essen dann gemütlich im Hof und können noch ein bisschen plaudern."

Am nächsten Morgen war sich Doris sicher, tief und fest geschlafen zu haben. Resi hatte sie so gefesselt, dass sie sich mit einer Hand befriedigen konnte. Bevor sie sich aber darüber Gedanken machen konnte, wie sie das nach dem anstrengenden Tag jetzt auch noch hinbekommen sollte, war sie scheinbar schon eingeschlafen. Resi war dann – zumindest nach Doris Gefühl – ziemlich früh am Morgen zu ihr gekommen und hatte sie zum Frühstück runter gebracht.

„Lass dir Zeit. Danach nehme ich dir die Maske ab."

Resi ließ ihre Hand noch ein bisschen über Doris gefesselte Beine gleiten und setzte sich dann still in eine Ecke, um zu beobachten, wie sie sich bewegte.

Dann war der große Moment gekommen. Resi stellte Doris in die Spiegelkammer, steckte deren Arme in einen Monohandschuh, legte ihr ein Halskorsett an (sie wollte verhindern, dass Doris an sich herunterschauen konnte) und zog dann schließlich die Maske ab, die sie jetzt schon über zwei Tage getragen hatte.

Wie erwartet, musst Doris eine Zeitlang blinzeln und sich langsam an das Licht gewöhnen. Vorsichtshalber hatte Resi den Dimmer ziemlich weit runter gedreht. Dann konnte sie erkennen, wie Doris immer besser fokussieren konnte und dann endlich in den ganzen Spiegelungen ihr Bein erkannte.

Sie trug eine extrem gut geformte Frau mit spärlicher Lackbekleidung auf ihrem Oberschenkel. Die Frau zeigte ihre Vorderseite und war mit gespreizten Beinen und hoch erhobenen Armen an des Ösen von Doris Korsetttattoo „gefesselt", das Resi ihr vor ein paar Tagen auf die Rückseite ihrer Beine gestochen hatte.

Zuerst kam keine erkennbare Reaktion von Doris, dann versuchte sie direkt an sich herunterzuschauen, was ihr natürlich nicht gelang. Oder zumindest nicht so, dass es einigermaßen auszuhalten gewesen wäre. Schließlich fing sie an ihr Bein ein bisschen hin und her zu drehen. Dabei nutzte sie nur noch einen Spiegel. Sie hatte die Hoffnung gehabt, wieder irgendwas aus dem Dschungel zu sehen. Pflanzen oder Schlangen. So was in der Art hatte Resi zumindest mal erwähnt. Eine mehr oder weniger nackte Frau, die scheinbar direkt einer SM-Session entsprungen war übertraf alle ihre Befürchtungen. Doris zwang sich an blickdichte Strumpfhosen zu denken. Das war das einzige, womit sie einigermaßen Haltung bewahren konnte. Gleichzeitig wusste sie aber auch, dass schon das nächste Tattoo, wie es auch immer aussehen mochte und wo Resi es auch immer stechen würde, wahrscheinlich schon das letzte war, das sie noch mit ihrer Selbstdisziplin würde wegstecken können. Was dann kommen würde wollte sich Doris gar nicht erst ausmalen. Lieber intensiv an die blickdichten Strumpfhosen denken und den Gedanken keine Spielraum für irgendwelche Wanderungen geben.

Heiße Spuren

„Hi, Günther, hier ist Beatrice."

Rednich grüßte verhalten zurück. Hoffentlich glaubte sie nicht, dass er sie jetzt mit irgendwelchen Informationen zum Fall Schweigerl versorgen würde.

„Komm", meinte Beatrice Gedanken lesend, „jetzt bleib mal locker. Ich weiß doch, dass du der Falsche bist, wenn ich irgendwelche Infos haben möchte. Ich habe allerdings etwas für euch. Ihr seid doch hoffentlich noch an dem Fall von dieser Doris dran? Der besten Käfigtänzerin aller Zeiten?"

„Lass hören."

„Ich vermute mal, dass eine kleine Auswahl der reichlich vorhanden Tattoo-Magazine nicht zu deiner allmorgendlichen Lektüre gehören?" wollte Beatrice in lockerem Plauderton wissen.

„Oh nein. Sag es nicht." Rednich musste kein Polizist sein, um zu wissen, was jetzt kommen würde.

„Doch, ich sage es. In einem mittelmäßigen Magazin, das meines Wissens knapp vor dem Abgrund steht, wird ein neuer Stern am Himmel der tätowierten Frauen gepriesen. Gnadenlos übertrieben, wenn du mich fragst."

„Das heißt, ihr Körper wird jetzt bunt?"

„Genau das. Und wenn ich mir das Interview dazu durchlese, dann erfahre ich, dass sie erst Schluss machen will, wenn mindestens 80% bedeckt sind. Aber nicht nur das. Sie steht auch auf Piercings und Bondage. Auf einem Foto hängt sie, nur an den Handgelenken, von der Decke herunter. Ich kann nur hoffen, dass das ein Fake ist. Weil, so wie die da hängt müsste das eigentlich ziemlich weh tun."

„Okay. Gib mir bitte die Daten. Und vielen Dank Beatrice. Ich muss gestehen, dass das die erste richtig gute Spur ist."

Nachdem er aufgelegt hatte und eine der Hilfen damit betraut hatte, das Magazin, die Daten der Redaktion und des Verlages zu besorgen ging er mit breitem Grinsen zu Smidt.

Als er in der üblichen zügigen Manier ihr Büro betreten hatte, sah er, dass sie mit einem ziemlich alten und ziemlich gebrechlichen Mann zusammen saß. Rednich hatte genügend Fotos von ihm gesehen um ihn als den Senator a.D. Schweigerl zu erkennen.

Nach der Vorstellung ergriff der Senator mit einer Stimme die viel mehr Festigkeit ausstrahlte, als es sein Körper vermuten ließ, das Wort.

„Ihre Kollegin hat mich bereits darüber in Kenntnis gesetzt, dass Sie das Verschwinden meiner Frau ermitteln. Sie haben, wie ihre Kollegin es formulierte, begründeten Verdacht, dass meine Frau gegen ihren Willen festgehalten wird. Dass also eine Entführung vorliegt. Habe ich Ihre Kollegin da richtig verstanden?"

Da Rednich wusste, dass Smidt darauf pfiff, wenn jemand glaubte, er wäre der Chef in ihrem Team, unterließ er es, den offensichtlichen Irrtum zu korrigieren.

„Korrekt. Sehr schön, dass Sie zu uns gefunden haben."

„Mein Personal ist in höchster Sorge. James hat, wie er einräumte aus eigenen Stücken den Kontakt zu Ihnen gesucht. Darauf ist wohl letztlich zurückzuführen, dass Sie überhaupt auf den Fall aufmerksam wurden."

Der Senator ließ ein paar Sekunden verstreichen und nahm den Faden dann wieder auf.

„Nun, weiter als bis zu diesem Punkt bin ich mit ihrer charmanten Kollegin noch nicht gekommen. Betrachten Sie sich also als komplett im Bilde. Normalerweise hätte eine solche Selbständigkeit des Personals ernsthafte Konsequenzen, was James durchaus bewusst ist. In diesem Fall allerdings nicht. Ja, es stimmt, ich hatte mich nach Argentinien abgesetzt. Und auch in diesem Punkt lag James komplett richtig: Unter normalen Umständen wäre ich niemals in dieses Land gereist. Noch nicht einmal als Urlauber. Sie wollen jetzt natürlich wissen, was mich dann doch dazu gebracht hat. Nun ganz einfach. Ich habe hier ein erhebliches Maß an noch nicht gefundenen Steuerschulden."

Er machte eine Pause und schaute beobachtend zwischen den beiden Polizisten hin und her.

„Das muss, gerade jetzt, wo in dem Bereich so viel passiert, in ihren Ohren ziemlich langweilig klingen. Oder vielleicht auch ärgerlich. Schon wieder einer von diesen reichen Säcken, die so viel Geld habe, dass sie es zu Lebzeiten ohnehin nicht ausgeben können. Und dem fällt dann nichts Besseres ein, als Steuern zu hinterziehen. Ja. Es ist in der Tat beschämend. Warum ich das gemacht habe, werde ich Ihnen jetzt allerdings nicht darlegen. Dafür werden sich ihre Kollegen aus dem entsprechenden Dezernat noch ausreichend interessieren. Ganz ohne Steuer-CD ist mir jemand anderes auf die Schliche gekommen. Fragen Sie nicht nach Namen. Ich habe keine. Glauben Sie mir. Ich habe wirklich keine. Wenn ich welche hätte, wären Sie die Ersten, die die Namen erfahren würden."

Wieder machte er eine kleine Pause. Dabei entging den beiden Polizisten nicht, dass er immer wieder versuchte, seinem Körper die Haltung abzuverlangen, die er schon so viel Jahrzehnte gezeigt hatte.

„Nun. Die Materialien waren und sind extrem belastend. Ich will es mal so formulieren. Es würde eine ziemliche Menge an Drogen sein, die ich mir ‚einschmeißen' müsste, um mir vorgaukeln zu können, dass ich auch nur eine minimale Chance hätte, mich aus der Schlinge zu befreien, so sie denn gelegt würde."

Noch immer schweigen die Kommissare.

„Man bot mir einen Deal an. Meine Frau, die doch ohnehin viel zu jung für mich wäre und meine ‚freiwillige' Umsiedlung nach Argentinien gegen die Zusage, die Unterlagen nicht zu veröffentlichen. Ich habe alles dafür getan, die Situation doch noch zum Guten zu wenden. Trotz der damit verbunden Probleme und der Aussichtslosigkeit. Es misslang."

Als er wieder ansetzte, war sein Körper endgültig in sich zusammengefallen und die Stimme wurde brüchig.

„Ich wollte nicht ins Gefängnis und ich wollte noch weniger diesen enormen Verlust allen Ansehens. Man sicherte mir zu, meine Frau gut zu behandeln. Noch nie in meinem Leben hatte ich mich so schäbig gefühlt. Tiefer, so glaubte ich, könnte ich in meinem persönlichen Ansehen nicht mehr sinken. Ich habe es zugelassen, dass meine Frau..."

Er nahm schnell ein Taschentuch, um sein Gesicht zu verbergen. Als er sich wieder gefasst hatte, straffte er seinen Rücken.

„Nun. In diesem Moment sinke ich noch tiefer. Denn das, was ich Ihnen gerade gesagt habe weist mich als einen selbstsüchtigen Mann aus, der nicht in der Lage war, die zu beschützen, die ihm voll und ganz vertraut hat."

Die Pause die jetzt eintrat, würde vom Senator nicht mehr unterbrochen werden. Das machte er eindrucksvoll klar, als er sich in dem Stuhl nach hinten fallen ließ.

Mit Blick auf die Aktentasche, die der Senator deutlich sichtbar auf den Schreibtisch gelegt hatte, meinte Smidt: „Sie haben die Unterlagen dabei?"

„Richtig. Natürlich ist das nicht alles. Aber es ist der Schlüssel zu allem."

„Wir werden das prüfen. Zuvor eine andere Frage. Warum kommen Sie jetzt zu uns?"

„Damit erreiche ich den Boden der Scham. Mir wurde Krebs diagnostiziert. Inoperabel. Es wird jetzt zügig bergab gehen. Ich habe die Diagnose eines erstaunlich fähigen argentinischen Arztes in Berlin gegenchecken lassen. Man hat mir nahegelegt, meinen Nachlass zu ordnen, solange ich das noch kann. Und jetzt sitze ich hier und muss Ihnen gestehen, dass ich nur wegen dieser Krankheit zurückgekommen bin und nur deshalb überhaupt bereit bin, Sie bei der Suche nach meiner Frau zu unterstützen."

Auf Anweisung des Staatsanwaltes entließen die beiden den Senator eine Stunde später in den Hausarrest. Als sie sich, unterstützt von Kollegen aus der Wirtschaftkriminalität über die Unterlagen her machten, kam die junge Bürokraft mit dem Tätowiermagazin ins Büro. Rednich hatte es über das Geständnis des Senators tatsächlich vergessen.

Bewegung

Resi hatte sich gerade zu Doris gelegt, um sich die nächste Dosis Sex abzuholen, als sie hörte, wie die Haustüre geöffnet wurde.

„Ich bin's", rief ihr Liebhaber lautstark ins Haus. „Bist du da Resi?"

Schweren Herzens stand Resi wieder auf und ließ die gefesselte und über die unerwartete Unterbrechung glückliche Doris liegen.

„Ich bin gleiche wieder da, meine Geliebte."

‚Lass dir Zeit', hätte sie ihr am liebsten geantwortet, blieb aber lieber stumm und schaute Resi, die sich nicht die Mühe machte etwas anzuziehen, hinterher. Resi fand ihren Freund unten im Flur wartend in ziemlich aufgewühltem Zustand. Er schaute nur kurz an Resi hoch und runter und legte dann los.

„Pass auf. Der Alte von Doris ist wieder im Land."

„Echt?" wollte Resi ungläubig wissen.

„Ja, echt", gab er leicht genervt zurück. „Und nicht…"

Weiter kam er nicht, da Resi ihn unterbrach

„Dann steh hier nicht blöde rum, sondern veröffentliche die Unterlagen und gut ist. Hat er sich selber zuzuschreiben."

Während sie sich wieder umdrehte, um zu Doris zurückzugehen, klärte sie ihn noch darüber auf, dass er direkt nach Doris natürlich auch auf seine Kosten kommen würde.

„Du glaubst nicht, was die mit ihrer Zunge inzwischen alles machen kann", schob sie noch hinterher.

„Doris wird noch warten müssen."

Er hielt Resis Hand auf dem Treppenlauf fest. Etwas, was er noch nie gemacht hatte, weil er genau wusste, wie sehr Resi das hasste. Er hielt den Griff auch nur so lange, dass Resi sehr genau merkte, wie wichtig es seiner Meinung nach war, jetzt erstmal mit ihm zu reden.

„Okay, ich habe die Botschaft verstanden. Doris muss noch warten. Schieß los", forderte sie ihn genervt auf.

„Ich bin an den Alten nicht dran gekommen. Er war gerade mal lange genug in seinem Haus, dass ich überhaupt mitbekommen habe, dass er wieder da ist. Sein Personal war genauso überrascht. Der hat alle überrascht und der wusste sehr genau, warum er das so und nicht anders gemacht hat."

„Und warum kommst du dann hier hin. Warte doch einfach auf deine Chance und leg ihn um, bevor er irgendwas falsch machen kann."

„Das ist erstens nicht immer so einfach, wie du dir das vorstellst und würde zweitens in dem Fall nichts bringen. Der ist nämlich von seinem Haus aus schnurstracks zur Polizei gelaufen."

„Und? Was hat er da gemacht?"

„Stell dir vor. Ich habe das Präsidium nicht verwanzt. Deshalb weiß ich das nicht. Wenn ich aber das Gespräch, dass dieser James mit ihm geführt hat, als er von der Polizei zurückgekommen ist, richtig deute – und ich wüsste nicht, was ich daran überhaupt falsch deuten könnte – dann hat er vollständig ausgepackt und vor allem der Polizei den offiziellen Auftrag erteilt, nach Doris zu suchen. Ist dir klar, was das heißt?"

„Klar. Wir müssen mal wieder packen. Fang schon mal an. Ich gehe noch eben zu Doris. Die wartet jetzt schon so lange auf mich. Und mach einfach nicht so eine Hektik. Schließlich haben wir bei dem Alten nicht hinterlegt, wo wir zu erreichen sind."

Er schaute ihr vollständig konsterniert hinterher, ging dann in sein Zimmer, räumte seine Reisetasche ein und verließ das Haus, noch bevor es Doris geschafft hatte, Resi zum Gipfel der Lust zu treiben.

Als Resi wieder zu Atem gekommen war und realisierte, dass ihr Freund nicht in der Lage gewesen war, mal eben zu warten, bis sie mit Doris fertig war, griff sie zu ihrem Handy und wählte seine Nummer.

„Resi hier. Wo bist du?"

„Auf der Autobahn. Und das wird die nächsten Tage auch so bleiben. Ich werde nur noch zum Essen, Tanken und Schlafen anhalten."

„Hä? Was soll der Scheiß! Ich dachte, wir machen uns zusammen auf den Weg."

„Wenn du eben nicht so schrecklich sexgeil gewesen wärest, dann hätten wir das auch gemacht. So aber nicht."

„Ist das dein Ernst?"

„Ist es. Hör mir jetzt genau zu. Stoppe den Artikel in dem Magazin. Zerstöre dein Handy. Fahre irgendwohin, wo dich keiner kennt. Nimm meine Schwester mit oder lass sie da. Vollkommen egal. Geh einfach davon aus, dass die Bullen dir viel näher sind, als du ahnst. Und noch eine letzte Frage. Nur so aus Interesse. Hat Doris jetzt auf einmal echt Lust, mit dir zu schlafen oder ist das eher einseitig?"

„Ich habe ihr eine fette Dosis Aphrodisiakum in ihren Brei gemischt. Die Wirkung ist enorm."

„Und du selber hast dir direkt auch noch was eingeworfen?"

„Klar. Warum sollte ich ihr den Spaß alleine gönnen?"

„Du spinnst."

Damit beendete er da Gespräch und ließ Resi ratlos zurück. Wie sollte sie denn den Artikel jetzt noch stoppen? Das Magazin war doch schon im Handel? Und womit sollte sie denn telefonieren, wenn sie ihr Handy einfach wegwerfen sollte? Was hatte er noch gesagt? Genau. Was sie mit Doris machen würde, wäre vollkommen egal. Na dann…

Sie ging in die Küche und aß noch ein Schälchen von Doris Spezialnahrung. Danach ging sie zu Doris hoch.

„Hey, meine Liebste. Er hat uns wieder verlassen. Ich mach dich mal los und dann gehst du in den Hof und kettest dich dort an. Ich liebe es, wenn du das machst. Zur Belohnung werde ich dich dann massieren. Wo immer du willst."

Doris stiefelte wieder mit ihren Balletts nach unten, wobei sie sich sorgsam am Geländer festhielt. Jetzt irgendwas brechen wäre keine gute Idee gewesen. Resi schien im Moment ziemlich sorglos zu sein. Zum einen hatte sie Doris Türe aufgelassen und dann auch noch laut und vernehmlich telefoniert. Da sie bei dem unerwarteten Auftauchen ihres Bruders ebenfalls die Türe aufgelassen hatte, war Doris zumindest so weit im Bilde, dass zum einen nach ihr gesucht wurde. Eigentlich eine schockierende Nachricht, da sie davon ausgegangen war, dass das schon die ganze Zeit der Fall war. Zum anderen wusste sie jetzt, dass Resi ihr irgendwas unter den Brei gemischt hatte. Aphrodisiakum wiederholte sie in ihren Gedanken. So ein Schwachsinn. Als ob es das wirklich geben würde. Wenn Resi selber daran glaubte, sollte Doris das egal sein. Auf Doris hatte das Zeug jedenfalls keine Wirkung. Sonst wären ihr die ganzen Sexnummern, die sie in den letzten Stunden als Ersatz für ihren Bruder hatte ableisten müssen, nicht so schwer gefallen.

Alles in allem musste sie jetzt sorgsam auf ihre Chance warten, überlegte sie, während sie sich ankettete. Sie konnte es sich nicht erlauben beim nächsten Fluchtversuch wieder zu versagen. Eines der Probleme, das sie lösen musste war, dass sie nicht die leiseste Ahnung hatte, wie sie die Ortung, die über ihr Halsband möglich war, ausschalten konnte. Dabei war das eine der Grundvoraussetzungen, ohne die sie gar nicht erst anfangen musste.

Das zweite Problem waren die Schuhe. Sie brauchte gar nicht erst darüber nachzudenken in den Balletts zu fliehen. An zügiges Vorwärtskommen war damit nicht zu denken. Es war ohnehin schon verwunderlich, dass sie auf den Teilen überhaupt ganz passabel gehen konnte.

Zwei Probleme, die sie lösen musste. Nur wie?

„Und?" wollte Resi wissen und riss Doris damit aus ihren Gedanken.

„Was und?"

„Na, wo soll ich dich massieren? Ich hatte dir das doch gerade noch versprochen meine Schöne. Manchmal frag ich mich wirklich, wo du mit deinen Gedanken bist."

„Schultern wäre schön", gelang es Doris lächelnd zu sagen.

„Kein Problem."

Resi machte noch Doris zweite Hand am Tisch fest, stellte sich dann hinter sie und fing an, die Schultern zu kneten.

Gar nicht mal so schlecht, überlegte Doris. Und endlich mal keine sexuelle Handlung, fügte sie ihrem Gedanken hinzu. Also: Wie sollte sie ihre beiden Probleme lösen? Halsband und Schuhe. Beides musste sie los werden. Beides konnte sie aber nur mit dem zugehörigen Schlüssel los werden. Nur wo waren die Schlüssel und wie sollte sie es überhaupt schaffen danach zu suchen? Schließlich war sie permanent angekettet. Erst recht dann, wenn Resi das Haus mal verließ. Damit war als Allererstes zu überlegen, wie und wann sie ohne Ketten war und wie sie das dann wiederum geschickt ausnutzen konnte.

Jetzt gerade zum Beispiel hatte Resi sie ohne Ketten in den Hof geschickt. Natürlich war Resi in ihrer Nähe geblieben, aber immerhin waren es ein paar Minuten ohne Fesseln. Nur gab es keine reale Chance daraus eine Flucht zu machen. Die Fernbedienung hatte Resi immer griffbereit. So realitätsfern war sie nun auch wieder nicht. Gab es eine

Möglichkeit die Grundsituation zu ihren Gunsten zu ändern? Klar gab es die.

„Wieso war mein Bruder eigentlich nur so kurz da?" versuchte sie möglichst beiläufig zu fragen.

„Ach, der hat sich nur ein paar Sachen geholt, die er noch brauchte."

Okay, also nagte es doch an Resi, dass er weg war, überlegte Doris.

„Ah. Ich dachte schon, ich hätte ein paar Tage verschlafen. Eigentlich hatte er ja länger weg sein wollen."

„Nein", lachte Resi. „Du hast natürlich nicht verschlafen. Guter Scherz. Und ich kann dir jetzt schon versprechen, dass die nächsten Tag für dich genauso geil werden wie die letzten. Ich werde nämlich ab jetzt das Bett mit dir teilen. Solange wir beide hier einen Frauenhaushalt machen, wird das so bleiben. Ansonsten würde uns doch was fehlen oder?"

Um klar zu machen, was sie meinte, drehte sie spielerisch Doris Brustwarzen zwischen ihren Fingern, was Doris brav mit ein paar lustvollen Bewegungen quittierte.

„Ich habe schon wieder Bock auf dich Doris."

Damit war die Massage vorbei und Doris musste sich zu einem intensiven Zungenkuss zwingen und so tun, als ob es nichts Schöneres gäbe, als die Mundhöhle von Doris zu untersuchen. Wenn es nur etwas bringen würde, sie jetzt zu beißen. Aber zum einen war sie noch angekettet und die Schlüssel hingen nicht an Resis Hals, sondern hingen unerreichbar ein paar Meter weiter an der Wand. Und zum anderen wusste Doris genau, dass sie gar nicht dazu in der Lage war, wirklich zuzubeißen. Selbst dann nicht, wenn sie sich vorstellte und in Erinnerung rief, was Resi ihr bisher alles angetan hatte. Also wackelte sie weiter brav mit ihren beiden Zungenspitzen in Resis Mund herum.

Sehr bald reichte das Resi nicht mehr und sie führte Doris wieder hoch um sich dort von ihr zum Orgasmus treiben zu lassen. Fast entschuldigend hatte sie Doris vorher wieder angekettet. Zumindest hatte Doris den Gesichtsausdruck so interpretiert.

Als Resi jetzt, nach getaner Arbeit noch nicht gehen wollte, musste sich Doris erklären lassen, welchen Stellenwert Resi den Fesseln zugedachte.

„Du hast dich jetzt mehrere Monate an die Fesseln gewöhnt, Doris. Und in den letzten Tagen ist es dann passiert. Du wirst dich ohne Fesseln nackt fühlen. Das ist ein ganz normaler psychologischer Vorgang. Du musst dich deshalb nicht schämen oder so. Und für mich ist es ohnehin okay. Um ehrlich zu sein, törnt es mich sogar noch zusätzlich an, wenn ich Sex mit einer gefesselten Frau habe. Noch dazu, wenn sie so geile Tattoos und Piercings trägt."

Doris wusste nicht, was sie sagen sollte. Sie war froh, sich nicht spontan übergeben zu haben, nachdem sie diesen kompletten Schwachsinn gehört hatte.

„Du musst es nur selber noch akzeptieren", schickte Resi hinterher. „Glaub mir. Wenn du es erstmal akzeptiert hast, wird es für deine Lust kein Halten mehr geben. Dafür brauchen wir deinen Bruder auch nicht. Wir beide sind genug. Wir haben eine unschlagbar geile Zeit vor uns."

„Nur einfach fallen lassen", wiederholte sie nochmals.

Also gut, du Oberpsychologin, dachte sich Doris. Dann wollen wir mal sehen, wie gut deine Theorien sind.

„Das Shooting letzthin", antwortete sie mit leiser Stimme. „Ich hatte erst ziemliche Angst davor. Und ich muss zugeben, dass ich nicht alles gut fand. Aber so im Nachhinein war es schön, mal hier raus zu kommen."

Die Resi wartete aufmerksam auf die Fortsetzung, die Doris natürlich auch brav lieferte. Dabei musste sie sich gar keine Mühe geben, mit unsicherer Stimme zu sprechen.

„Meine größte Angst war glaube ich, mich mit meinem veränderten Körper anderen Leuten zu zeigen. Aber, wenn ich so daran zurückdenke, dann war die Reaktion der beiden eigentlich ganz schön für mich."

„Was willst du mir damit sagen meine Liebste? Die Entscheidung, was du machst liegt bei mir und bleibt auch bei mir. Andererseits hast du dir durch dein Verhalten in den letzten Tagen auch ein bisschen ein Lob verdient. Statt Sex könnte ich dir natürlich auch mal ein bisschen Auslauf anbieten. Ließe sich machen. Die Frage ist nur", fügte Resi mit so etwas wie Sorgenfalten an, „wo ich dabei bleibe. Du weißt ja. Dein Bruder ist nicht da und damit fehlt mir die tägliche Sexration. Alleine deshalb sind wir uns ja jetzt noch näher gekommen."

Doris hielt sich mit weiteren Bemerkungen zurück. Sie wollte nicht das Risiko eingehen, zu überziehen. Resi musste die Entscheidungen selber treffen.

„Pass auf, Doris", verkündete Resi, „ich überlege mir etwas Nettes für dich. Du kommst auf jeden Fall hier raus und unter Leute. Ist versprochen. Ich hatte ohnehin schon überlegt, hier mal abzuhauen. Das Wohnmobil wartet ja schon auf uns."

„Super. Das wird dann wie Urlaub?"

„So in der Art. Lass mich mal machen. Morgen wird das noch nichts, aber Übermorgen sollte machbar sein."

Adressen

Die beiden Kommissare hatten nicht lange überlegen müssen, ob der Fotograf oder die Redaktion die bessere Spur war. Da der Fotograf mitsamt Adresse in dem Artikel benannt war, konnten sie ohne jede Vorwarnung direkt zu seinem Studio fahren. Praktischerweise hatte das nur eine gute Stunde Autofahrt bedeutet. Jetzt standen sie vor der ziemlich heruntergekommen großen Halle die unter anderem Werbung für „FotoArt Paul Paulsen" trug.

Die junge Frau, die zur Türe kam hatte sich, nachdem sie erschrocken auf die Ausweise der beiden geblickt hatte und die beiden örtlichen Streifenpolizisten gesehen hatte, als Chantal vorgestellt.

„Wir müssten in einer Routineangelegenheit mit Herrn Paulsen sprechen. Geht ganz schnell."

Chantal schaute die Kommissarin einen Moment lang verdutzt an und grinste dann.

„Sie meinen Paul? Ich war gerade ganz verwirrt. Den nennt hier keiner beim Nachnamen. Ja klar. Er ist gerade gekommen. Wenn Sie versprechen, es schnell zu machen, dann wird das vor dem nächsten Termin noch passen."

Damit drehte sie sich um und ging ins Studio zurück, ohne die Kommissare nochmals gesondert herein zu bitten. Noch im Gang rief sie: „Paul, da sind ein paar Typen, die dich was fragen wollen!"

Die beiden Kommissare brauchten sich nur kurz anzublicken, um sich darauf zu verständigen, dass Chantal gerade keine Ankündigung, sondern eine Warnung gerufen hatte.

Rednich wendete sich an die beiden uniformieren Kollegen.

„Geht vorsichtig rein. Wir schauen uns nach anderen Ausgängen um."

Mit einer Hand an den Waffen liefen sie auf der Suche nach weiteren Eingängen um die Halle herum. Tatsächlich öffnete sich an der Stirnseite nur etwa zehn Meter entfernt eine Stahltüre. Im gleichen Moment, in dem der ziemlich nervös wirkende Mann die Türe hinter sich ins Schloss warf, nahm er die beiden Kommissare war, die auf ihn zuliefen. Ihm schien ein Blick zu reichen, um zu wissen, dass sein Trainingszustand deutlich schlechter war als der der Kommissare. Also versuchte er die Türe wieder aufzureißen, was allerdings ohne den passenden Schlüssel oder Hilfe von innen nicht ging.

Damit war die Zeit, die er noch gehabt hatte auch schon abgelaufen, und Rednich stand vor ihm.

„Herr Paulsen?"

Die hängenden Schultern waren eigentlich Antwort genug.

Rednich stellte sich und seine Kollegin vor, bevor er die erste Frage stellte.

„Wo wollten Sie denn so schnell hin?"

„Ist meine Sache. Oder?"

„Im Prinzip schon. Das Problem, das Sie haben ist nur, dass Ihre Assistentin Sie offenkundig gewarnt hat und dass Sie als Sie uns gesehen haben, versucht haben, wieder zurück in die Halle zu gelangen. Das sieht insgesamt wie eine Flucht vor uns aus. Deshalb die Frage. Wo wollten Sie hin?"

„Weg?"

„Okay. Machen wir es kurz. Wir haben Fotos gesehen, die Sie gemacht haben. Sie sind in einem Tattoomagazin erschienen und zeigen eine Frau, die wir dringend suchen."

Er zuckte nur mit den Achseln.

„Ist ja wohl nicht verboten. Steht ja sogar vorne an der Türe. Ich bin Fotograf."

„Eben. Genau deshalb wollten wir Sie ja auch nur befragen. Wir hatten gar nicht vor, Ihnen irgendwas anzuhängen. Jetzt hat sich die Ausgangslage allerdings ein wenig geändert."

„Ich dachte, Sie wollten mir was."

„Nur weil Ihre Assistentin irgendwas von zwei Typen ruft? Machen Sie sich nicht lächerlich. Wenn Sie aufgrund einer solchen Ansage abhauen wollen, dann ist das eindeutig ein Code. Und da Ihre Assistentin wusste, wen sie vor sich hat, ist ja wohl auch klar, dass Sie vor der Polizei abhauen wollten. Und das ist immer schlecht."

„Okay", antwortete er, scheinbar einer plötzlichen Eingebung folgend, „fangen wir einfach noch mal neu an. Ich würde sie gerne hereinbitten. Dann können Sie mir die Fragen stellen, die Sie stellen wollen."

In dem Studio, trafen die drei auf Chantal und die beiden Streifenpolizisten, die einfach nur stoisch abwarteten, was die beiden auswärtigen Kommissare vor hatten.

„Also fangen wir noch mal neu an." Rednich holte das Magazin heraus. „Diese Fotos sind von Ihnen gemacht worden."

Paulsen schaute kurz auf die aufgeschlagene Seite.

„Lässt sich wohl nicht leugnen."

„Kam Ihnen bei dem Shooting irgendetwas seltsam vor? Anders als bei ähnlichen Aufträgen?"

Der Fotograf schaute, nach Zustimmung heischend zu seiner Assistentin, während er die Frage verneinte.

„Wir machen öfters solche Fotos. Alles ganz normal."

„Auch, dass diese Piercings hier gestochen worden sind? Als hier vor Ort? Wie die Fotos belegen wurde das sogar gefilmt?"

„Das passiert natürlich nicht alle Tage. Aber, mein Gott, manche von diesen Modells tun einfach alles, um berühmt zu werden. Ich habe aufgegeben, mir darüber Gedanken zu machen. Mein Job ist es, gute Fotos zu machen."

„Okay. Geben Sie mir bitte die Kontaktadresse?"

Nachdem er schon bei der letzten Antwort spürbar an Selbstsicherheit gewonnen hatte, hob er entschuldigend die Hände. „Die Daten meiner Modells sind vertraulich. Leider kann ich da nicht dienlich sein."

Smidt, die sich bisher zurückgehalten hatte, zog einen Brief aus der Tasche.

„Das ehrt sie, Herr Paulsen. Selbstverständlich haben wir die entsprechende Erlaubnis dabei. Wenn Sie mal schauen möchten?"

Er streckte noch nicht einmal die Hand nach dem Brief aus.

„Okay, okay. War vielleicht nicht ganz so wie die anderen Shootings. Aber nicht was Sie jetzt vielleicht denken. Ich habe nichts Ungesetzliches gemacht. Es war nur das erste Mal, dass ich eine echte Sklavin vor mir hatte. Normalerweise sind die Frauen, die ich hier habe immer ziemlich selbständig. Bei der war es anders. Die Chefin im Ring war eindeutig die Begleiterin. Das Modell hat alles gemacht, was die wollte."

Der Fotograf versuchte sich in einer Unschuldsgeste, die ihm allerdings nicht so richtig gelang.

„Was sollte ich machen? Es gibt solche Beziehungen. Ist nicht meine Aufgabe, das zu hinterfragen."

„Dann geben Sie uns doch einfach mal die Kontaktdaten heraus", wiederholte die Kommissarin ihre Forderung.

„Ja, selbstverständlich. Da müsste ich aber mal im Büro… Also ich müsste dann mal ins Büro."

„Kein Problem. Ich begleite Sie."

Smidt stand auf und winkte einem der Uniformierten ebenfalls mitzukommen. Sie folgten dem Fotografen zu einem Nebenraum der den Charme eines völlig veralteten und mit viel zu vielen Ordnern ausgestatteten Büros hatte. Er setzte sich auf einen alten Schreibtischstuhl und bewegte die Maus hin und her, um den Rechner zu wecken.

Smidt, die ihm über die Schulter schaute, sah, wie er eine Datei öffnete und nach einem bestimmten Namen suchte. Bei „R" blieb er hängen. Er scrollte ein paar Mal hoch und runter und drehte sich dann zu Smidt um.

„Die Datei scheint kaputt zu sein. Vielleicht ein Virus. Der Kontakt ist jedenfalls nicht da. Müsste unter ‚Roswitha' stehen, steht er aber nicht. Keine Ahnung, was da passiert ist."

Um seine Hilflosigkeit zu unterstreichen, tätschelte er den Computer.

„Ist schon ein altes Stück. Manchmal vergisst der eben auch mal was."

Smidt schaute ihn belustigt an.

„Sie glauben jetzt nicht wirklich, dass ich Ihnen das abnehme? Aber egal. Dann öffnen Sie eben die letzte Sicherung der Datei."

„So was habe ich nicht. Tut mir leid."

„Kein Problem. Dann nehmen wir den Rechner mit und lassen ihn von unseren Experten untersuchen. Ich nehme mal an, dass das ganz in Ihrem Sinne ist. Schließlich wollen Sie ja auch nicht, dass Ihnen der Reihe nach alle Kontakte verloren gehen. Ist so etwas wie eine Win-Win-Situation."

Er kratzte sich am Kopf.

„Mal überlegen. Vielleicht haben Sie ja Glück und ich habe die Adresse noch in der Korrespondenz."

„Dann prüfen Sie das doch mal eben."

Danach wuselte der Fotograf eine Zeitlang in verschiedenen Aktenbergen herum, bis seine Assistentin ebenfalls ins

Büro kam und ihm mitteilte, dass der Termin da wäre. „Was soll ich denen sagen?"

Statt des Fotografen antwortete Smidt.

„Das wird wohl doch ein bisschen dauern. Vielleicht einen neuen Termin vereinbaren? Ist für Ihre Kunden doch auch irgendwie komisch, wenn bei einem Shooting vier Polizisten anwesend sind, oder?"

Wie auf Ansage zog der Fotograf endlich ein Schreiben aus einem der Stapel und hielt es triumphierend hoch.

„Ich habe es."

Der Handrücken

„Freust du dich Doris? Das ist heute erstmal die letzte Sitzung auf diesem Stuhl. Oder bist du eher traurig?"

Natürlich hatte Doris gehofft, dass Resi am letzten Tag auf dem alten Bauernhof anderes zu tun hatte, als weiter an ihr zu arbeiten. Wenn sie sich nicht völlig verhört hatte, dann begann am nächsten Tag immerhin eine Flucht, die alles Mögliche zum Ziel hatte aber mit Sicherheit nicht die Rückkehr zu diesem Hof. Wenn sie selber vor so einer Reise ins Ungewisse stehen würde, dann hätte sie am letzten Tag sicherlich alle Hände voll zu tun.

„Ich freue mich darüber, dass du mir die Freude machst, mal wieder unter Menschen zu kommen und mehr zu sehen, als dieses Zimmer und den Hof."

„Die Freude ist ganz auf meiner Seite. Ich werde doch meine Liebhaberin nicht enttäuschen."

Inzwischen war Doris auf dem Behandlungsstuhl so weit fixiert, dass sie Beine und Arme nur noch mit minimalem Spielraum bewegen konnte. Das Besondere war, dass Resi die Fesseln an Doris Handgelenken nicht benutzt hatte.

Mit einem breiten Lächeln auf dem Gesicht zog Resi jetzt einen Schlüssel hervor, mit dem sie die beiden Bänder an Doris Handgelenken öffnete.

„Mal ein bisschen Luft dran lassen kann nicht schaden, hab ich mir gedacht. Außerdem kann ich deinen Arm dann besser fertig machen. Du willst dich schließlich nicht mit unvollständigen Tätowierungen zeigen."

Doris erwischte sich für ein paar Sekunden bei dem Gedanken, sich ohne die beiden Bänder nackt zu fühlen. Dann jedoch fing sie dieses Gefühl wieder ein und freute sich einfach darüber, dass die beiden lästigen Teile weg waren. War nur noch zu hoffen, dass ihr Halsband und die beiden Bänder unterhalb der Knie auch noch verschwinden würden. Dass Resi das Korsetttattoo auf der Rückseite ihrer Beine dann noch vervollständigen würde, war Doris eigentlich vollkommen egal. Von dieser verhältnismäßig kleinen Lücke hatte sie in ihrem späteren Leben auch keine Vorteile.

„Machst du das Korsett an meinen Waden dann auch heute noch fertig Resi?" brachte sie mit leicht unsicherer Stimme heraus. Scheinbar reagierte Resi auf diese Tonlage am ehesten in Doris Sinn. Resi hielt in ihren Vorbereitungen inne und gab Doris spontan einen langen Kuss auf die Lippen, den Doris pflichtschuldig und mit einiger inzwischen gewonnener Übung mit ihren Zungenspitzen erwiderte.

„Wenn du das möchtest, dann mache ich das heute Abend gerne noch fertig. Ich weiß nämlich ehrlich gesagt nicht, wann ich das nächste Mal dazu komme, an dir weiter zu arbeiten. Wird dann aber ein anstrengender Tag für dich."

„Kein Problem. Hauptsache, ich sehe gut aus. Aber was ist mit dir? Wenn du den ganzen Tag an mir arbeitest, dann kommst du ja gar nicht auf deine Kosten."

„Kein Sorge", lächelte Resi. „Ich muss ohnehin ab und zu mal eine Pause machen. Und in den Pausen wirst du mir schon helfen, meinen Spaß zu haben. Da bin ich mir sicher."

Wie, um das Gesagte zu unterstreichen, zwirbelte Resi Doris Brustwarzen, was diese mit einem leichten Stöhnen beantwortete. Dabei war das Stöhnen noch nicht einmal gespielt. Es kam nur eben eher aus dem Moment der Überraschung, als aus Lust. Denn letztere konnte bei Doris nach wie vor nicht aufkommen, wenn sie sich ihre deformierten Brustwarzen anschaute. Die einzige Hoffnung, die sie hatte war die, dass Resi sie zwingen würde, in der Öffentlichkeit weiterhin ohne BH herumzulaufen. In dem Fall würden die vorstehenden Brustwarzen vielleicht als Erregung öffentlichen Ärgernisses gewertet werden. Perfekt für Doris.

„So", riss Resi sie aus ihren Gedanken, „dann will ich mal anfangen. Am besten, du legst deine Hand hier schön auf das Polster und hältst still. Dann kommen wir schneller vorwärts und ich kann mir die Arbeit sparen, dich andauernd neu fixieren zu müssen. Ist das okay für dich?"

„Ich kann auf die Fesseln verzichten. Kein Problem."

Am Liebsten hätte Doris hinterhergeschickt, dass sie auch auf die Tätowierung ihrer Hand verzichten konnte, aber das hätte das ganze Kartenhaus, das sie so mühevoll in Resis Kopf aufgebaut hatte mit Sicherheit zum Einsturz gebracht. Damit war es keine Option. Doris musste sich mit dem Gedanken abfinden in Zukunft eben öfters mal Handschuhe zu tragen. Hauptsache, sie schaffte es in den nächsten Tagen endlich von Resi loszukommen.

Resi startete mit einer schmalen langen Feder die kurz vor dem Fingernagel des Zeigefingers endete und ihren Anfang auf dem Handrücken hatte. Wobei das kein Anfang im eigentlichen Sinne war, sondern eher die Stelle ab der die Feder von anderen noch zu tätowierenden Federn überdeckt werden würde. Die nächste Feder verlief seitlich am Ringfinger und fand ihren Weg auf den Handrücken über die Zwischenhaut die den Mittelfinger und den Ringfinger verbindet. Danach füllte Resi den Handrücken mit einem Wirrwarr aus vielen bunten Federn aus. Ein paar der herausschauenden Enden fanden ihren Weg Richtung Finger, wurden aber nicht weiter fortgesetzt. Als Resi die Maschine endlich zur Seite legte und die frisch gestochenen Federn ein letztes Mal abwischte waren nach Doris Gefühl schon über zwei Stunden vergangen. Sie hatte keine Ahnung, wie Resi die selbstgestellte Aufgabe noch schaffen wollte. War allerdings nicht ihr Problem. Hauptsache, die Fesseln würden nicht wieder angelegt werden.

„Ich bin gleich wieder da, meine Liebste."

Doris blieb nichts, als ihre Hand zu betrachten. Die noch offene Verbindung bis zum Rest des Tattoos, das schon lange abgeheilt war, war vielleicht knappe fünfzehn Zentimeter lang. Danach würde ihr Arm „sleeve", wie Resi es nannte, vollständig sein. Lauter bunte Federn. Doris musste an die Figur des Papageno aus der Zauberflöte denken. Was waren das für schöne Zeiten gewesen, als sie an der Seite ihres Mannes all diese lustigen, leichten Stücke von Mozart anschauen und hören durfte. Es kam ihr schon vor wie Erinnerungen aus einem anderen Leben. Ob es nach ihrer Flucht jemals wieder so schön werden würde? Sie musste grinsen, als sie sich die Gesichter der ehrwürdigen Geschäftspartner und Freunde ihres Mannes vorstellte, wenn sie mit all ihren Piercings und Tätowierungen, nur mit einem Bikini bekleidet zu so einer Vorstellung erscheinen würde. Vielleicht würde es ja sogar einen Ohnmachtsanfall geben. Hektisches Zufächeln von Luft. Und zwischen diesen ganzen hyperventilierenden Personen würde sie am Arm ihres Mannes durch das Foyer schreiten und so tun, als ob es das natürlichste der Welt wäre.

In Wirklichkeit würde sie dann aber doch ein hoch geschlossenes langes Kleid oder vielleicht einen Rock mit Edelleggins tragen. Und natürlich Handschuhe. Ihre Lippen würde sie vermutlich zumindest zu einem dunklen Rot verwandeln können. Sie musste es auf sich zukommen lassen und einige Versuche mit ihrer Kosmetikerin machen. Mit Sicherheit würde sich etwas finden. Das Einfachste wären die Piercings. Rausnehmen und fertig. Die ‚Tunnel' in den Ohrläppchen würde ein Schönheitschirurg wohl entfernen können. Zumindest hatte sie das mal irgendwo gelesen.

„Komm, mein geiler, kleiner Schatz. Ich will dich jetzt haben."

Resi war zurück und riss Doris mal wieder aus ihren Gedanken. Kurz danach lag Doris angekettet auf ihrem Bett und musste sich wieder dem hemmungslosen Sex hingeben, den Resi so gerne praktizierte. Ohne die Fesseln würde sich wahrscheinlich sogar eine Fluchtmöglichkeit daraus ergeben.

Doris war sich zumindest ziemlich sicher, dass Resi phasenweise regelrecht weggetreten war.

Danach wurde Doris von Resi mit Wasser und Essen versorgt und dann ging es auf dem Behandlungsstuhl weiter. Kaum hatte Resi angefangen auf Doris Unterarm einzustechen, als Doris wegen des Schmerzes stöhnen musste, der auf der bereits gereizten Haut immer stärker war, als an Stellen, die gerade erst am Anfang der Bearbeitung standen.

Resi blickte kurz auf und holte dann den Dildo hervor.

„Das bringt dich auf andere Gedanken", erklärte sie lächelnd. „Lass dich einfach von dem kleinen elektrischen Freund treiben. Dann wirst du die Tätowierung gar nicht merken."

Doris hätte ihre selbsternannte Freundin und „Dorisversteherin" am liebsten mit aller Kraft zusammengeschrien. Wie immer hielt sie sich aber zurück und versuchte sich mit ihrem Schicksal zu arrangieren. Nur noch dieser Tag, dann würde es endlich rausgehen aus diesem schrecklichen Haus.

Der einsame Hof

Die beiden Kommissare hatten überlegt, ob es nicht sinnvoller wäre, die Kollegen aus dem zuständigen Kommissariat zu der Adresse zu schicken. Die hatten allerdings mit anderen Ermittlungen so viel zu tun, dass sie erst in ein paar Tagen jemanden entbehren konnten und wollten. Rednich, der das Telefonat führte, kannte die Situation. Immer, wenn man eine heiße Spur hatte, musste man die mit allen zur Verfügung stehenden Kräften verfolgen, solange sie noch heiß war. Er hingegen hatte in einem ziemlich abgekühlten Fall nur eine Spur gefunden, wie sie in manchen Fällen zu Dutzenden vorlagen und doch nicht zum Ziel führten. Also hatten sie sich dazu entschieden die zweihundert Kilometer selber zurückzulegen. Jetzt waren sie in der Nähe ihres Zieles angekommen und warteten auf die uniformierten Kollegen, die ihnen routinemäßig zur Unterstützung angeboten worden waren.

„Ich hab' mir auf der Fahrt die Karte angeschaut, Jasmin. Der Hof liegt mitten in einem Feld und hat nur eine eingetragene Zufahrt. Wir können das ziemlich gut blockieren. Falls sie tatsächlich da sein sollten, können sie nicht raus."

„Zumindest nicht mit den Auto. Denk dran, dass es Motorräder und Fahrräder gibt. Bevor die sich mit Frau Schweigerl zusammen fassen lassen, werden die jede Fluchtmöglichkeit suchen, die sich bietet. Abgesehen davon. Warum sollten die freiwillig in so einer Mausefalle sitzen?"

„Weil sie nicht wissen, dass wir nah dran sind? Der Fotograf und seine Assistentin sind noch", er schaute auf seine Uhr, „eine Stunde auf dem Präsidium und geben ihre Aussage zu Protokoll. Wenn wir nichts übersehen haben, dann kann zumindest von der Seite keine Warnung kommen."

„Lassen wir uns überraschen. Da kommen die Kollegen."

Sie stieg aus und machte sich bemerkbar.

„Ihr seit die Auswärtigen?" wollte einer der beiden Polizisten wissen.

„Sind wir. Ich setz euch eben ins Bild. Der Hof dort hinten ist als Adresse einer Verdächtigen angegeben. Wir sind auf der Suche nach dieser Frau." Sie zeigte die Bilder. „Die Verdächtige, Roswitha Asbeck, hat diese Frau entführt und scheint so einer Art Sklavin aus ihr zu machen. Gegen deren Willen natürlich."

Der Polizist blickte in die angegebene Richtung.

„Der Hof da?"

Auf das Nicken von Smidt fuhr er fort.

„Würde mich wundern. Das ist eher so eine Art Ferienhof. Das wäre schon echt ein dickes Ding, wenn da eine Frau versteckt wäre. Gegen ihren Willen. Aber okay. Schauen wir uns das mal einfach an."

Kurz danach standen sie in einer geräumigen, leeren Hofeinfahrt. Ein Wohnmobil stand in einer offenen Scheune und ein ziemlich heruntergekommenes SUV war ziemlich lustlos vor dem Haus abgestellt. Nachdem die beiden Streifenpolizisten mit ihrer spontanen Einschätzung schon jede

Hoffnung zerstört hatten, dass dies tatsächlich der gesuchte Hof war, schöpften die beiden Kommissare bei dem Anblick wieder Hoffnung.

Scheinbar waren auch die beiden Kollegen zumindest so weit überrascht, dass sie ihren Wagen so stellten, dass die Toreinfahrt nicht mehr passierbar war. Danach stiegen sie etwas zurückhaltend und vorsichtig aus.

„Wir hätten jetzt eigentlich etwas mehr Betrieb erwartet. Vielleicht ist doch was dran."

„Wie frisch ist denn eure Info, dass hier Feriengäste wohnen?" wollte Smidt wissen.

Die beiden schauten sich an und gaben schließlich zur Antwort, dass sie das natürlich nicht täglich prüfen würden.

„Kennt ihr denn den Vermieter?"

„Nein. Wisst ihr. Den Dorfpolizisten von einst, der alle kennt und den alle kennen, den gibt es doch schon lange nicht mehr." Er machte mit Daumen und Mittelfinger das Zeichen für fehlendes Geld und lächelte gequält.

„Jedenfalls ist jemand da", bemerkte er dann, „ich habe zumindest gerade eine Bewegung hinter der Scheibe gesehen."

Bevor sie noch überlegen konnten, wie sie vorgehen wollten, öffnete sich die Haustüre und eine junge Punkerin kam freundlich lächelnd heraus.

„Was verschafft mir die Ehre? War die Musik zu laut? Die Haare zu bunt?"

Smidt fand als erste die Sprache wieder. Nachdem sie sich und die Kollegen vorgestellt hatte, zog sie das Phantombild von Roswitha Asbeck heraus.

„Kennen Sie diese Person?"

Die junge Frau schaute mit Interesse auf das Bild und schüttelte dann langsam den Kopf.

„Nee. Beim besten Willen nicht. Wieso? Sollte ich?"

„Die Frau hat den Hof hier als ihre Adresse angegeben."

„Tja. Kann ich nur sagen: Ist falsch. Der Hof gehörte meinem Vater. Der ist aber vor ein paar Wochen verstorben. Ich bin die Alleinerbin und habe mit Freuden zugegriffen. Ich kann Ihnen versichern, dass ich die Einzige bin, die hier eingetragen ist. Ich bin zwar selten alleine, aber eingetragen bin nur ich."

„Das bedeutet, Sie haben auch vorher schon hier gelebt? Die Kollegen", sie zeigte auf die beiden Streifenpolizisten, „kennen das hier eher als eine Unterkunft für Urlauber."

„Stimmt. Ich habe die Reservierungen, die vorlagen storniert und das war es dann. Und was Ihre andere Frage angeht. Nein, ich habe nicht hier gewohnt. Mein Vater übrigens auch nicht. Weshalb er den Hof hier gehabt hat, weiß ich nicht. Die Touris haben jedenfalls nicht viel rein gebracht. War mir aber auch egal. Kann nicht behaupten eine gute Beziehung zu meinem Vater gehabt zu haben."

„Kommen hier manchmal noch Briefe an, die für irgendwen anders bestimmt sind?"

„Am Anfang ja. Ich hab dem Briefträger dann aber ein paar Mal gesagt, wie ich heiße und dass er bitte alle anderen Briefe sofort zurückschicken soll. Mich nervt das nämlich. Und für den Briefträger ist es nur unnötige Arbeit."

„Und jetzt kommt auch nichts mehr?"

„Doch", gab die Punkerin mit genervt verdrehten Augen als Antwort. „Mein Briefträger ist nämlich in Urlaub und der Student, der den vertritt hat es noch nicht geblickt. Ist nicht viel. Wenn Sie wollen, schenke ich Ihnen das Zeugs."

Auf Smidts Nicken griff sie im Flur auf ein Regal und reichte drei Briefe raus.

Eine Privatpost und zwei Umschläge, die eigentlich nur Rechnungen beinhalten konnten. Alle waren an einen Herrn Rolf Benzl adressiert.

„Benzl. Ist das der einzige, für den hier Post ankommt oder angekommen ist?"

„So weit ich mich erinnern kann, ja. Am Anfang waren noch ein paar andere Namen dabei. Die waren aber nachgesendet. Vermutlich Nachsendungen für Urlauber, die schon nicht mehr da waren. Keine Ahnung. Ist mir auch egal."

„Letzte Frage. Das Wohnmobil. Ihres?"

„Nein", lachte die Punkerin fröhlich, „schön wäre es. Das gehört einem Freund. Der hat das hier untergestellt. Der ist gerade dabei, das fertig zu machen. Bretagne."

„Ist Ihr Freund vielleicht gerade da? Ich würde ihm gerne das Bild der Gesuchten zeigen."

„Sorry", meinte die Punkerin lächelnd, wobei sie nicht zum ersten Mal den Ring durch ihr Lippenbändchen zeigte, „im Moment bin ich alleine. Aber ich kann mir nicht vorstellen, weshalb der die kennen sollte."

„Okay. Vermutlich haben Sie recht."

Die Kommissarin hielt die Briefe nochmals ein Stückchen hoch.

„Ich nehme die dann mit und leite sie nach der Prüfung entsprechend weiter. Noch ein letzte Sache. Für den unwahrscheinlichen Fall, dass sich hier jemand melden sollte, der Ihnen irgendwie komisch vorkommen sollte. Vielleicht ein alter Bekannter Ihres Vaters oder so. Seien Sie bitte so nett und informieren mich kurz? Nur für den Fall, dass..."

Smidt reichte ihr eine Visitenkarte und verabschiedete sich dann.

Relax mal

Als Doris am nächsten Morgen aufwachte, war sie froh, dass zumindest die Schmerzen an ihren neuesten Tätowierungen verschwunden waren. Resi hatte es tatsächlich bis spät in die Nacht durchgezogen. Die Ringe um Doris Unterschenkel waren verschwunden und zumindest hinten durch die Vervollständigung der Korsettschnürung ersetzt worden und ihr Arm war jetzt nahezu lückenlos von Unmengen bunter Federn bedeckt.

Wenn Resi nichts anders einfallen sollte, dann war von den permanenten Fesseln jetzt nur noch der Halsreif übrig. Die kleinen Ringe an Daumen und Zehen zählte Doris schon gar nicht mehr mit. Die Frage war nur, wie sie Resi dazu bekommen konnte, ihr diesen teuflischen Halsreif abzunehmen. Einen Moment lang überlegte sie, ob sie Resi nicht um eine tolle Erweiterung der Tätowierungen bitten sollte. Im gleichen Moment verwarf sie den Gedanken allerdings wieder. Neben dem Gesicht und den Händen – Doris schaute sich die Federn auf ihrem Handrücken an - war der Hals sicherlich die nächste Körperstelle, die sie nicht für den Rest ihres Lebens mit bunten Bildern geschmückt haben wollte.

Bevor sie weiter nachdenken konnte, hörte sie Resi schon die Treppe hoch kommen.

„Hallo mein Herz. Komm verwöhn mich noch einmal, dann ist es an der Zeit abzufahren."

„Ich dachte, wir frühstücken noch."

„Ich muss dir reichen", meinte Resi, während sie sich rittlings auf Doris Bauch setzte. Dadurch hatte Doris die Gelegenheit, genüsslich die Augen zu verdrehen, bevor sie wieder einmal Liebe spielen musste.

Nur mit Kette am Halsreifen und normalen, also nur um die zehn Zentimeter hohen Pumps, ging Doris danach ins Bad, um sich zu duschen und eine Runde Make-up aufzulegen. Danach rief sie, wie vereinbart Resi.

Abreisefertig mein Schatz?" wollte die grinsend wissen, während sie ihre Hände auffällig unauffällig hinter dem Rücken hielt. Doris schaute an ihrem nackten Körper herunter.

„Wenn ich so reisen soll, dann könnte die Reise ein ziemlich schnelles Ende finden."

„Natürlich ziehst du dir noch was an. Ist doch klar. Vorher habe ich aber noch eine kleine Überraschung für dich."

Doris brachte es nicht über sich, jetzt auch noch mit hoher Piepstimme irgendwas wie „Au fein" auszurufen. Also begnügte sie sich damit, Resi erwartungsvoll anzustrahlen. Sie hoffte zumindest, dass der Blick als ‚strahlend' bewertet werden konnte.

Resi zeigte ihr einen gut ausgeformten Dildo.

„Den wirst du heute tragen. Ist das nicht klasse? Und stell dir vor, der geht nicht, wie der andere von selber an und aus. Der geht nur an und aus, wenn ich es will. Mach mal die

Beine auseinander, ich stecke ihn dir sofort rein. Oder willst du selber?"

Ohne lange nachzudenken, ließ sich Doris den unangenehmen Quälgeist geben und ging damit in ihr Zimmer zurück, um ihn in Ruhe und vor allem schmerzfrei einführen zu können. Denn feucht war sie nun wirklich nicht. Als sie ihn endlich drin hatte, kam Doris mit dem Keuschheitsgürtel zu ihr und legte ihn ihr an.

„Keine Angst. Das ist nur vorübergehend. Ich muss mir sicher sein, dass du den kleinen Lustlümmel nicht versehentlich verlierst. Sonst hätte ich eventuell ein Gehorsamkeitsproblem mit dir. Und das wollen wir doch beide nicht."

„Verstehe ich nicht. Ich habe doch immer noch das Halsband an. Wenn ich abhauen wollte, bräuchtest du doch nur einmal auf deinen Knopf zu drücken und ich würde winselnd am Boden liegen. So wie letzthin im Maisfeld."

„Im Prinzip richtig. Aber", Resi zog mit einem ‚Ta Ta!' einen Schlüssel aus der Tasche, „das Halsband werde ich dir jetzt abnehmen. Ist für unsere kleine Reise und das, was du so alles vor hast zu anstrengend."

Noch vor einer Stunde hatte sich Doris darüber Gedanken gemacht, wie sie es los werden wollte und jetzt passierte es schon. Sie konnte ihr Glück kaum fassen und zeigte, soweit sie sich erinnern konnte, das erste Mal ein echtes, tief empfundenes Lächeln.

„Habe ich mir gedacht, dass du dich darüber freuen würdest meine Geliebte. Aber, nur der Form halber, bevor ich dir das Halsband abnehme."

Resi griff eine Fernbedienung und prompt erwachte der Dildo zum Leben. Wie Doris sofort feststellen musste erwachte er sogar zu einem sehr lebhaften Leben. Es war, gerade weil die langsame Steigerung ausblieb, schlagartig einfach nur unangenehm und am Rande der Schmerzgrenze.

„Der ist aber heftig", brachte sie zwischen zusammengebissenen Zähnen heraus, ohne dass sie ihre Hände davon abhalten konnte, den nutzlosen Versuch zu machen, das Teil herauszunehmen.

„Ja, ich weiß", kommentierte Resi lächelnd, während sie den Dildo wieder ausschaltete. Ich wollte dir nur kurz zeigen, was der kann. Das war übrigens der Modus ‚böses Mädchen'. Wenn du gleich oder später meinst abhauen zu müssen, dann schalte ich den Modus ‚dreckiges Miststück' ein. Ich sage mal so: Das ist wie bei dem Halsband. Du wirst diesen Modus nicht erleben wollen. Und um auch das klar zu sagen. Der Modus kann dich echt verletzen."

Mit entspanntem Lächeln schickte Resi noch die Frage, „alles klar?", hinterher.

Mehr, als ein heiseres ‚Ja' bekam Doris nicht heraus.

„Na dann kann ich ja dein Halsband lösen. Im Schrank findest du die Kleidung, in der ich dich in ein paar Minuten unten sehen will."

Das Halsband legte Resi zu den anderen Fesselutensilien und ging dann nach unten.

Während Doris den weißen Tennisrock mit zugehörigem Wollpullunder und nicht ganz passenden, aber auch nicht wirklich schlecht aussehenden kniehohen, weißen Lackstiefeln mit vierzehner Absatz und dreier Plateau anzog, sammelte sie sich wieder so weit, dass sie zumindest optimistisch in die Zukunft sehen konnte. Im ersten Moment hatte sie sich sogar darüber gefreut, dass Resi ihr keinen BH dazugelegt hatte (vielleicht gab es ja doch noch Erregung öffentliches Ärgernisses), dann allerdings hatte sie festgestellt, dass der Pullunder im Brustbereich irgendwie verstärkt war. Jedenfalls traten ihre gestreckten Brustwarzen nicht so stark hervor, wie sie eigentlich erwartet hatte.

Unten reichte Resi ihr noch eine Trinkflasche.

„Die kannst du gleich im Wohnmobil trinken. Dann hast du auch dein Frühstück. Das Zeug ist einfach nur genial. Alles drin, was der Mensch so braucht. So. Jetzt sag noch rasch Tschüß zu diesem wunderbaren Hof. Es wird ein paar Tage dauern, bis wir zurück sind."

Nicht lang danach hatte Resi das Wohnmobil auf die Landstraße gesteuert und entspannt eine CD eingelegt.

„Dann wollen wir mal ein bisschen plaudern. Es dauert mit diesem lahmen Ding hier einiges an Zeit, bis wir da sind. Jetzt liegt ja auch schon so etwas wie ein erster Abschnitt auf dem Weg zu deinem neuen Leben hinter dir. Wie fandest du das denn bisher? Erzähl doch einfach mal. Frei von der Leber, wie man so sagt."

Doris hatte mit allem möglichen gerechnet, aber sicherlich nicht damit. Trotzdem machte ihr diese überraschende Aufforderung keine besonderen Probleme. Schließlich war sie durch das Leben mit ihrem Mann in solchen Dingen trainiert.

„Du kannst sehr gut tätowieren. Ich hätte dir das bei unserer ersten Begegnung gar nicht zugetraut. Ich habe noch nie jemanden gesehen, der einen ganzen Arm einfach nur mit Federn gefüllt hat."

„Ach? Ich denke eigentlich eher, du hast vor unserer ersten Begegnung auch noch keine andere Tätowierung gesehen. Oder täusche ich mich da."

„Ertappt. Klar. Du weißt doch, wie ich vorher gelebt habe. Natürlich habe ich vorher schon Tätowierungen und auch Piercings gesehen. Aber das war dann doch mehr in der Art, dass ich es wahrgenommen und im gleichen Moment schon wieder vergessen hatte. War eben nicht das, wofür ich mich interessiert habe."

„Und jetzt?"

„Jetzt werde ich bei anderen Tätowierten schon genauer hinschauen. Und ich glaube, ich werde in vielen Fällen denken, dass meine Tätowiererin besser war."

„Freut mich zu hören, meine Liebe. Dann habe ich mit meiner Einschätzung, dass du in deinem tiefsten Inneren drauf stehst, ja richtig gelegen."

Einen Scheiß hast du, ging es Doris durch den Kopf. „Ja, hätte ich nicht gedacht, Resi", antwortete sie versonnen in die Ferne schauend.

„Und die Piercings? Wie steht es damit?"

„Um ehrlich zu sein. Die Ohren finde ich okay, aber", Doris Hand fuhr über die endlos scheinende Reihe an Kügelchen, die ihren Ausschnitt zierten, „an die hier habe ich mich noch nicht so richtig gewöhnt. Die finde ich ein bisschen heftig."

„Ach, mach dir mal keine Sorgen. Da wirst du dich auch noch dran gewöhnen. Ich finde die wirklich sehr hübsch. Und vor allem: Das hat nun wirklich nicht jede. Deine Ohrläppchen, wenn die fertig gedehnt sind, werden zwar auch auffallen, aber da bist du eben nicht ganz die Einzige. Die Dermals allerdings sind schon wirklich selten. So dicht und an der Stelle, habe ich die selber auch noch nicht gesehen."

‚Was war das gerade für eine Bemerkung zu den Ohrläppchen?', ging es Doris durch den Kopf. Das konnte nichts Gutes bedeuten, denn der Durchmesser, den sie jetzt trug, war gemessen an dem, was sie schon bei anderen gesehen hatte, wirklich lächerlich.

„Naja, du hast mich gefragt und ich habe dir ehrlich geantwortet", nahm sie den Faden mit ihrem Dekolleté wieder auf.

„Das erwarte ich auch von dir. Zur Belohnung", sie drückte auf die Fernbedienung, „Darfst du dich jetzt auch ein bisschen entspannen. Vergiss nicht zu trinken. Vom Herumstehen wird das Zeug nicht besser und du hast heute ja noch nicht gefrühstückt. Nicht, dass du mir umkippst."

Doris spürte, wie der Dildo diesmal eher zaghaft seine Arbeit aufnahm. Wenn sie nur ein bisschen erotische Gedanken würde fabrizieren können, dann wäre das schon perfekt gewesen, überlegte sie. Alles war besser, als dieses heftige Stoßen, das sie vor der Abfahrt ertragen hatte.

„Ahh, der kann ja auch richtig angenehm."

„Natürlich. Solange du ein liebes Mädchen bist, ist der auch lieb zu dir. Allerdings sollst du jetzt nicht direkt durch die Decke gehen. Wir können uns ruhig noch weiter unterhalten. Tattoos und Piercings haben wir jetzt nicht wirklich durch, aber zumindest mal angesprochen. Was hältst du denn von deiner gespaltenen Zunge?"

„Am Anfang war ich wirklich sauer, aber jetzt merke ich die fast gar nicht mehr. Macht sogar Spaß, damit ein bisschen zu spielen."

„Na, wenn das, was du beim Sex damit machst nur spielen ist, dann bin ich gespannt, was du noch alles auf dem Kasten hast, wenn du mal ernst machst."

„Ist doch verrückt", meinte Doris wahrheitsgemäß, „was man damit alles machen kann. Ich war immer der Meinung, dass die beiden Spitzen automatisch gleichzeitig hoch und runter gehen würden. Aber, dass ich die fast unabhängig steuern kann, ist schon erstaunlich."

„Freut mich", grinste Resi über beide Backen.

Mich auch, meinte Doris zu sich selber. In den letzten Tagen hatte sie gute Fortschritte, im ‚Resi in Sicherheit wiegen' gemacht. Wenn es ihr gelingen würde, auf dem Weg weiter zu gehen, ohne den Bogen zu überspannen, dann war das Ende der Gefangenschaft mit Sicherheit nicht mehr weit weg. Vielleicht nur noch ein paar Tage.

„Das Einzige, was wir in der letzten Zeit vernachlässigt haben, sind deine Haare. Wenn ich irgendwas nicht kann, dann ist das Haare schneiden. Klar, ich hätte einfach den Rasierer ansetzen können, gefällt mir aber bei dir nicht so richtig. Deshalb habe ich die jetzt einfach mal ein bisschen wachsen lassen. Knapp drei Monate."

Dass ihre Frisur nach allem ausschaute, nur nicht nach Frisur, war Doris beim täglichen Blick in den Spiegel natürlich auch aufgefallen. An den Spitzen waren die Haare entweder fast weißblond oder sie trugen noch die Restfarbe der Sterne. Dazu kamen die unterschiedlichen Längen. Alles in allem ein ziemliches Durcheinander. Wenn dies allerdings ihr einziges Problem gewesen wäre, wäre Doris wirklich glücklich gewesen.

„Was sagst du denn dazu?" wollte Resi wissen und zeigte Doris damit, dass sie vollkommen vergessen hatte, zu antworten.

„Klar ist mir das aufgefallen. Die Haare haben es wirklich nötig. Lass mich raten. Du hast schon etwas arrangiert?"

„Richtig. Und zwar noch heute. In genau", sie schaute auf die Uhr, „einer halben Stunde. Ist das eine Überraschung?"

Tatsächlich verließ sie bald danach die Autobahn und steuerte zielsicher einen Parkplatz in der nahegelegenen Großstadt an. Doris hatte den Eindruck, dass sie nicht wirklich im Stadtzentrum standen. Es wohl eher das kleine Zentrum eines Stadtteils. Jedenfalls war der Parkplatz wohnmobilgeeignet, was nun wirklich nicht selbstverständlich war.

„So, Doris. Den Rest gehen wir zu Fuß. Der Laden ist eine Mischung aus Durchschnitt und afrikanisch. Du bist die einzige Kundin und ich bleibe natürlich bei dir, um ein bisschen auf dich aufpassen. Nicht, dass du irgendwas falsch machst. Den Dildo schalte ich jetzt aus. Wenn ich den im Laden wieder einschalten muss, weil du dich nicht benimmst, dann kann ich dir versprechen, dass du es den Rest deines Lebens bereuen wirst."

Resi hatte das alles eher beiläufig erzählt. Selbst den letzten Satz hatte sie mit einem sympathischen Lächeln herausgebracht. Die Lockerheit, die Doris zunehmend bei sich spürte, konnte dadurch nicht vertrieben werden. Irgendwie sah sie dem Besuch beim Friseur sehr entspannt entgegen.

„Keine Angst, ich werde natürlich brav sein. Und endlich mal wieder einen vernünftigen Schnitt bekommen ist doch auch nicht schlecht."

Sie stellte die leere Trinkflasche weg und sah Resi fragend an. „Sollen wir?"

„Klar."

Der ‚Salon', in dem Resi scheinbar bekannt war, entpuppte sich als ein professionell ausgestattetes Zimmer in einer ganz normalen Wohnung. Doris wurde von der dunkelhäutigen Friseuse, die sich als Claire vorstellte, sofort zu dem Behandlungsstuhl geführt.

„Du bist also die neue Freundin von Resi. Cool. Dann wollen wir mal."

Sie schaute kurz auf Doris, um ihr die Chance für eine Antwort zu geben. Der war allerdings mehr nach Ruhe und Entspannung, also sagte sie einfach nichts.

„Ich hoffe, du hast gutes Sitzfleisch. Ein bisschen Zeit werden wir nämlich jetzt miteinander verbringen."

„Klar. Leg einfach los. Ich bin sehr gespannt, was sich Resi für mich ausgedacht hat. Außerdem habe ich Zeit ohne Ende."

Inzwischen hatte Claire angefangen mit ihren kräftigen Fingern, die Doris der ansonsten eher zierlichen Person gar nicht zugetraut hatte, durch die Haare zu fahren. Dabei nahm sie vor allem bei dem mittleren längeren Streifen Maß. Schließlich rieb sie Doris mit einer Paste ein. „Die verfilzen dann schneller. Ist so einer Art Starterdünger. Außerdem halten die Verlängerungen dann besser", erklärte sie lächelnd, während sie über den Spiegel Blickkontakt zu Doris aufbaute, die das alles immer noch sehr entspannt über sich ergehen ließ. Was sollte es schon. Sobald sie frei wäre, würde sie sich zur Not eine Glatze scheren und dann darauf warten, dass ihre wunderbaren Haare wieder nachwachsen würden. Oder sie würde es einfach so lassen. Sie wusste es nicht. Im Moment wollte sie einfach nur entspannen und sich keinen Stress um die Zukunft machen.

Das erste Haar, das Claire einflocht, war weiß. Nicht weißblond, sondern einfach nur weiß. Nachdem Claire den Anfang gemacht hatte, flocht sie mit erstaunlicher Geschwindigkeit Kunsthaare in Doris Haare ein. Als das Ende des natürlichen Haarstrangs erreicht war, gab sie erst richtig Gas. Sie musste ihren Tatendrang nur ab und zu unterbrechen, um den freien Teil des Kunsthaares, der natürlich alle Flechtbewegungen mitmachte, wieder zu entwirren.

„Und? Wie findest du die Farbe?" wollte sie wissen.

„Nicht direkt Natur, aber warum nicht? Nimmst du die volle Länge?"

„Klar. Das sieht super aus. Die gehen dir dann fast bis zum Hintern. Einfach nur geil."

Für den nächsten Zopf nahm sie gelbe Strähnen, die sie mit der gleichen Handfertigkeit einarbeitete. Doris schaute ihr entspannt zu. So bunte Haare hatte sie noch nie gehabt. Sie warf einen Blick auf den Tisch mit dem Kunsthaar und konnte nur ein wildes Durcheinander von Farben erkennen. Es gab nichts was nicht dabei lag.

„Ich sehe", nahm Claire ihre Gedanken auf, „du hast den Vorrat entdeckt. Das Motto ist ‚bunt'. Passt dann ja auch super zu deinem Feder-Tattoo. Echt abgefahren. Normalerweise mache ich nur Zöpfe in der gleichen Farbe. Vielleicht mal einer dazwischen, der ein bisschen bunt ist."

„Na", antwortete Doris unbekümmert, „dann komme ich ja genau richtig. Endlich kannst du dich mal so richtig austoben. Wobei ich gerade bei austoben bin...", schickte Doris mit Blick auf Resi, die amüsiert auf dem Nachbarstuhl saß, hinterher, „ich finde du kannst mal was für mein allgemeines Wohlgefühl tun. Ich bin doch ganz brav."

„Bist du", antwortete Resi lachend und griff in ihre Tasche. Kurz danach merkte Doris, wie der Dildo langsam seine Arbeit aufnahm.

„Wunderbar, Resi. Du bist die Beste."

„Was war das denn?" wollte Claire natürlich sofort wissen.

„Unser kleines Geheimnis", wurde sie leichthin von Doris belehrt. „Geht nur meine liebe Resi und mich etwas an."

Danach schloss Doris die Augen und genoss einfach die wunderbare Stimmung, die so herrlich entspannt und sorglos war.

Endlich dicht dran

Zur selben Zeit saßen die beiden Kommissare in ihrem Auto und fuhren wieder zu einem einsam gelegenen, ehemaligen Bauernhof. Diesmal waren die uniformierten Kollegen schon vor ihnen am Treffpunkt und sie konnten nach einem kurzen Begrüßungsstopp direkt weiterfahren. Vermutlich hätten sie auch etwas mit ihrer Müdigkeit kämpfen müssen, wenn sie jetzt noch lange wartend im Auto gesessen hätten.

Rednich ließ nochmals die Stationen Revue passieren, die sie seit dem enttäuschenden Besuch bei der Punkerin in den letzten Stunden passiert hatten.

Die erste vielversprechende Spur hatte Smidt in die Hände gedrückt bekommen. Dieser Benzl war alles andere als ein unbeschriebenes Blatt. Hottel, der Computerfreak aus dem Kommissariat hatte ihnen das schon eine Viertelstunde nach ihrer Anfrage mitgeteilt. „Aber denkt dran Leude", hatte er dann noch in seinem typischen ‚Alles easy' – Tonfall hinterhergeschickt, „der Mann hat viel in seinem Leben falsch gemacht, aber deshalb ist er nicht zwingend euer Mann. Und ach, fast vergessen. Ich schicke euch noch ein paar Bildchen auf eure Handys."

In der örtlichen Polizeistation war nichts über Benzl bekannt, was ja auch nicht zwangsläufig der Fall sein musste. Daraufhin hatten die beiden Kommissare beschlossen auf direktem Wege zum Anwesen des Senators zu fahren. Sie wollten sich die Räume von Doris Schweigerl nochmals vornehmen. Vielleicht gab es ja jetzt, wo sie die potentielle Verbindung zu Benzl kannten, eine Spur, die ihnen vorher nicht aufgefallen war.

An der Türe empfing sie James, der zwar seine geübte Haltung nach wie vor aufrecht erhielt, dem aber trotzdem die Sorge um seine beiden Herrschaften und wohl auch seine persönliche Zukunft und die seiner Frau, anzumerken war. Nach wenigen Augenblicken, die er die beiden Kommissare in der Halle hatte warten lassen, kam er mit der Erlaubnis zurück alles, was den Kommissaren auch immer in den Sinn kommen sollte, zu untersuchen. „Herr Schweigerl lässt sich entschuldigen. Er hat in den letzten Tagen sehr abgebaut. Zudem erhält er seit heute starke Schmerzmittel, die seine Sinne etwas trüben."

„Haben die Schmerzen denn so plötzlich zugenommen?" wollte Smidt spontan wissen.

„Nein, aber gestern war der Notar bei ihm. Damit ist sein Nachlass jetzt geordnet. Das wollte er unbedingt bei klarem

Verstand machen. Deshalb hat er bis gestern nur die üblichen rezeptfreien Schmerzmittel genommen."

Danach hatten die beiden angefangen, Frau Schweigerls Zimmer nochmals gründlich unter die Lupe zu nehmen. Erst nach mehreren Stunden akribischer Suche hatten sie dann die Verbindung in den Händen.

Smidt hatte das Stammbuch von Frau Schweigerls Eltern gefunden. Dort war der entscheidende Vermerk auf deren Halbbruder Rolf Benzl abgeheftet.

Hottel hatte wegen eines anderen Falls erst ziemlich spät anfangen, richtig zu recherchieren. Aber das, was er dann gefunden hatte, hatte das Bild komplett abgerundet. Danach war ihnen klar, dass Frau Schweigerl alles getan hatte, um ihren Halbbruder aus ihrem Leben herauszuhalten.

Als Hottel dann über seine Kanäle nochmals die Spur zu dem Hof mit der Punkerin gefunden hatte, kam die Information über den Bauernhof, zu dem sie gerade fuhren, quasi gratis dazu. Den hatte Benzl nämlich bei dem Vater der Punkerin mit einer festen Laufzeit von zehn Jahren gemietet.

Niemand öffnete auf das Klingeln. Den Kommissaren blieb zunächst nichts, als einmal um das Gebäude zu gehen und nach irgendetwas Auffälligem Ausschau zu halten. Eine der Nebentüren war nur angelehnt. Die beiden verständigten sich mit einem Blick und bedeuteten den uniformierten Kollegen, die Waffen vorsichtshalber zu entsichern.

Wenn sie tatsächlich das Versteck von Benzl gefunden haben sollten, dann galt es mit allem zu rechnen. Insbesondere damit, dass die Türe nur eine Falle war. Sie setzten also ihren Rundgang fort, konnten aber keine weiteren Auffälligkeiten mehr finden. Bevor die beiden sich darüber austauschen konnten, ob sie ins Haus eindringen sollten oder das lieber von Profis erledigen lassen wollten, ging in der oberen Etage ein Fenster auf und einer der beiden Kollegen lehnte sich locker heraus.

„Ihr solltet mal hoch kommen. Wenn das Zimmer hier nicht das ist, was ihr sucht, dann weiß ich es auch nicht."

Rednich konnte sich noch gerade eine Maßregelung bezüglich des Leichtsinnes verkneifen. Und als er dann mit Smidt in dem Zimmer stand, wusste er, dass die Spur brandheiß geworden war. Er konnte förmlich riechen, dass dieses Zimmer noch vor kurzer Zeit bewohnt war.

Schlimmer geht immer

Doris war im siebten Himmel. Auf ihrem Kopf sammelten sich alle Farben des Regenbogens. Manche der Zöpfe waren sogar neonfarbend. Zwar zog Claire bei jedem neuen Zopf sehr stark an Doris Haaren, aber nachdem sie erklärt hatte, dass die Spannung schon in ein paar Tagen wegen des Haarwachstums abnehmen würde, war die Welt für Doris wieder in Ordnung. Alles war so herrlich friedlich.

Resi gab ihr zwischendurch immer wieder einen Keks, den sie extra für Doris gebacken hatte und zusätzlich noch von dem Brei, der auf der Herfahrt schon so gut geschmeckt hatte. Irgendwann, als Claire, die die Kekse lachend abgelehnt hatte, mal eine Pause machte, ließ sich Doris für ihre gespaltene Zunge und die Dinge, die man damit machen konnte, bewundern. Fast hätte sie auch noch ihre gedehnten Brustwarzen gezeigt. Dann war es ihr aber doch zu viel Arbeit gewesen, den Pullunder dafür hochheben zu müssen.

Als Claire irgendwann mit den Zöpfen fertig war, machte sie daraus eine breite Cornrow. Damit verhinderte sie, dass die Zöpfe in alle Richtungen fallen konnten. Doris war begeistert. Sie würde garantiert niemals freiwillig diese wunderbare Frisur abschneiden lassen.

„Jetzt bist du schon fast durch, Doris. Nur noch die Seiten und die Augenbrauen. Das geht schnell."

Innerhalb weniger Minuten hatte Claire die Haare rechts und links der Zöpfe mit der Maschine auf minimale Länge gekürzt. Danach trug sie Rasierschaum auf und entfernte die Stoppeln mit eine scharfen Klinge.

Doris konnte von dem Gefühl mit ihren Händen über die glatte Haut zu streichen, gar nicht genug bekommen.

„Jetzt halt deine Hände mal für einen Moment unten", forderte Claire sie irgendwann grinsend auf. „Ich muss noch eben deine Augenbrauen in Form bringen."

Bevor Doris überhaupt nur darüber nachdenken wollte, ob sie sich über ihre Augenbrauen Gedanken machen wollte, hatte Claire schon Wachs aufgetragen und beide Augenbrauen mit einem kurzen schmerzhaften Ruck komplett entfernt.

„Wenn du Lust hast, mache ich dir auch noch die Nägel", bot Claire mit hoffnungsvollem Lächeln an.

„Klar. Mach nur. Du bist so nett. Ich habe mich in der letzten Zeit etwas gehen lassen. Willst du doch auch Resi? Oder?"

„Mach nur Doris. Wenn es dir gut geht, geht es mir auch gut."

„Dann mal los Claire. Schön lang. Das wollte ich immer schon mal machen."

Die nachfolgende Behandlung bekam Doris gar nicht mehr richtig mit. Sie war zu sehr mit dem sinnlichen Gefühl beschäftigt, dass ihr der eifrige kleine Dildo bescherte. Doris hielt ihre Augen konstant geschlossen und war mit einem Dauergrinsen nur bei sich selber und ihrem tollen Körper.

Auch, als Claire fertig war und Doris von Resi in inniger Umarmung zurück zum Wohnmobil gebracht wurde, fand sie alles einfach nur fantastisch. Sie hätte die Welt umarmen können. Wieder auf der Autobahn fing sie an, Resi mit ihrer Sicht auf die Dinge zuzutexten. Sie war dabei stolz darauf, dass es ihr mühelos gelang, unter dem Leitfaden ‚Frieden in der Welt', alle führenden Politiker mit ihren Fehlern und Vorzügen charakterisieren zu können. Sie verstand zwar nicht, weshalb Resi immer wieder lachte – auch dann, wenn Doris gar keinen Witz gemacht hatte – aber das störte sie nicht wirklich. Hauptsache, sie fühlte sich wohl. So unendlich wohl.

Erst spät am Abend erreichten sie ihr Ziel. Resi hatte vorgeschlagen, bei einem Freund zu übernachten, was Doris, die sich nach dem langen politischen Vortrag auf einmal seltsam erschöpft fühlte und unglaublichen Hunger entwickelte, mit Freude aufnahm.

„Ich hoffe, der kann uns ein dicke Portion Nudeln auftischen. Ich könnte glatt eine doppelte Portion vertragen."

Nachdem sie nochmals ihre seitlichen Glatzen befühlt hatte, warf sie wieder einen Blick auf ihre neuen Fingernägel. Irgendwie waren die komisch. Aber andererseits. Resi hatte ja die ganze Zeit aufgepasst. Insofern würde schon alles in Ordnung sein.

Inzwischen hatte Resi die Autobahn verlassen und das Wohnmobil auf einen großen Parkplatz gesteuert. Sie parkte den Wagen hinter dem Haus in dem als ‚privat' markierten Bereich und drängte Doris, sich ein bisschen zu beeilen.

Mit dem sicheren Wissen, endlich etwas zu Essen zu bekommen, ließ sich Doris gerne antreiben. Sie wurde zusammen mit Resi ins Gästezimmer geführt, wo Resi sie lächelnd auf einem Sitz festschnallte.

„Warte ab, mein Schatz. Hier wartet die Überraschung deines Lebens auf dich", erklärte ihr Resi noch immer lächelnd. „Ich bin gleich wieder da."

Als Doris wieder aufwachte, schien bereits die Sonne in das Zimmer. Im ersten Moment wusste sie nicht so richtig, wo sie gelandet war, dann aber kam langsam die Erinnerung wieder. Sie war mit Resi auf Tour und sie hatte allen Grund dazu, sich Hoffnung zu machen, bald fliehen zu können. Warum war lag sie auf dieser Liege?

Richtig. Übernachtung bei einem Freund von Resi. Nur leider wieder angeschnallt.

Also ob Resi nur darauf gewartet hätte, dass Doris wach wurde, kam sie auch schon lächelnd zur Türe rein.

„Na Doris. Wie geht es dir?"

„Hallo Resi. Ich weiß es ehrlich gesagt nicht."

„Ist normal. Mach dir nichts draus. Ich musste gestern ein bisschen Gas geben. Deshalb habe ich dir ein paar Haschkekse in den Brei gemischt und dich bei Claire weiter damit gefüttert. Glücklicherweise gehörst du zu den Menschen, die darauf wahnsinnig entspannt reagieren. Wäre Pech für dich gewesen, wenn du zu der depressiven Variante gehören würdest."

Doris war schlagartig hellwach. Deshalb also hatte sie so einen Gefühl, dass gestern alles wunderbar gewesen war. Weiter kam sie mit ihren Gedanken nicht, da Resi unbekümmert weiterredete.

„Für uns beide ist jetzt Zeit Abschied zu nehmen. Deine Versuche, mich um den Finger zu wickeln, sind zwar wirklich süß, aber ich habe mein Auge schon auf das nächste Opfer geworfen. Ich hoffe du hast Verständnis dafür. Den größten Kick habe ich eben immer ganz am Anfang, wenn mein Opfer noch nichts ahnt oder glaubt, es würde schon mit mir fertig werden. Ich lasse dich hier bei meinem Freund und seiner ziemlich dominanten Frau. Du wirst in seiner Tabledance-Bar arbeiten. Wenn du dich benimmst, bleibt es beim Tanzen. Wenn nicht, wirst du mit Gästen aufs Zimmer gehen. Der Laden hier hat ein paar sehr, sehr illegale Zimmer. Ich gebe dir also zum Abschied den gut gemeinten Tipp, beim Tanzen alles zu geben."

„Ach noch eine letzte Info", fügte sie nach einer kurzen Denkpause an. „Du wirst dich vielleicht irgendwann fragen, weshalb ich den Aufwand mit deiner neuen Frisur betrieben habe. Das war hier so gewünscht. Ich persönlich finde die ziemlich bescheuert."

Ohne ein weiteres Wort, drehte Resi sich um und verschwand aus dem Leben der vollkommen überraschten Doris, die verzweifelt zur Decke blickte und hoffte, dort irgendwas zu sehen, an dem sie sich festhalten konnte, oder das ihr sagen würde, dass das gerade nur ein böser Traum war. Statt einer neutralen Decke, sah sie aber nur einen großen Spiegel und in dem Spiegel sah sie sich. Die bunten Haare. Die neongelben, viel zu langen Fingernägel. Die für den Rest ihres Lebens schwarzen Lippen. Die Piercings. All das verlieh ihr das Aussehen einer billigen Möchtegernschönheit. Dazu kam noch der Schock, dass Resi sie von Anfang an durchschaut hatte und sich wahrscheinlich köstlich darüber amüsiert hatte, wie sie sich zu Resis Sexlieferantin degradiert hatte.

Doris brach in lautes Schluchzen aus und konnte sich nicht mehr einfangen. Die ganze Selbstbeherrschung, mit der sie sich bei Resi über Wasser gehalten hatte, war weg.

Irgendwann ging die Türe auf und ein muskelbepackter, lächelnder Glatzkopf kam in den Raum. Doris wäre am liebsten weggelaufen, als sie ihn sah. Sein Gesicht war von lauter tätowierten Pfeilspitzen umrahmt die alle auf seine Nasenspitze ausgerichtet waren. Im ersten Moment - aber wirklich nur im ersten Moment - hatte Doris gedacht, er würde eine Skimütze tragen, die nur den Mund und das Gesichtsfeld frei lassen würde. Im Septum trug der Mann einen dicken schweren Ring und auf den Zähnen, die er beim Lächeln entblößte, waren irgendwelche Glitzersteinchen befestigt.

„Hallo Doreen, ich bin Boris", stellte er sich mit heiserer Stimme vor. „Sei nett zu mir und tu alles, was ich sage, dann werden wir beide gut miteinander klar kommen."

Bevor Doris antworten konnte, musste sie sich erst ein paar Mal räuspern. Und selbst dann brachte sie nur ein zaghaftes „Hallo", heraus.

„Ja", er schlug, noch immer lächelnd, seine mächtigen Pranken zusammen. „Du wirst sicherlich wissen wollen was ich hier mache und was du hier machst. Ich bin in diesem Haus für Piercings und Tattoos zuständig. Dreimal darfst du raten, wofür du zuständig bist, wenn ich dich besuche. Ich sehe, dass an dir schon eine kompetente Kollegin gearbeitet hat. Bin schon sehr auf deinen Rücken gespannt. Ein Tiger."

Zur Bekräftigung machte er eine Kralle und imitierte das Fauchen des Tigers. Danach verfiel er wieder in sein Dauerlächeln.

„Tätowieren werde ich dich erstmal nicht, aber dafür bekommst du gleich noch ein paar Piercings. Du bist ja ganz offensichtlich nicht vollständig."

„Warum? Ich habe doch schon so viele." Doris wusste selber, dass so eine Bemerkung nicht sinnvoll war. Aber im Moment konnte sie einfach nicht anders.

„Warum?" wollte Boris lachend wissen. „Na, weil unsere Gäste drauf stehen. Ist doch ganz einfach."

Mit ein paar Handgriffen zog er Doris Fesseln so an, dass der Bewegungsspielraum, den sie bisher gehabt hatte, komplett verschwand. Während er dann an der Liege irgendwelche Hebel löste, lächelte er Doris wieder an. „Sonst noch irgendwelche Fragen Doreen?"

„Ich heiße eigentlich Dorothea, oder Doris. Wieso nennst du mich Doreen?"

„Weil die Chefin das so will. Ganz einfach", erklärte er, während er Doris Beine auseinanderzog.

‚Wieder so ein scheiß multifunktionaler Stuhl', ging es Doris durch den Kopf. Automatisch versuchte sie dagegen zu halten. Immerhin hatte sie nichts an und keine Lust Boris freie Sicht zu gewähren.

„Sinnlos, Doreen. Aber, wenn du es so willst, dann soll es so sein."

Boris ließ die beiden Beinunterlagen einschnappen.

„Das ist die Stellung, in der ich dich brauche. Ist doch ganz angenehm oder?"

„Ja", stimmte ihm Doris zu.

Danach öffnete er die beiden Schenkel der Liege wieder und drückte Doris Beine mit unwiderstehlicher Kraft noch weiter auseinander. Erst, als sie schon fast im Spagat zu einander standen, ließ er die Schenkel wieder einrasten.

„Und das", verkündete er lächelnd, „ist die Strafe dafür, dass du eben Widerstand geleistet hast."

Doris war zu beschäftigt, sich darauf zu konzentrieren, dass sie ihre Beine entspannen musste. Als Antwort presste sie nur ein schmerzhaftes Stöhnen heraus.

„Entspann dich einfach. Wie ich sehe, sind keine Haare im Weg. Sollte eigentlich schnell gehen."

Danach untersuchte er, wieder mit seinem Dauerlächeln ausgestattet, ihre Schamlippen. So schlimm es für Doris war, dies von einem wildfremden Mann über sich ergehen zu lassen, so konnte sie immerhin feststellen, dass er behutsam zu Werke ging. Als er von ihr abließ, schaute er Doris ins Gesicht.

„Sieht gut aus Doreen. Dann will ich mal. Wenn du damit einverstanden bist, dann steche ich dir direkt 10g, also zweieinhalb Millimeter."

„Das war dann wohl eher eine rhetorische Frage, nehme ich mal an?" brachte Doris gequält hervor.

„Ah, Doreen ist gebildet. Was ist denn eine rhetorische Frage?"

„Egal. Ich meinte nur, dass es doch wohl ziemlich egal ist, ob ich damit einverstanden bin oder nicht."

„Richtig", grinste Boris über beide Backen. Danach zog er aus einem Schubladenschrank alles hervor, was er brauchte. Nachdem er die Ringe in ein Desinfektionsbad gelegt hatte, fing er an, die Stellen, an denen er die Piercings setzen wollte, auszumessen und zu markieren. Für Doris wurde die Lage mit den extrem gespreizten Beinen immer unbehaglicher. Am liebsten hätte sie wegen der Ausweglosigkeit ihrer Situation wieder losgeheult. Nur hätte ihr das keine Erleichterung gebracht. So, wie Boris auf den automatischen Gegendruck reagiert hatte, als er ihre Beine auseinandergedrückt hatte, würde alles Lamentieren über die schmerzenden Beine vermutlich direkt einen Knebel zur Folge haben. Ihr blieb nichts anderes übrig, als sich erstmal mit der neuen Situation vertraut zu machen, die desaströse Niederlage gegen Resi abzuhaken und möglichst wenig Strafen einzukassieren. Deshalb beschloss sie auch gar nicht erst bei Boris nachzufragen, wieviel Piercings sie jetzt erhalten würde. So wie der im Moment herumwerkelte, würde wohl kaum eins auf jeder Seite herauskommen.

Sie konnte ihm dabei zusehen, wie er eine Nadel aus ihrer sterilen Verpackung nahm und bereitlegte. Danach setzte er die Klemme an ihrer linken Schamlippe an. Der Druck war noch ganz gut auszuhalten. Nachdem er sich überzeugt hatte, dass die Klammer richtig saß, nahm er die Nadel, setzte sie an und drückte sie ohne großes Getue durch. Seltsamerweise spürte Doris nur einen weiteren Druck. Danach folgte die inzwischen hinlänglich bekannte Hantiererei, um mit dem Ring die Nadel wieder zurückzudrücken und den Ring danach mit dem kleinen Kügelchen zu schließen.

„Du bist gut Doreen. Schön weiter ruhig liegen bleiben, dann hast du es umso schneller hinter dir", grinste Boris zwischen ihren Beinen hervor.

Danach blieb Doris nur noch Mitzählen übrig. Als Boris endlich sein Werkzeug zur Seite legte, hatte sie auf jeder Seite fünf dieser Ringe in ihren Schamlippen. Das Einzige, woran sie jetzt noch dachte, war, dass sie am Ende dieses ganzen Horrortrips die Ringe einfach nur herausnehmen musste. Die Stelle war glücklicherweise wesentlich weniger öffentlich, als ihr Gesicht und die Ohren.

„Damit du weißt, dass ich gar nicht so böse bin, lass ich dich jetzt noch ein paar Minuten liegen. Damit hast du Gelegenheit, dir deinen neuen Schmuck noch ein bisschen anzusehen."

Zu Doris Erleichterung arretierte er ihre Beine neu. Die Füße lagen danach nur noch einen knappen Meter auseinander.

Doris konnte in dem Deckenspiegel erkenne, dass Boris relativ große Ringe benutzt hatte. Sie tippte auf einen Durchmesser von fünfzehn oder sogar zwanzig Millimetern. Sie würde drüber weg kommen. Schlimmer, viel schlimmer fand sie den aktuellen Zustand ihres Kopfes. Die Frisur, über die sie sich gestern unter dem Einfluss der Drogen so sehr gefreut hatte, war nichts anderes als ein Irokese. Die Seiten ihres Kopfes waren glatt rasiert und die bunten Zöpfe lagen zu einem großen Zopf zusammengefasst auf der Mitte ihres Kopfes. Sie wusste nicht, ob sie ihre fehlenden Augenbrauen oder die Frisur schlimmer finden sollte.

Bevor sie das entschieden hatte, wurde die Türe wieder aufgemacht und eine viel zu stark geschminkte Frau, die Doris irgendwo in den Mittvierzigern vermutete, trat ein.

„Willkommen in meinem bescheidenen kleinen Laden, Doreen."

Sie schaute auf die frischen Piercings.

„Muss man ihm lassen. Die sitzen perfekt."

Danach schaute sie Doris wieder ins Gesicht.

„Dich erwartet hier ein, im wahrsten Sinne des Wortes, buntes Leben. Wenn du dich ordentlich benimmst, dann wird es nicht wirklich hart für dich. Wenn du allerdings Mist baust, dann wird es sehr unangenehm."

Sie machte eine kleine Pause, die Doris nutzte, um sie nach ihrem Namen zu fragen. Nicht, dass sie an der Information wirklich interessiert war, aber sie wollte zumindest die Basics der Höflichkeit erfüllen. Schließlich war diese Frau nach Resi und Boris schon die dritte, die sie auf die Konsequenzen schlechten Benehmens hingewiesen hatte.

„Ich bin die Chefin. Also nenn mich auch so. Boris meinte, du willst nicht Doreen genannt werden?"

„Das habe ich so nicht gesagt. Ich dachte nur, dass ihm vielleicht ein falscher Name genannt worden ist. Deshalb habe ich ihm meinen Namen genannt."

„Und der ist?"

Das erwartungsvolle Funkeln in den Augen der Chefin hielt Doris im letzten Moment zurück, die falsche Antwort zu geben.

„Doreen. Doreen ist mein Name."

„Sehr gut. Und damit du ihn dir besser merken kannst, bekommst du ihn von mir noch einmal geschenkt."

Sie zog ein knallrotes, breites, glücklicherweise einigermaßen flexibles Halsband aus der Tasche und legte es Doris an. Im Spiegel konnte sie erkennen, dass vorne in dicken goldenen Lettern der Name ‚Doreen' prangte. Zumindest sah es in Spiegelschrift so aus.

„Und?"

Doris wusste nicht was die Chefin jetzt von ihr erwartete. Da Doris Arme noch immer fixiert waren, konnte sie das Halsband schließlich nicht betatschen und so tun, als ob sie vor Freude völlig aus dem Häuschen wäre. Schließlich versuchte sie es mit, „Danke."

Scheinbar die richtige Wahl. Zumindest wurde die Antwort von der Chefin mit einem kurzen Lächeln quittiert.

Danach begutachtete die Chefin jeden Quadratzentimeter von Doris Vorderseite. Sie probierte sogar aus, wie weit sich die Füße noch anziehen ließen und war freudig überrascht, dass Doris nur noch auf Heels gehen konnte. Die gefesselte Frau auf Doris Oberschenkel fand natürlich auch gebührende Bewunderung. Als sie an Doris Nippel angekommen war, musste sie noch zusätzlich ein bisschen daran ziehen und drehen. Also ob die Stretcher nicht schon genug Unheil anrichteten.

„Wie lange hast du die jetzt drin?"

„Weiß ich nicht", antwortete Doris wahrheitsgemäß. „Ich habe irgendwann das Zeitgefühl verloren."

„Kommt vor", nickte die Chefin, deren Blick jetzt an der „Kette" hing, die Resi ihr als permanenten Schmuck gepierct hatte. „Sehr hübsch. Das lassen wir erstmal alles so. Nur dein Gesicht gefällt mir nicht. Aber keine Panik, das bekommt Boris schon hin. Noch ein, zwei Stunden auf der Liege und dann bist du fürs erste präsentabel."

Also ob sie die Aufgabe hätte, Doris zu beruhigen, tätschelte sie deren Oberschenkel.

„Darf ich was fragen Chefin?"

„Nur zu."

„Ob ich etwas zu trinken bekommen könnte?"

„Kein Problem."

Sie griff neben sich und hatte dann eine Trinkfalsche in der Hand, die sie Doris an die Lippen hielt. Nachdem die begierig gesaugt hatte, musste sie auf den Wunsch der Chefin noch den Mund aufmachen und ihre gespaltene Zunge zeigen.

„Ich denke, ich lasse Boris irgendwann in den nächsten Tagen noch kleine Brillis in die beiden Spitzen stechen. Aber jetzt geht es erstmal um das Grundlegende."

Damit verschwand sie ohne weitere Erklärung aus dem Raum und ließ Doris mit dem Wissen zurück, dass es immer noch mehr Möglichkeiten gab, sich piercen zu lassen. Vor ihrem geistigen Auge erschienen ihr die Freaks, die fast am ganzen Körper Piercings trugen und dann stolz durchzählten, wieviel es inzwischen geworden waren. Sie konnte nur hoffen, dass die Chefin so etwas nicht zum Ziel hatte.

Als dann endlich Boris zurückkam, erklärte er ihr, dass man aber auch nie wisse, was die Chefin im nächsten Moment haben wolle.

„Sie stört sich an deinen fehlenden Augenbrauen. Deshalb werde ich da jetzt Abhilfe schaffen. Bleibst du ruhig, oder muss ich dich anschnallen? Mir ist es egal. Wäre nur gut für dich, wenn du bei deiner Antwort bleibst."

Doris konnte die Horrornachricht im ersten Moment gar nicht fassen. Deshalb fragte sie vorsichtshalber ängstlich nach.

„Du sollst mir Augenbrauen tätowieren?"

„Klar", grinste Boris. „ich sage ja: Du bist echt schnell im Kopf. Also: Anschnallen oder nicht?"

„Ich halte still. Kommt ja ohnehin auf das Gleiche raus."

„Nein, da muss ich dich korrigieren. Wenn du nämlich Terror machst, dann werde ich es bei den Augenbrauen nicht lassen. In dem Fall darf ich mit der Verzierung deines Schädels anfangen. Ich hab extra gefragt. Hab ich auch wirklich Bock zu. Wenn du also rumzicken willst, tust du mir einen Gefallen."

In den folgenden Minuten bereitete Boris die Tätowierung vor und Doris baute ihre Selbstbeherrschung weiter auf. In den paar Stunden, seit sie hier aufgewacht war, war ihr eines sehr klar geworden: Resi war im Vergleich zu den Typen hier eher zurückhaltend. Und das sollte schon wirklich etwas heißen.

Alleine die Vorstellung, dass er ihren ‚Schädel' tätowieren würde, hielt Doris in der nächsten Stunde davon ab, den völlig sinnlosen Versuch zu machen, sich zu widersetzen. Die Konturen ihrer neuen Augenbrauen waren zwar an dem Platz an den sie gehörten und auch die breite war in Ordnung. Bis zu dem Punkt hätte sie sich noch einreden können, dass die natürlichen Augenbrauen drüber wachsen würden und dann insgesamt der Effekt von dunkel gefärbten Augenbrauen entstehen würde. Zumindest so ungefähr der Effekt. Womit sie nicht gerechnet hatte, war, dass Boris ihr eine Art Zebramuster aus grün und rot tätowieren würde.

Schließlich legte er die Maschine weg und reinigte ein letztes Mal die beiden neuen Augenbrauen. Danach schaute er Doris eine zeitlang in die Augen.

„Ich glaube, du bist echt eine harte Nummer."

Doris, die ihm am liebsten mit ihren bescheuerten Neonfingernägeln das Gesicht zerkratzt hätte, zog es vor keine Antwort zu geben. Sie hatte schlicht und ergreifend keine Ahnung, ob er das als Lob oder als Warnung gemeint hatte. Und ihn danach zu fragen wäre nun wirklich ziemlich dämlich gewesen. Sie wollte sich lieber abwartend verhalten und mehr Eindrücke sammelnd, um herauszubekommen, wie die Leute in ihrer neuen Unterkunft tickten.

Ohne weitere Worte räumte Boris sein Werkzeug zusammen. Erst als er den Raum verlassen wollte, wies Doris ihn darauf hin, dass sie mal so langsam ein Besuch im Bad vertragen könnte. Er drehte sich halb um, nickte kurz und verließ dann den Raum.

Kurz danach kam eine Frau herein, die Doris auf den ersten Blick als eine Leidensgenossin einstufte. Doris erster Blick fiel auf deren Augenbrauen, die anders als bei Doris nicht tätowiert waren, sondern aus lauter kleinen goldenen Steckern bestanden.

„Augenbrauen sind hier wohl die Spezialität?" meinte Doris dann auch, um mit der Neuen möglichst schnell in irgendein Gespräch zu kommen.

Als Antwort lächelte die Frau Doris nur an. Dabei entblößte sie ihre Zähne, die offenbar durch so etwas wie einen Mundschutz geschützt waren. Danach legte die Frau den Zeigefinger auf ihre Lippen und zuckte dann entschuldigend mit den Schultern.

Da Doris ohnehin schon mit allem rechnete, zählte sie schnell Eins und Eins zusammen.

„Du kannst nicht sprechen, weil die deinen Kiefer irgendwie blockiert haben?"

Lächelndes Nicken.

„Ist das für immer?"

Sie hielt zwei Finger hoch.

„Noch zwei Stunden?"

Lächelndes Kopfschütteln.

„Zwei Tage?" Doris erinnerte sich an den langen Barbell, mit dem Resi ihr die Unter- und Oberlippe verbunden hatte.

Lächelndes Kopfschütteln.

„Zwei Wochen? Noch zwei Wochen?"

Lächelndes Nicken.

„Wow. Das ist mal echt lang. Darf ich dich überhaupt dazu etwas fragen oder bekommst du dann noch mehr Stress?"

Die Frau schaute Doris nur lächelnd an.

„Klar. Mein Fehler. Ich habe dir zwei Fragen auf einmal gestellt. Also. Darf ich dir überhaupt dazu Fragen stellen?"

Lächelndes Nicken.

„Ist das eine Strafe?"

Lächelndes Nicken.

„Die Frau, die mich hier abgeliefert hat, hatte mir mal für ein paar Tage die Lippen aneinander befestigt. Du siehst ja die beiden Piercings. Die hat dann einfach einen langen Stift durchgeschoben und mich so gefesselt, dass ich nicht dran gekommen bin. Das war schon echt übel. Und du musst das jetzt noch zwei Wochen durchhalten. Krass."

Die Frau machte eine Geste, mit der sie wohl, „was soll man machen", ausdrücken wollte.

„Ich würde dich ja gerne mit deinem Namen ansprechen."

Im gleichen Moment sah sie, dass die Frau natürlich auch so ein Halsband trug.

„Maddy. Bin ich blöd. Hätte ich direkt sehen sollen. Ja. Ich bin Doreen. Aber das weist du vermutlich ohnehin schon."

Lächelndes Nicken.

„Und du bringst mich jetzt ins Bad?"

Lächelndes Nicken.

„Na, dann mach mich mal los."

Maddy zog lächelnd das Unterlid ihres rechten Auges nach unten. Doris brauchte einen kleinen Moment, um die Geste korrekt interpretieren zu können.

„Wenn du mich los machst, kann ich dir einen über die Rübe ziehen und abhauen?"

Lächelndes Nicken.

„Okay. Ich würde dir niemals weh tun. Aber grundsätzlich hat natürlich jeder Mensch ein Recht auf seine Freiheit. Meinst du nicht?"

Diesmal kam kein lächelndes Nicken, sondern eine Geste mit der Maddy sie aufforderte einfach mal abzuwarten. Danach ging sie zu einem der Schränke und zog ein Stück knallroten Latex heraus. Nachdem sie es entfaltet hatte, konnte Doris erkennen, dass es sich um einen Schlauch handelte der noch um ein paar zusätzliche Strippen erweitert war. Als nächstes löste Maddy die Schnallen, mit denen Doris Beine fixiert waren und ließ Doris ein bisschen Zeit, um ihre Beine langsam zu bewegen, bis sie sich wieder gut anfühlten.

Dann kam das, was sich Doris inzwischen auch schon erarbeitet hatte. Maddy fing an, Doris Beine in den Schlauch zu packen. Da der Schlauch zwar eng war, aber nicht so eng, dass er die Beine aneinander presste, kam sie einigermaßen schnell voran und hörte erst auf, als die Oberkante knapp vor dem Beinansatz angekommen war. Damit steckten Doris Beine bis fast zu den Knöcheln in Latex.

Nachdem Maddy dann noch den Bauchgurt gelöst hatte, konnte sie Doris die Strippen um den Bauch legen und damit das Herunterrutschen des Schlauches verhindern.

„Okay", konstatierte Doris, „das wird mich vermutlich am schnellen Laufen hindern."

Lächelndes Nicken.

„Und du bist der Meinung, dass ich damit überhaupt laufen kann? Oder soll ich jetzt krabbeln"

Doris meinte ein kurzes Lachen zu hören, als Maddy lächelnd den Kopf schüttelte. Sie hielt Doris einen Zettel vor die Augen den sie zusammen mit dem Schlauch aus dem Schrank entnommen hatte.

„Hobbleskirt", las Doris. „Na super. Das bezeichnet ihr tatsächlich als einen Rock. Krass."

Maddy war inzwischen, noch immer lächelnd damit beschäftigt ein paar hochhackige Sandalen an Doris Füßen zu befestigen. Erst, als sie damit fertig war, löste sie die restlichen Fesseln und bedeutete Doris, sich beim Aufstehen Zeit zu lassen.

Als Doris dann endlich stand und ihr Kreislauf das Signal ‚bin fertig' gegeben hatte, machte sie den ersten Schritt in Richtung Tür. Sofort stützte sie sich auf der Liege ab, um nicht der Länge nach auf den Boden zu fallen.

Maddy beobachtete diesen ersten Versuch aus sicherer Entfernung, was Doris ziemlich unkollegial fand.

„Du kannst mir ruhig mal helfen. Ein bisschen stützen oder so."

Als Antwort zeigte Maddy ihr, dass das keine Option sei, in dem sie ihren Zeigefinger hin und her bewegte und natürlich weiterhin lächelte.

„Du darfst mir nicht helfen?"

Lächelndes Nicken.

„Ich könnte dich schließlich überwältigen und fliehen?"

Wieder wurde Doris Frage mit lächelndem Nicken bestätigt. Doris schaute an sich herunter und konnte nur den Kopf schütteln. Ihr war nicht so richtig klar, wie sie mit dem engen Rock an so etwas wie einen Zweikampf mit jemandem denken konnte, der sich völlig frei bewegen konnte. Erst jetzt fiel ihr dieser Umstand so richtig auf.

„Du bist ja gar nicht gefesselt. Ich meine, ich habe das natürlich vorher schon gesehen. Nur fällt mir jetzt erst auf, dass du doch eigentlich abhauen könntest."

Diesmal kam glucksendes Lachen als Antwort. Mehr war bei dem seltsamen Knebel, den sie trug wohl nicht drin. Doris schaute sich das einen Moment lang an, konnte sich aber keinen richtigen Reim darauf machen. Natürlich bestand die Möglichkeit, dass irgendwo im Raum Überwachungskameras oder Mikrofone montiert waren und Maddy deshalb aufpassen musste, nichts falsch zu machen. Außerdem konnte es auch sein, dass außerhalb des Raumes so viel Überwachung herumlief oder herumstand, dass es ohnehin nicht möglich war, mal eben zu verschwinden.

„Naja", winkte sie dann ab, „dass dürfte mit deinem Knebel wohl ein bisschen schwierig sein. Also, mir das zu erklären. Ich denke, wir machen das später."

Wieder kam das lächelnde Nicken und gleichzeitig wurde sie noch aufgefordert, mal langsam in Gang zu kommen.

Doris hatte keine richtige Idee, wie lange sie gebraucht hatte um in dem Rock, der ihr wirklich nur kleinste Schritte erlaubte, bis zu einem Aufzug zu trippeln. Danach fühlte sie sich jedenfalls, wie nach einem Dauerlauf. Der Aufzug hatte sie dann ins Erdgeschoß gebracht, wo sie in Ruhe Essen und Trinken konnte. Dann ging es, immer noch von Maddy begleitet zur Visagistin, die großzügig Makeup auf Doris Gesicht verteilte.

Als das alles erledigt war, kam die Chefin wieder zu ihr und befahl ihr sich langsam um die eigene Achse zu drehen. Als sie Doris Rücken sah, rief sie lautstark nach Boris, der auch kurz danach auftauchte und schon auf dem Weg zu den beiden Frauen sah, was das Problem war.

„Jetzt schau dir den Mist an. Wie kann die auch nur auf die Idee kommen, mir so was zu liefern? Wann kannst du das reparieren?"

„Gleich morgen, Chefin. Im Moment bin ich noch beschäftigt, wie Sie wissen."

„Kannst du das ergänzen? Also so, dass man die Lücke nicht mehr sieht?"

„Das gibt in der Regel nichts. Schwer die Farben und die Linienführung zu treffen. Ich würde eher vorschlagen einen Gürtel zu machen. Also so, wie das Original. Nur eben tätowiert."

„Okay, mach das."

Damit verschwand Boris wieder und die Chefin wendete sich an Maddy.

„Bring ihr irgendwas, womit wir das überdecken können. Ne kleine Korsage oder so."

An Doris gewandt erklärte sie dann

„Resi hätte dir den Keuschheitsgürtel abnehmen müssen, als sie das Tattoo gestochen hat. So, wie das jetzt aussieht, kann man das niemanden sehen lassen."

„Ja." Mehr viel Doris als Antwort nicht ein.

„Ansonsten hat sie ganz gute Arbeit geleistet. Boris freut sich schon auf die ganzen freien Flächen, über die du noch verfügst. Aber jetzt erstmal eins nach dem anderen: In zwei, drei Stunden kommen die ersten Gäste. Bis dahin schaust du dich hier unten in den Räumlichkeiten um. Du darfst alle Türen öffnen, wenn nicht ‚privat' oder ‚belegt' dran steht. Und ich erwarte dass du dir alles anschaust. Sobald der erste Gast kommt, wirst du hinter die Theke gehen und dich da hinten in diese kleine Nische stellen. Die Barkeeperin wird dich anschnallen und den Rest des Abends auf dich aufpassen."

Natürlich war die Korsage, die Maddy brachte ebenfalls aus Latex gefertigt. Als das Teil geschlossen war, gab Maddy Doris einen Klaps auf den Hintern. Doris nahm das als Zeichen dafür, dass sie sich jetzt die Räumlichkeiten anschauen sollte. Also trippelte sie los. Die erste Richtung, die sie eingeschlagen hatte, führte sie geradewegs auf einen Spiegel zu. Wenn sie nicht gewusst hätte, was an ihrem Äußeren inzwischen alles verändert worden war, hätte sie sich wohl nicht wiedererkannt. Hinzu kam noch, dass sie sich selber damit überraschte, wie wenig es ihr inzwischen ausmachte, mit nackten Brüsten und nackten Schamlippen herumzugehen. Noch dazu mit dem ganzen gepiercten und gut sichtbaren Schmuck. Wenn sie das kurze Gespräch zwischen der Chefin und Boris richtig verstanden hatte, dann wartete morgen schon die nächste Tattoo-Session auf sie. Er würde dann die, wegen des Keuschheitsgürtels unbehandelten Hautteile tätowieren.

Doris versuchte die Gedanken daran aus ihrem Kopf zu verdrängen. Also konzentrierte sie sich auf die Räumlichkeiten, die sie sich anschauen sollte. Da sie nur sehr langsam vorwärts kam, gelang es ihr mühelos jeden Winkel des großen, zentralen Raumes in ihrem Kopf abzuspeichern. Im Wesentlichen sah sie überall kleine gemütliche Nischen. Sie brauchte nicht viel Vorstellungskraft um sich ein Bild davon zu machen, wie diese Nischen genutzt wurden.

Danach fing sie an, der Reihe nach hinter die Türen zu schauen, die teilweise den Nischen zugeordnet waren, teilweise aber auch ohne begleitende Nische in kleine und große Nebenräume führten. In diesen Räumen, hatte sie im Wesentlichen ein Bett erwartet, was teilweise auch stimmte. Andere Räume waren allerdings eher, wie kleine Folterkammern ausgestattet. Das unerlässliche Andreaskreuz, teilweise einen lederbezogenen Bock. Alles mit reichlich Ösen zum Anbringen von Fesseln ausgestattet. An der Wand fanden sich dann immer Peitschen und andere Werkzeuge, die zum Zufügen von Schmerzen bestens geeignet waren.

Natürlich hatte Doris damit gerechnet. Trotzdem löste es noch einmal einen Adrenalinschub in ihr aus, als sie wirklich sah, dass diese Räume existierten. Sie musste es unbedingt schaffen sich so zu verhalten, dass sie nie in einer dieser Folterkammern arbeiten musste.

Auf dem Weg zum letzten Raum ließ sie sich an der Bar noch etwas zu Trinken geben. Eine neue ‚Kollegin' lernte sie dabei nicht kennen, da die schweigsame Maddy als einzige hinter dem Tresen stand und ihre Vorbereitungen traf.

Ein paar Minuten später hatte sie sich dann zum letzten Raum vorgearbeitet. Statt einer weiteren Folterkammer stand sie jetzt aber auf der Schwelle zu einem Billardraum. In der Mitte des Raumes stand ein riesiger Snookertisch. Sie hatte viele Stunden mit ihrem Mann in ihrem Snookerraum verbracht. Erst nur, um ihrem Mann einen Gefallen zu tun, dann immer mehr, weil es ihr wirklich Spaß machte. Bevor die ganze Misere mit Resi anfing, hatte sie sogar schon überlegt, ob sie vielleicht einen richtigen Trainer engagieren sollte. Sie zog die Türe wieder zu um arbeitete sich bis zur Theke vor.

Dort wurde ihr wieder einmal eine Vollmaske übergezogen. Danach wurde sie, wie von der Chefin angekündigt in der Nische festgekettet. Um den frischen Piercings etwas mehr Freiheit zu geben, wurde Doris sogar der Humpelrock ausgezogen. Den Rest der Nacht verbrachte sie vom Personal unbeachtet in der Nische.

Die Schlinge zieht sich zu

„Mein Name ist Claire. Ich melde mich wegen dem Bericht in der Zeitung. Die Frau, die Sie suchen. Ich habe das schon ihrem Kollegen eben gesagt. Ich habe die gesehen."

Wie immer bei solchen Suchmeldungen, kamen die „ich habe sie gesehen" - Anrufe. Den Kommissaren war das klar. Sie hatten aber, obwohl sie das Opfer so knapp verpasst hatten, keine andere Chance mehr gesehen, weil es einfach nichts gab, dem sie mit einigermaßener Aussicht auf Erfolg hätten nachgehen können. Deshalb hatten sie sich an die Öffentlichkeit gewendet.

„Wo und wann haben Sie Frau Schweigerl gesehen?"

„Ich habe ihr die Haare gemacht."

„Sie haben Frau Schweigerl in ihrem Friseursalon gesehen?"

„Nein. Ich arbeite zuhause. Eine Bekannte von mir kam vorgestern mit Frau Schweigerl bei mir an. Also habe ich ihr die Haare gemacht."

„Wie heißt Ihre Bekannte?"

„Den Nachnamen weiß ich gar nicht. Die hat so ein bisschen einen Spleen. Mal nennt die sich so, mal so. Immer, wie ihr gerade der Sinn steht."

„Und wie hat sie sich vorgestern genannt?"

„Resi."

Smidt schmiss einen kleinen Papierblock in Richtung ihres Kollegen, der sich sofort über einen zweiten Apparat in die Leitung hängte.

„Und diese Resi ist mit der Gesuchten zu Ihnen gekommen?"

„Ja, sag ich doch."

„Wie lief das denn ab? Also, wie ein normaler Friseurtermin? Nur eben bei Ihnen zuhause?"

„Nein. Kann man nicht sagen. Resi hat immer wieder neue Freundinnen. Mich hat sie vor ein paar Jahren auch schon mal angebaggert. Ich stehe aber nicht auf Frauen. Ich weiß gar nicht mehr, wie sie sich damals genannt hatte. Jedenfalls war sie da noch etwas mehr im Easy mode, wenn Sie verstehen, was ich meine."

„Nein?"

„Ja, also die steht auf Tattoos. Je mehr desto besser. Und sie steht auf Piercings. Also nicht wild durcheinander. Schon irgendwie als Gesamtkunstwerk. Bei den Tattoos auch. Aber insgesamt schon echt viel. Und sie steht auf richtig devote Frauen. Sie hat mir mal irgendwann erzählt, dass sie es anders gar nicht mehr kann. Ich war echt froh, dass ich mich nicht auf sie eingelassen habe."

„Ja und vorgestern? Hatten Sie den Eindruck, dass Frau Schweigerl freiwillig mit dieser Resi zusammen war?"

„Dachte ich eigentlich. Aber jetzt, nach den Fernsehnachrichten sehe ich das etwas anders. Die war völlig zugedröhnt. Haschisch, würde ich sagen. Jedenfalls hat Resi immer wieder mal einen Keks nachgeschoben. Insofern war diese Frau ziemlich locker drauf. Das musste sie auch bei der Frisur. Nicht direkt alltäglich."

Danach erklärte sie, was sie gemacht hatte.

„Okay. Haben Sie eine Idee, wo die beiden danach hingefahren sind?"

„Nein, da muss ich passen. Das frage ich Resi oder wie sie sich auch immer nennt, eigentlich nie. Wenn ich ehrlich zu mir bin, dann sind die Besuche schon immer irgendwie komisch. Vielleicht sind die anderen ja auch nicht alle so völlig freiwillig mitgekommen."

Glück

Am nächsten Morgen wachte Doris mit einem dicken fetten Muskelkater auf, den sie dem bescheuerten Humpelrock verdankte.

Nachdem Maddy, die natürlich noch immer sprachlos war, sich am ‚frühen' Morgen, so gegen elf Uhr, um sie gekümmert hatte, musste sie sich bäuchlings auf die Liege legen und sich von Maddy zumindest so weit anschnallen lassen, dass sie sich alleine nicht mehr befreien konnte.

„So, wie ich hier liege kommt gleich bestimmt Boris?" wollte Doris von Maddy wissen.

Lächelndes Nicken. Und nach dem lächelnden Nicken war Maddy auch schon weg und überließ Doris weiter den Bildern, die sie in der vergangenen Nacht gesehen hatte. Natürlich hatte es in dem Ausschankraum keinen wilden Sex auf Stühlen und Bänken gegeben, aber die Typen, die Doris unverhohlen angeglotzt hatten und immer wieder nachgefragt hatten, wann die Neue denn mit dem Arbeiten anfange würde, hatten ihr immer wieder einen kalten Schauer über den Rücken laufen lassen. Das Gleiche galt für die Thekengespräche, denen sie unfreiwillig folgen konnte.

Dann kam Boris mit seinen Utensilien und bereitete sich darauf vor, die Lücke an ihrem Rücken zu schließen.

„Und was machst du jetzt?" wollte sie von ihm wissen.

„Jetzt hältst du den Mund. Solltest du bei der Behandlung rumzicken, werde ich etwas länger brauchen als ich ohnehin schon brauchen werde. Nicht, dass ich das schlecht fände. Die Chefin hat wirklich sehr ausgefallene Ideen. Aber ich glaube nicht, dass du das gut finden würdest. Bei aufmüpfigem Personal ist die Chefin gerne mal bereit auf die Ideen unserer Gäste einzugehen, die noch krasser sind, als ihre eigenen."

Das reichte Doris, um endgültig den Mund zu halten. In den Stunden danach ließ sie die Schmerzen über sich ergehen, die Boris beim Tätowieren erzeugte. Soweit sie das mitbekommen hatte, hatte er insgesamt drei Schablonen aufgelegt. Die erste quer über den Rücken und die beiden anderen auf die beiden senkrechten Spuren, an denen die Bänder des Gürtels gelegen hatten die sich dann zum Schrittband vereinigt hatten. Das war allerdings schon einige Zeit her. Jetzt tat es einfach nur noch weh und Doris war vollkommen damit ausgefüllt, ruhig liegen zu bleiben und in keinem Fall die angekündigte zusätzliche Strafe auszulösen.

Irgendwann war er endlich fertig. Ohne ein Wort zu sagen, räumte er seine Sachen zusammen und erst, als er damit fertig war, fing er wieder an, mit ihr zu reden.

„Ich mache dich jetzt los und lass dich dann eine Stunde in Ruhe. Danach geht es weiter."

„Aber ich war doch ruhig."

„Warst du. Deshalb mache ich gleich auch nur noch das, was die Chefin mir aufgetragen hat. Wenn du dich dabei auch benimmst, dann bleibt die Strafaktion aus."

Um ihren Kreislauf wieder in Gang zu bekommen war es für Doris tatsächlich angenehm sich ein bisschen bewegen zu können. Damit sie sich nicht verlaufen konnte, wie Boris es ausgedrückt hatte, war sie mit einer Kette gesichert, die in der Decke verankert war, ihr aber genug Spiel ließ, um sich frei bewegen zu können.

Natürlich war ihr erster Blick zu dem neuen Tattoo gegangen. Boris hatte den Hintergrund Türkis gestochen. Um das ganze noch mehr wie einen Gürtel wirken zu lassen, waren die Ränder mit aufwändigen gelbgoldenen Ornamenten verziert.

Damit war der Gürtel allerdings nicht fertig. Boris hatte irgendwas draufgeschrieben, dass sich im Stil perfekt mit den Ornamenten vertrug. Nach ein paar Fehlversuchen konnte Doris die Wörter „Doreen Dancing Queen" entziffern. War das jetzt die Ankündigung, dass sie in dem Laden als Tänzerin arbeiten sollte? Womöglich auf den Ballettboots?

Weit vor Ablauf der angekündigten Stunde hörte Doris plötzlich Lärm auf dem Flur. Noch bevor sie sich ausmalen konnte, ob sich dort irgendwelche sexsüchtigen Sadisten, oder wie Boris das ausdrückte „Gäste", die Köpfe einschlugen, wurde ihre Türe mit einem lauten Krach aufgestoßen.

Noch während Doris erschrocken zurückzuckte, erkannte sie, dass die beiden Männer, die ihren Raum stürmten, Polizisten sein mussten.

Während einer der beiden „Sicher" zurück in den Gang rief, streckte der andere Mann seine Hand aus und bedeutete Doris ruhig zu bleiben.

„Bleiben Sie, wo Sie sind, es ist gleich vorbei."

Doris sah immer mehr Polizisten, die über den Flur liefen und der Reihe nach die Zimmer öffneten.

Als Ruhe einkehrte, wurde Doris losgekettet und noch in dem Raum von einer Polizistin befragt. Doris war selber überrascht, was für ein Ventil mit der Eingangsfrage „Wie geht es Ihnen?" losgetreten wurde. Ohne ein einziges Mal unterbrochen zu werden, lieferte Doris ein Zusammenfassung ihrer Erlebnisse beginnend mit dem Tag, an dem sie Resi kennengelernt hatte, bis zu der gerade vergangenen Nacht als Ausstellungsstück im Schankraum.

Überraschung

Da die Spur mit diesem Anruf schlagartig wieder sehr heiß geworden war, hatten die Kommissare die Kollegen vor Ort zu Claire geschickt, um sie genauer zu befragen und nach Spuren in ihrer Wohnung zu suchen.

Noch als die beiden über die Autobahn fuhren, wurde das Handy von Resi geortet. Niemand der Kommissare glaubte ernsthaft daran, dass die Nummer, unter der sie sich bei Claire angekündigt hatte, tatsächlich zu ihr führen würde. Trotzdem musste das natürlich abgeklärt werden.

Kurz danach wurde ihnen die Position durchgegeben. Nach Auskunft der Kollegen handelte es sich um einen Campingplatz, der sich zufällig ganz in der Nähe von Smidt und Rednich befand. Demzufolge übernahmen sie die Recherche selber.

Der Platz lag an einem Fluss und machte den typischen Eindruck eines Platzes für Dauercamper. Fast alle Wohnwagen waren in ein kleines Vorgartenparadies gestellt worden und sahen nicht so aus, als ob sie in naher Zukunft weiterziehen würden. Nur ein kleiner Teil war für Durchreisende freigelassen. Soweit die beiden die Koordinaten des Handys damit abgleichen konnten, musste das Signal tatsächlich von dort kommen.

Der Platzwart machte Ihnen die Suche dann schnell noch einfacher. Er erkannte Resi auf einem Foto wieder und konnte ihnen damit auf der Platzkarte den genauen Stellplatz ihres Wohnmobiles zu zeigen.

Der Rest war Routine, wie sie im Schulungsbuch für den Polizeidienst nicht besser hätte erklärt werden können. Resi war tatsächlich komplett überrascht, als das Wohnmobil gestürmt wurde.

Nur Dorothea Schweigerl war nicht in dem Wohnmobil und Resi behauptete lächelnd, dass sie keine Ahnung hätte, wovon die Kommissare sprechen würden.

Als sich die beiden mit den Kollegen aus dem eigentlich zuständigen Kommissariat über das weitere Vorgehen abstimmen wollten und dabei auch die Info weitergaben, dass Frau Schweigerl noch immer vermisst war, erfuhren sie von der schon lange vorbereiteten Razzia in dem Bordell.

Wieder Zuhause

Bei der Beerdigung ihres Mannes trug Doris ein schwarzes Kostüm inklusive Handschuhen. Ihre Kosmetikerin hatte mit den Augenbrauen und den Lippen ganze Arbeit geleistet. Die bunten Zöpfe hatte sich Doris komplett abrasiert. Bis die Haare wieder in frisierbarer Länge waren, würde sie eben die Perücke tragen.

Das Defilee all der wichtigen und bedeutenden Menschen der Stadt ertrug sie mit stoischer Ruhe. Sie hatte nicht das geringste Interesse auch nur eine einzige dieser selbstherrlichen Figuren jemals wieder zu sehen.

Ihr Mann hatte sie mit großem Vermögen ausgestattet zurückgelassen. Ob sie ihm jemals wirklich verzeihen würde, dass er sie ausgeliefert hatte, um seine eigene Haut zu retten, wusste sie noch nicht. Nach der Beerdigung überließ sie die Gesellschaft sich selber, legte sich an den Pool, erfreute sich an der uneingeschränkten Beweglichkeit ihres Körpers und ließ sich von James und Elitha, die den Anstoß zu ihrer Rettung gegeben hatten, bedienen.

Eigentlich hatte sie die beiden mit einer dicken Belohnung ausgestattet ihre Wege ziehen lassen wollen. James hatte sie allerdings darum gebeten lieber weiterhin die Geschicke des Haushaltes leiten und Doris zu Diensten sein zu dürfen. Wie hätte sie ihm das abschlagen können?

Einige Monate später wurde Resi zu lebenslanger Haft mit anschließender Sicherheitsverwahrung verurteilt. Den beiden Kommissaren war es gelungen die Schicksale von Doris Vorgängerinnen zu ermitteln.

Ihren Bruder sah Doris nie wieder. Er hatte einen ganz blöden Unfall in einem Land, in dem man kein besonders großes Interesse daran hatte, die Identität von fremden Toten zu ermitteln.

Nachwort

Was die in diesem Buch dargestellten Personen angeht, so entspringen die ausschließlich meiner Phantasie. Sollte sich irgendjemand in einer der Figuren wiedererkennen, so ist dies reiner Zufall.

Bei nicht wenigen der erzählten Passagen möchte ich sehr hoffen, dass sie so auch nur in einem Roman geschehen können und in der Realität an den vielen nicht kalkulierbaren Unwägbarkeiten scheitern würden, die das Leben so mit sich bringt.

Bisher erschienen in der Serie „Ein Fall für Smidt und Rednich"

Als ebook bei Amazon

Eine seltsame Erpressung	April 2012
Frau Weberlein und ihr Masseur	Januar 2013
Muse, das Fetischmodell	Januar 2014
Doris, Modell wider Willen	Dezember 2014

Gebunden bei BoD

Eine seltsame Erpressung	Januar 2015
Frau Weberlein und ihr Masseur	März 2015
Muse, das Fetischmodell	April 2015
Doris, Modell wider Willen	August 2015